파란 방

파란 방

구소은 장편소설

소미미디어
Somy Media

아름다움과 욕망, 결핍과 트라우마,
상처와 극복의 드라마

『파란 방』은 인간의 원초적인 '미'와 '욕망'의 문제를 날카롭게 해부한 역작이다.

　유복하게 자라난 은채는 모든 것을 다 가진 듯 보이지만 실은 자신에게는 턱없이 부족한 미술의 재능을 갈망하고, 자신에게 결핍된 바로 그 화가의 재능을 지닌 윤에게 자석처럼 이끌린다. 화가에게는 치명적인 색맹을 숨기고 살아가는 '윤'은 자신의 일생이 '색의 결핍'을 숨기기 위한 지난한 투쟁이었음을 안다. 하지만 그는 자신도 모르게 '아름다운 색채들'에 둘러싸여 살아가고 있었다. 화려한 색채 없이도 아름답고 충만한 그의 그림이 지닌 풍요로움을 알아보는 첫 번째 연인은 소영이었지만 그를 일방적으로 떠나 버렸고, 그를 목숨처럼 사랑하는 은채는 그의 결핍을 있는 그대로 보듬어 주지 못하는 치명적인 실수를 저지름으로써 그에게 또 한 번의 트라우마를 안겨 준다.

하지만 '윤'과 '은채'는 서로가 지닌 바로 그 결핍 때문에 끝내 서로의 인생으로부터 완전히 멀어지지 못한다. 두 사람은 눈부신 젊음을 간직했을 때는 정작 그 젊음의 빛깔을 알아채지 못한다. 젊은 날의 은채는 윤의 색맹을 알아채고 어떻게든 그 콤플렉스를 '치유'해 주려 하지만, 아직 윤의 진정한 재능을 알아채지 못한다. 윤의 바로 그 뼈아픈 콤플렉스, 그 안타까운 결핍이야말로 윤의 작품에 눈부신 아우라를 부여하는 에너지였음을. 윤의 색맹은 그를 절망하게 했지만 그의 그림을 이 세상 무엇보다도 특별하게 만드는 원동력이기도 하다.

획일적인 미술교육은 그의 색맹을 '장애'로 바라보았지만, 윤의 그림은 '색맹의 시선으로 바라본 또 하나의 세계'를 있는 그대로 보여 줌으로써 그 세계 또한 무언가 결핍된 세상이 아니라 또 하나의 오롯한, 그 자체로 아름다운 세계임을 보여 준다. 아름다움과 욕망, 결핍과 트라우마, 상처와 극복의 드라마로 가득한 이 흥미진진한 이야기의 진정한 주인공, 구소은 작가의 새로운 도전에 응원을 보낸다.

『1일 1페이지, 세상에서 가장 짧은 심리 수업 365』 저자
정여울

작가란 경험을 쓰는 사람이 아니라,
자신의 글을 통해 경험하는 사람

『검은 모래』를 써야겠다는 결심이 섰을 때, 무작정 글을 썼다.

문학이 무엇인지 생각해 본 적도 없었다.

소설가가 되겠다는 뜻이 있었던 것도 아니고, 신춘문예에
응모한 이력도 없었다.

한마디로 겁이 없었다.

그렇게 써낸 생애 첫 장편소설로 수상의 영예를 입었다.

『무국적자를』 쓸 때는 겁이 조금 났다.

내가 어떻게 『검은 모래』를 썼는지 기억나지 않았다.

컴퓨터 화면에 올려놓은 텅 빈 문서 앞에서 느꼈던 난감함.

그러면서도 컴퓨터 자판기를 두드려 맨 마지막 문장의 마
침표를 찍었고, 그때의 두려움과 홀가분함이 지금도 생생
하다.

『파란 방』을 준비할 때는 더 겁이 났다.

앞서 쓴 두 장편소설보다 이번 글쓰기가 훨씬 힘들었다.

경험 밖에 있는 이야기를 써 나가야 한다는 것은 나에게 꽤 무거운 스트레스였다.

쓴다는 행위가 절망으로 느껴졌다.

등장인물들은 도와주지 않았다.

아니, 내가 그들을 읽어 내지 못했다.

그들의 상처와 그늘을 이해하기에 역부족이었다.

그래서였을까, 『파란 방』을 쓰는 동안 몸이 많이 아팠다.

입원과 수술을 반복하며 병원을 들락거린 횟수도 많았다.

나오지도 않는 글을 써 보겠다고 장소를 탓하며 작업실을 찾아 돌아다녔다.

영월, 부안, 원주, 다시 부안과 원주로 돌아다니며 쓰고 지우고 엎어 버리기를 몇 차례 반복했다.

몇몇 지인에게 도움을 청했다.

그만큼 내가 읽어야 할 책과 자료들이 차곡차곡 쌓여만 갔다.

내가 글을 쓸 수 있게끔 경험의 역할을 해줄 것이라 믿었다.

하지만, 그 무엇도 경험이 아니었고, 경험이 될 수 없으며, 결국 도움이 되지도 못했다.

왜 그랬을까.

그러고는 오랜 고민 끝에 답을 찾았다.

작가란 경험을 쓰는 사람이 아니라, 자신의 글을 통해 경험하는 사람이라는 것을!

한 평론가는 인간의 상처를, 그늘을 이해해 주는 것이 문학의 핵심이라고 했다.

그렇다면 나는 인간의 상처와 그늘을 얼마만큼 이해하고 있는가.

문학이라는 청진기로 그 상처와 그늘을 치유할 수 있는가.

그럴 수 있다면, 그것을 글로 다듬어 낼 용기가 있는가.

글 잘 쓰는 작가이기 전에 정직한 작가가 되고 싶다.

과연 나는 사회적 터부로부터 얼마나 자유로울 수 있는가.

열정과 노력만으로 정직한 글을 쓸 수 없다고 생각한다.

나에게 필요한 것이 용기임을 되새겨 본다.

모리스 블랑쇼는 말했다.

아무것도 할 말이 없으면서도 바로 그 아무것도 아닌 것을 말해야 하는 것이 작가의 소명이라고.

작가는 자신의 작품을 통해서만 자신을 알고 자신을 실현

한다.

자신의 작품 이전에는 자신이 누구인지 모를 뿐만 아니라, 자신은 아무것도 아니다.

그는 작품으로부터 비로소 존재한다.

나의 소설을 통해 나 자신을 알아 가고 있다는 것, 대단한 모험이다.

『파란 방』을 빠져나와 다음 소설을 준비할 시간이다.

다시 심각한 고민에 빠진다.

쓴다는 것이 이렇게 무서운 일인 줄 이제는 알았으니…….

2021년 3월, 일산에서

구소은

**차
례**

추천의 말 1
정여울(작가, 칼럼리스트) _ 4

작가의 말 _ 6

은채 – 쓸쓸한 사랑 _ 15

윤 – 차가운 사랑 _ 87

희경 – 가벼운 사랑 _ 157

주오 – 잔인한 사랑 _ 231

두 남자 _ 313

추천의 말 2
김미옥(칼럼니스트) _ 324
이산하(시인) _ 325
박철화(문학평론가) _ 325

/////////////////

이 년 전 늦가을이었다.

맵살스러운 바람에 몇 남지 않은 낙엽들이 제 모양을 잃은 채 나뭇가지에서 너덜거리는 모양을 보느니 차라리 차가운 아스팔트 위로 떨어지길 바랄 때였다. 떨어져서 자전거 바퀴에 짓이겨지고 형체를 잃어버린 후 한갓 먼지가 된다면 덜 서글플 것 같은 계절이었다. 윤의 전시회를 한 달가량 앞둔 때였다.

그동안 단체전에만 참가하다가 단독으로 열게 된 윤의 첫 개인전이었다. 한껏 고무되어 있던 윤과 달리 우리들은 각자의 이유로 그의 개인전을 껄끄러워했다.

그러던 중, 윤의 캔버스들이 마른 땅 위를 뒹굴던 낙엽보다 더 처참하게 찢어진 사건이 발생했다. 그 일은 단단한 이물이 되어 우리들 기억 속으로 침몰했다. 기억하고 싶지 않은 것들을 봉인해 버릴 수 있다면, 우리는 이 년 전의 가을을 그렇게 해 버리고 싶었다.

누가 왜 전시를 앞둔 윤의 그림들을 파괴했는지는 밝혀지지 않았다. 그림을 잃은 윤은 우리 곁을 떠났다. 아니, 사라졌다는 표현이 더 정확할 것이다. 남아 있던 우리 셋에게는 각각의 혐의점이 있었고, 모두가 용의자였으며 암묵적 공범이었다.

완성된 캔버스들이 넝마 조각처럼 변한 윤의 작업실은 텅 비어 있었고, 그는 짧은 메모 한 장 남기지 않고 영영 모습을 드러내지 않았다. 윤의 행방을 잃어버린 채 그의 흔적 주변을 배회하던 우리 셋은 마치 아무 일도 없었다는 듯 불편한 마음을 감춘 채 일상으로 돌아갔다.

왜 하필 이 년이나 지난 일을 새삼스레 끄집어내느냐고 묻는다면, 최근에 윤을 봤다는 소문이 떠돌기 시작했기 때문이다. 깊이를 알 수 없는 호수가 물비린내를 피워 내듯 그렇게.

은채

—

쓸쓸한 사랑

사랑, 그것은 비극이다.

그러나 비극이 반드시 슬픈 것은 아니다. 단지 아플 뿐, 그것이 사랑이다. 철없는 사랑이다.

만약 기적이 일어난다면, 신이 내 손에 지우개를 쥐여 준다면, 그래서 과거의 어느 한 부분을 지울 수 있다면, 지우고 새로 쓸 수 있다면, 그런 말도 안 되는 기적이 혹시라도 일어난다면, 나는 어디를 지울까.

나는 머릿속에 저장된 일기장과 앨범을 뒤적거렸다. 맨 먼저 떠오른 것은 윤에게 생일 선물로 특별한 안경을 건넸던 그 시간이다. 그때를 지우고 싶다. 그러다가 머리를 흔들었다. 그렇다고 크게 달라질 것은 없을 거라는 생각이 들었기 때문이다.

그렇다면 윤을 만난 첫날, 그가 어린이집 담벼락에 벽화 작업을 하던 그때를 지우는 건 어떨까. 처음부터 그를 만나지 않았더라면 지금 내 삶이 훨씬 좋아졌을까. 모두 헛된 생각일 뿐이다. 어쨌든 기적은 일어나지 않을 것이기에.

이 년이라는 시간이 지났음에도 나는 여전히 윤을 향한 마음을 다잡지 못했다. 그가 내 앞에 나타나 준다면, 어쩌면 그 전보다 더 깊이 사랑에 빠질지도 모를 일이다. 그런 불행한 일이 일어나지 않기를 바란다.

행복은 단순하고 불행은 다양하다.

사람들마다 행복을 느끼는 순간들은 엇비슷하고 닮았다. 반면에 불행은 폭이 넓다. 열 사람이면 열 명분의 불행이 있는 것처럼.

심한 자책감으로 수없는 불면의 밤을 보냈던 것이 이 년 전이었다. 그 당시 내가 드러냈던 행위와 언어는 범죄라면 범죄일 것이다. 미필적 고의에 의한 범죄. 시간이 아니었다면 불면과 죄의식과 떠나보내지 못한 사랑을 희석시켜 주진 못했을 거다. 이제는 다 지난 일이라며 생각 밖으로 밀어냈을 뿐, 길이가 짧은 과거는 방류되지 못하고 가슴 깊숙한 곳에 흥건히 고여 있었다.

빛이 수증기에 녹아든 께느른한 오후였다, 아랫배를 가로지르는 차가운 금속성의 통증이 시작된 것은. 극심한 생리통은 하루를 탈진시키고 다행히 가라앉지만, 이날은 편두통까지 겹쳐 어느 쪽이 얼마나 더 악랄한지 내기를 하는 것 같았다. 내기가 아니라면 공모를 한 것인지도 모르겠다. 이 빠진 과도로 아랫배를 한참이나 쓱싹쓱싹 긋다가 날이 더 무뎌지기 전에 얼른 관자놀이 윗부분을 찌익 그어 대는 잔인한 칼부림.

많아야 일 년에 두세 차례 찾아오던 편두통이고, 지금까지는 생리통과 겹친 적이 없었다. 그러나 이번에는 둘의 협공이 시작되었다. 통증의 정도를 일에서 십까지 숫자로 등급을 매긴다면, 아마도 팔은 넘어서지 싶다.

어떤 날은 아이들의 재잘거림이 참을 수 없는 소음으로 느껴질 때가 있다. 특히 생리통이 됐든 편두통이 됐든 달갑지 않은 통증으로 만사가 귀찮을 때가 그렇다. 이러다 실수라도 해서 아이들의 마음에 행여 상처라도 낼까 봐 겁이 났고, 그런 생각은 나의 신경줄을 더욱 팽팽하게 잡아당겼다.

이날은 아이들의 사물함 속으로 숨어들고 싶을 만큼 나의 몸을 점령한 무뢰한들에게 강한 적개심이 들었다. 어느 쪽이 더 질 나쁜 통증인지 밝혀내지도 못한 채.

사라진 뒤에야 보이기 시작하는 것이 있다. 오래 걸어 두었던 액자를 떼어 내거나 오래 둔 가구를 치웠을 때 드러나는 자국처럼, 변색된 벽지를 비웃듯 도드라지는 자국들의 선명함. 그 선명함마저 사라지려면 또 얼마의 시간이 지나야 할까. 이 년 남짓의 시간이 남긴 흔적을 말끔히 지우기까지는 얼마만큼 걸릴까.

"그 화가가…… 돌아왔다는데…… 물론 알고 있겠죠?"

그 화가라면 윤을 지칭하는 것이리라.

어제 오후 서점에서 우연히 마주친 주오의 입에서 나온 말이었다. 그를 통해 윤이 돌아왔다는 걸 안 이후로 찾아든 편두통이었다. 주오는 나에게 '물론 알고 있겠죠?'라고 물었다.

모르고 있었다. '그 화가가 돌아왔다는데'까지 들었을 때, 순간 내 얼굴에 도드라진 당혹감을 읽었을 텐데도 말을 다 마치는 주오가 야속했다. 생리통과 편두통보다 더 진저리칠 물음이었다는 걸 그 남자는 모를 것이다.

때로는 원치 않는 기억을 끄집어내는 일이 육체의 고통보다 더 아프다. 시간이 흘러 문득 기억이 떠올라도 그때는 지난 일들이 머릿속에서 퇴색되어 있을 것이다. 일정 부분은 윤색과 각색을 거쳐 '한때는 그런 일도 있었지'라며 남의 일 이야기하듯 툭 던질 수 있으리라 생각했다. 그리고 조금씩 그렇게 되어 가고 있다고 여겼는데, 그렇지가 않았다.

삶은 살아가는 것이라고 생각하다가도 가만히 들여다보면 살아가는 것이라기보다 살아지는 거였다. 피동과 능동의 간격을 좁히는 것은 나 같은 사람에게는 무리다. 나는 운전대를 잡은 것이 아니라, 삶에 편승한 승객일 뿐이다. 짐을 너무 많이 들어 손잡이를 잡지 못한 까닭에 몸 가누기 힘든 궁상스러운 승객. 내려놓아도 상관없을 누추한 짐 덩어리이건만 내려놓지 못하는. 결핍이라는 짐은 의외로 무거웠다. 비었으되 눈에 보이지 않는 엄청난 압력의 기체 덩어리였다.

가진 것이 골고루 있는 애가 뭔 투정이냐고 말하면, 나는 할 말이 없다. 그렇다고 지난날을 후회하지는 않는다. 나의 선택이었으니까. 그 선택을 내 방식대로 즐겼다고 할 수 있으니까. 결과는 참담했지만.

"오빠, 우리 결혼해."

윤에게 결혼하자고 내가 말했다.

프러포즈는 여자보다는 남자에게 더 어울리는 행위다. 여자라고 못 할 것도 없지만, 왠지 주체가 남자일 경우 더 그럴싸하다. 윤이 나에게 프러포즈해 주길 기다렸으나 그런 일은 일어날 것 같지 않았다. 그래서 내가 먼저 말했다. 결혼하고 싶다거나 이제 결혼할 때가 된 것 같다거나 하는 모호한 제안이 아니라 반드시 결혼을 해야 한다는 요지부동의 제안이었다.

뜸을 들이고도 남을 시간이 지난 후 돌아온 것은 그의 모호한 대답이었다.

"지금처럼 지내는 게 어때서……."

그의 말이 흐려지는 순간 내 팔뚝에 양귀비 씨앗 같은 소름이 파르르 돋았다. 창피스러웠다. 나는 돋아난 소름들을 보면서 예리한 면도날로 그것들을 걷어 내고 싶다는 생각을 했다. 처음으로 윤의 무표정한 얼굴이 무섭다는 생각도 했다.

내 몸의 체온이 올라가는 것을 느꼈을까. 그는 얼굴에 고스란히 드러났을 내 마음을 읽었을 거다. 그건 그가 아니라 다른 누구라도 금방 알아챌 수 있는 거니까. 그는 뒤이어 말했다.

"이번 전시회 끝나면 진지하게 생각해 보자. 지금은 그럴 시간이 없잖아."

나는 아무 말도 못 했다. '그렇지, 뭐. 늘 쓰다 남는 시간의 부스러기들만 내 몫이잖아.'라고는 말하고 싶었다. 그랬더라면 나는 더 구차해졌을 것이기에 말을 삼켜 버렸다. 그의 가슴 안쪽에는 내 사랑이 자라고 뛰놀고 안식할 마당이 없었다. 빈 곳이 있다 한들 그는 방관자였고, 나는 언제라도 그 공간을 비워 줘야 할 세입자였다. 그가 의도하지 않았다 해도 내 사랑은 유린되었다.

그렇다. 윤의 전시회, 그것도 첫 개인전을 앞두고 있으니 그가 보인 반응은 당연한 것인지도 모른다. 그러나 나는 알았다. 그것은 모종의 회피라는 것을. 전시회가 끝나면 그는 또 다른 이유를 댈 것이고, 그럴싸한 이유가 없다면 만들 것이었다. 그래, 이유다. 핑계라고 말하고 싶지는 않았다. 그러면 내가 더 초라해지니까.

이 년 남짓한 시간의 길이로 장단을 말하기는 쉽지 않다. 상황에 따라서는 길 수도, 어떤 경우는 턱없이 짧을 수도 있는 시간이니까. 나에게는 충분히 길었던 시간이다. 다시 말해 연애의 기간으로 환산하면 적당함을 넘은 시간이었다.

나의 조바심이 시작된 것은 윤이 첫 개인전을 기획하고 난 뒤부터였다. 전시까지는 아직 시간이 많이 남아 있었다.

"개인전을 하기엔 아직 이른가……."

프랑스 여행을 다녀온 후, 윤은 첫 개인전의 뜻을 은근히 내비쳤다. 그는 언제나 그런 식이었다. 딱 부러지게 말하는 경우가 거의 없었다. 이러면 어떨까 저러면 어떨까, 하는 식으로 에둘러 말하거나 혼잣말처럼 했다. 그는 단도직입으로 말하는 대신 말의 그림자를 길게 드리운 채 그 뒤로 몸을 숨겼다. 그림자가 짙을 때는 그의 마음을 따라잡기 어려웠다. 그럼에도 불구하고 그의 말의 높낮이와 길이와 속도에 변화가 없어도 나는 알아챌 수 있었다. 그만큼 나는 윤에게 익숙해져 있었다.

그가 개인전에 대해 말했을 때 나는 그것이 그의 갈망이라는 걸 알았다. 나는 그의 계획에 맞장구를 치며 후원자로 나서겠다고 했고, 당사자인 윤보다 더 달떠 있었다. 갤러리의 대관료와 재료비는 내가 지불하기로 했고, 대신 그는 그림이 팔리면 거기에서 몇 할을 나에게 준다는 조건으로 우리는 의견을 맞췄다.

그때까지 그는 단체전만 여러 차례 했었다. 그 정도의 경력이면 개인전을 열고 작가 대열에 우뚝 설 준비는 마친 셈이었다. 윤은 내가 따라나서는 것을 극구 만류하더니 혼자서 캔버스를 장만하고, 물감을 채우는가 하면, 대형 이젤을 구입하고, 조명기구도 교체했다.

윤의 작업실 겸 숙소인 오피스텔은 나의 소형 승용차로 20분이면 갈 수 있는 거리에 있었다. 틈틈이 그의 작업실로 가서 없는 솜씨를 발휘해 가며 몇 안 되는 주방 기구와 식재료를 딸그락거렸지만, 정작 그는 편의점에서 사 온 도시락이나 배달 음식을 즐겨 먹었다. 내가 만든 것을 나도 맛나게 먹을 수는 없었으니 그가 내켜 하지 않는다 한들 불만 따위는 없었다.

"다음 주부터 작업 시작해야 돼."

나는 온기라고는 없는 그의 말에 실린 의미를 재깍 이해하지 못했다. 오히려 바보처럼 신이 났다.

"어머, 잘됐다. 빨리 시작할수록 좋을 것 같아. 근데 내가 도와줄 일은 뭐야? 아, 맞다. 오빠 식사는 내가 책임질게."

"음…… 지금처럼 자주 작업실을 찾아오는 건 좀…….."

"왜, 내가 있으면 안 돼?"

"몰입해야 하니까."

윤의 첫 개인전 성패가 내게 달린 건 아니겠지만, 나의 잦은 방문이 방해가 된다는 뜻으로는 이해되었다. 나는 특별한 날을 제외하고 거의 매일같이 오후 다섯 시면 어린이집을 나와 그의 작업실로 출근했고, 그와 함께 저녁을 먹은 뒤 집으로 퇴근했다. 그런 생활을 일 년이 넘도록 해 왔다.

어린이집의 아동심리상담 교사로 근무하는 나는 다른 교사들과 달리 세 시에 교사로서의 업무를 마쳤다. 이후에는 아빠를 도와 행정 일을 정리한 뒤 오후 다섯 시면 어김없이 퇴근했다. 정규 수업이 끝나는 세 시부터 어린이집 문을 닫는 저녁 일곱 시 반까지의 자율 시간은 나를 제외한 나머지 교사들이 돌아가면서 담당했다.

부모님이 마뜩잖게 생각하는 것도 무리는 아니었다. 특히 아빠보다 엄마의 걱정이 더 컸다. 엄마는 여자의 예리한 판단 또는 예감 혹은 직감으로, 나와는 비교할 수 없이 많은 경험을 쌓은 인생의 대선배로서 충고를 아끼지 않았다. 하나뿐인 딸을 사랑하는 부모의 마음을 내가 왜 모를까만, 나는 오히려 부모님을 설득시키기에 급급했다. 엄마는 어린이집 벽화의 밑그림 작업을 하던 윤을 또렷하게 기억하고 있었고, 그에게서 받은 인상에 대해 긴긴 설교를 늘어놓았다.

"그 남자, 겉은 희멀겋게 생겼어도 어딘가 어둡더라. 그런 사람은 마음을 닫아 놓고 사는 경우가 많아. 엄마가 지금까지 얼마나 많은 사람을 상대해 왔는지 알아? 이제 관상쟁이가 다 됐어."

"제대로 대화도 안 해 보고 어떻게 사람을 판단할 수 있어요?"

"직감이라는 거, 무시 못 한다. 첫인상이라는 것도 아주 중요해. 엄마는 말야, 우리 딸이 그냥 평범한 사람 만나서 알콩달콩 살기를 바라거든. 이왕이면 가정환경도 괜찮고 능력도 있고 유머 감각도 있는 사람이 더 좋지만."

엄마의 말을 종합해 보면, 그냥 평범한 사람이 아니라 골고루 갖출 건 다 갖춘 사람이 내 짝이 되기를 원하는 거였다.

"화가가 뭐 어때서 그래요?"

"화가라는 직업이 저 혼자는 좋을 수 있을지 몰라도 옆의 사람은 꽤나 피곤한 직업이라고 생각해. 은채 너에게 어울리는 사람이 아니라는 생각이 들어서 그래. 엄마가 널 모르겠니?"

"그래도 사람 일, 알 수 없는 거라고요. 그 사람이 유명 화가가 되지 말라는 법 없잖아요."

"화가가 좀 많아? 그 많은 화가 중에서 아주 극소수만 이름을 날리고 그림을 팔고 하는 거지. 대다수의 화가는 물려받은 재산이 있지 않는 한 지금도 여전히 배고픈 직업이잖아."

엄마와의 대화는 거듭되는 줄다리기로 이어졌고, 두어 달에 걸친 실랑이는 마침내 너무 마음을 주지 말라는 신신당부를 끝으로 잠잠해졌다.

샤워 가운을 벗고 전신 거울 앞에 섰다. 예뻤다.

오목한 밥공기를 엎어 놓은 것 같은 탱글탱글한 젖가슴이 이날따라 더 봉긋해 보였다. 연갈색 젖꽃판 위에 살포시 앉아 있는 유두는 야리야리하게 익어 가는 버찌를 연상시켰다.

깊은 숨을 들이마시면 드러나는 갈비뼈 아래의 완만한 협곡, 거기를 따라 내려가면 새치름한 옹달샘이 나왔다. 몇 번의 여름, 피어싱을 해 보려던 유혹을 번번이 이겨 낸 깊지도 돌출하지도 않은 배꼽이었다.

바람이 휩쓸고 간 흔적이라곤 없는 잘 다져진 사막 같은 아랫배. 그 아래로 시선이 미끄러져 내려간 곳 끝에는 보드라우면서도 까슬까슬한 덤불이 많지도 적지도 않은 풀숲을 이뤘다. 그곳은 음밀한 세상의 입구를 가려 주는 나지막한 언덕이었다. 그 언덕을 사람들은 불두덩이라 불렀다.

나는 전신 거울 앞으로 의자를 끌어당겨 앉았다. 무릎에 힘이 들어갔다. 서서히 힘을 풀고 다리를 천천히, 아주 천천히 벌렸다. 수풀 사이로 도톰한 입술이 벌어졌다. 비밀의 문이 열리는 순간이다. 갯가에 떠밀려 온 신선한 해초와 선홍빛으로 곱게 핀 해당화 향기가 은은하게 어우러진 보물섬, 그 속에 숨어 있던 작고 은밀한 문이 열린다. 사전에서는 비밀의 문을 음문 또는 옥문이라 가르쳐 주었다. 나는 음문보다 옥문이 마음에 들었다.

'열려라 참깨!'

나는 섬에 갇힌 채 알리바바가 주문을 외쳐 비밀의 문을 열어 주길 기다리는 여인이다. 40인의 도적들이 해적선을 타고 언제라도 들고날 수 있는 곳이지만, 나는 강력히 거부해 왔다.

바위틈 사이에 핀 해당화의 겉꽃잎이 벌어진다. 바로 뒤를 이어 다소곳한 속꽃잎이 수줍게 열린다. 남몰래 산딸기를 따다 먹은 소녀의 얄팍한 입술을 닮았다. 누군가는 난초꽃에 비유하기도 하더라만, 나는 들장미를 닮은 바닷가의 해당화를 좋아한다. 어렸을 때 바닷가에 있던 외가에 놀러 갔다가 제일 먼저 발견한 꽃이 해당화였다. 그 이후 나는 그 꽃을 좋아했고 그 이름을 좋아했다.

남자들은 여자의 성기를 섭조개나 전복 또는 홍합 같다고 하지만, 그건 말도 안 되는 비유다. 여성의 보물섬은 갯가에 피어나는 해당화가 가장 어울리는 표현이다.

열린 입술 위쪽에는 자그마한 재첩의 속살 같은 돌기가 몸을 옹크린 채 졸고 있다. 부드럽게 어루만져 깨워 주기를 기다리며. 클리토리스라고도 하고, 음핵이라고도 불리는 조갯살을 살짝 건드려 보고 눌러 보고 살살 돌려 가며 간지럼을 태우면 바짝 성난 재첩 살은 탱탱한 꼬막 살로 변신한다.

꼬막 밑에서 옥문의 입구까지는 달팽이 점액을 도포한 듯 말캉하고 촉촉한 연체동물의 표피 같다. 긴장을 다 풀지 못한 허벅지의 힘을 빼고 무릎의 폭을 더 넓혀 본다. 옥문이 배꼼히 열린다. 알리바바가 없어도, 열려라 참깨를 외치지 않아도 열리는 비밀의 문이지만, 지금까지는 들고난 사람이 없었다. 윤조차도 다가서지 않았던 문, 거기엔 오로지 나뿐이었다.

나는 이제부터 오르가슴 놀이를 할 것이다. 이 놀이에 해당하는 다양한 단어들, 즉 자위라거나 마스터베이션, 또는 수음이라는 단어가 마음에 들지 않아서 내가 붙여 준 놀이 이름이다. 오나니슴이라고 하려다가 그것도 입에 착착 붙지 않아서 밀어냈다. 혼자서 하는 섹스, 거기에서 캐어 내는 짜릿한 쾌감, 그것이 바로 오르가슴 놀이다. 나는 보물섬의 해당화를 꽃님이라 불렀다. 그 놀이는 아주 오래전 유리가 했던 놀이와 같은 것이었는데, 왜 그 당시에는 이해하지 못했을까.

중학교 3학년 때였다. 같은 반 친구였던 유리의 집에서 밤샘을 해 가며 시험공부를 한답시고 부모님께 겨우 허락을 받은 날이었다.

우리는 새벽 2시까지 단독주택 2층에 있는 유리의 방에서 공부를 했고, 졸음을 이기지 못한 나는 두어 시간 눈을 붙이기로 했다. 유리는 나에게 침대를 내어 주고 아래층으로 내려갔다. 침대에 누웠지만 잠자리가 바뀐 탓인지, 첫 외박이어서인지 쏟아지는 졸음에도 불구하고 쉽사리 잠에 빠져들지 못했다.

얼마의 시간이 흘렀을까. 살그머니 방문이 열렸다. 나는 유리가 들어왔겠거니 생각하고 그 애를 놀래 줄 요량으로 계속 자는 척했다. 숨죽이며 다가온 발소리의 주인은 내가 덮고 있던 이불을 살며시 걷어 냈다. 벌떡 일어나 유리를 놀래 주려 했던 생각은 엉뚱하게 빗나갔다. 거친 숨소리와 함께 내 실내복 아랫도리 속으로 결코 유리의 손이라고 할 수 없는 억센 손이 불쑥 들어왔다. 너무 놀란 나머지 찍소리도 내지 못한 채 내 몸은 마비되어 버린 것 같았다. 그 손이 팬티를 헤집고 맨살 속으로 들어오려는 순간 나는 벌떡 몸을 일으켰다.

"저, 유리 아니에요."

기껏 나의 입에서 나온다는 소리가 이랬다.

혁, 놀라는 소리와 함께 묵직한 그림자는 후다닥 문밖으로 달아났다.

아래층에서 인기척을 들었을까. 유리가 들어오면서 전등 스위치를 누르자 방 안은 아무 일도 없었다는 듯 환하게 밝혀졌다.

"무슨 소리가 난 것 같은데…… 꿈이라도 꿨어?"

유리의 얼굴은 걱정보다 의심의 빛이 더 짙었다.

"그러니까…… 좀 전에…… 누가 방에 들어왔었어."

내 심장은 요동쳤고, 말하는 입술은 떨렸다. 유리의 얼굴이 굳는가 싶더니 이내 환한 미소로 표정을 바꾸었다.

"난 또 뭐라고!"

나는 당황스럽고 놀란 가슴이 절반도 진정되지 않았는데, 유리의 심드렁한 말투에 안심은커녕 불쾌감이 일어났다. 그래서인지 내 목소리가 갈라졌다.

"그 사람, 누구야?"

"우리 삼촌이야."

"삼촌이 있었어?"

"아빠랑 나이 차가 많이 나는 삼촌이야. 나보다 열 살밖에 안 많아. 근데 장애자야. 지적장애래. 몸은 어른이지만, 정신 연령은 열 살도 안 되거든. 아빠 가게에서 잔심부름을 해 주고 여기서 우리 식구랑 같이 살아. 근데 삼촌이 너에게 뭐라 했어?"

유리 삼촌이 나에게 했던 짓을 알려야 할지, 말아야 할지 얼른 판단을 내리지 못하고 있자 유리가 계속 물어 왔다.

"저기…… 삼촌이 네 몸에 손을 대려고 했니?"

유리가 한 말은 무슨 뜻일까. 그녀의 삼촌이 내 몸에 손을 대려고 했다는 걸 어떻게 짐작이라도 할 수 있었을까. 지적장애를 가진 유리의 삼촌이 왜 그런 행동을 한 것일까.

나는 물음으로 가득한 머릿속을 헤집느라 유리의 질문에 대답을 못 했지만, 나의 궁금증은 오래가지 않았다.

"네가 비밀을 지켜 준다는 약속을 하면 내가 말해 줄게."

"무슨 비밀?"

"약속하지?"

"음…… 알았어. 약속할게. 절대 비밀로 할게."

세상에 흔해 빠진 비밀과 그 약속들이 지켜졌는지는 모르겠지만, 나는 유리와의 약속만큼은 꼭 지키리라고 마음먹었다. 아무래도 그건 반드시 지켜야 할 비밀일 거라는 예감 때문이었다. 뒤이어 유리는 위력이 어마무시한 태풍을 나에게 안겨 주었다.

윤이 개인전 준비를 시작할 무렵, 나는 그의 작업실 출입이 자유롭지 못해 서운했으나 일주일에 두 번의 방문이 허락된다는 것에 감지덕지했다.

그의 개인전 주제는 '파란 방'이었다. 하늘과 구름을 그려 온 작가였던지라 그 연장이려니 생각했다. 작업실 한쪽 벽면의 절반을 차지하는 대형 캔버스에는 하늘이 있었다. 가을날 중에서도 가장 청명한 날의 하늘색. 얼마나 멋진 하늘이 펼쳐질지 내심 궁금했다. 윤의 산뜻한 출발을 위해 나는 그에게 거치적거리는 존재가 되지 않아야 했고, 방해가 되지 않으려 했다.

주중에 허락된 하루 저녁, 주말에 할당된 하루 반나절의 특혜를 제외한 나머지 시간들은 무료했다. 습관이란 참 무섭구나 싶었다. 늘 해 오던 일을 하루아침에 수정하기란 여간 어려운 일이 아니었다.

어린이집 교사 외에 나에게는 동화 작가라는 그럴듯한 직업이 하나 더 붙어 있었다. 그 일에 매진해 보려고 무진장 애를 써 봤지만, 마음이 모이질 않았다. 윤이라는 콩밭은 너무 넓었다.

날이 갈수록 윤의 캔버스가 늘어났다. 완성된 것과 새로 산 캔버스로 작업실은 점점 비좁아졌고, 내 마음의 공백은 넓어졌다.

윤의 그림에서 다른 점을 발견하기 시작했다. 하늘에서 구름이 생겨나고 비행운이 그물을 짰으며, 구름에서 또 하나의 물체가 탄생하고 있었다. 흐릿한 새털구름만큼이나 희미했지만 그 물체는 분명 사람이었다. 구름을 흩뜨리며 생명이 탄생하고 있었다. 그것도 이미 성인이 된 여자가 태어나고 있었다. 유화가 마르기를 기다리고 있는 새 생명.

"오빠, 새로 그린 그림에는 여자가 태어나고 있는 것 같아."

내가 느낀 그대로를 말했을 때, 반색하는 윤의 얼굴은 그를 만난 이래 처음 보는 것이었다.

"맞아. 제대로 봤어."

나는 그의 칭찬에 우쭐했고 나날이 쓸쓸해져 가던 기분은 삽시간에 날아갈 듯 가벼워졌다.

"저 여자, 나지?"

반은 나이기를 바랐고 반의반은 나라는 확신을 했으며 나머지 반의반은 농담이었다. 그래 너 맞아, 라는 대답을 기대하면서 던진 질문이었다.

"아니."

간단한 질문에도 늘 버릇처럼 뜸을 들이던 그에게서 깜짝 놀랄 만큼 빠른 답이 돌아왔다. 그것도 싸늘하게.

"모델이 있어."

윤이 덧붙인 말이었다. 대신 내가 말을 잃었다. 날아간 쓸쓸함이 도로 내게로 돌아와 버렸다.

며칠 뒤에는 다른 캔버스가 이젤에 놓였고, 거기에는 구름 사이로 엉덩이를 절반쯤 드러낸 상반신 여체가 스케치되어 있었다. 그 그림을 보는 순간 머릿속에 경고등이 울려 댔다. 난데없이 명치에도 묵직한 돌멩이 하나가 툭 걸려들었다.

"다른 데서 그려서 오는 거야? 아니면…… 모델이 여기로 오는 거야?"

어리석기 짝이 없는 질문인 줄 알면서도 나는 조심스럽게 물었다. 내 가슴에 파고든 우려가 미련스러운 망상이기를 바라면서.

"여기서."

이날도 그답지 않게 대답은 빨랐고, 군더더기 없이 간단명료했다.

나는 더 이상 묻지 않았고, 묻지 않으니 윤이 설명할 리도 없었다. 그럼에도 나는 곧바로 알아차렸다. 매일 또는 주기적으로 오는 모델이 있고, 그런 까닭에 내가 작업실에 매일같이 오는 걸 달갑게 여기지 않았다는 것을.

전에는 상관하지 않았다. 그가 그림을 그리는 동안 나는 동화를 쓰거나 책을 읽거나 실력 없는 요리 솜씨를 발휘하느라 달그락거려도 그는 개의치 않았다. 윤이 그림을 그리는 동안 그의 세계는 철저히 닫혀 있었고 그가 스스로 문을 열 때까지 기다리기만 하면 됐었다.

그렇다고 내가 편안한 마음이었다는 것은 아니다. 항상 결핍을 느꼈다. 그 결핍이 무거워서 어떤 때는 짜부라질 것 같았다. 내가 느낀 결핍이란 비었다거나 모자라는 것과 성질이 달랐다. 그것은 알 수 없는 거대한 압력으로 꽉 차 있었다. 부재라는 압력, 외로움의 압력, 묵직한 공기의 압력, 그랬다. 나는 그와 함께 있으면서도 외로움을 느꼈고, 그의 뒷모습을 보면서 그리움을 쓰다듬었다. 가끔은 친구들의 연애가 부럽기도 했다. 사소한 것으로 티격태격하는 그들의 사랑이 부러웠다.

재미는 고사하고 어쩌다 한 번쯤 실없이 건넬 수 있는 유머는커녕 잔정조차 없는 남자가 내 짝이었다. 윤을 변화시킨다는 건 상상도 못 해 봤다. 그도 나에게 주문하는 것이 없었다. 윤의 여성관이 어떻든 이상형이 어떻든 나에게 요구하는 것이 없었고, 지나가는 말로라도 자신의 생각을 보여 주는 일에 인색했다. 물어봐야 대답할 사람이 아니라는 것을 나는 일찌감치 깨달았다. 그렇다고 불만도 없었다. 길을 가다가 지나치는 멋진 여자를 뒤돌아보는 건 그가 아니라 나였고, 카페에서 발견한 예쁜 여자의 늘씬한 몸매를 힐긋거리는 것도 나였다.

그의 성격이든 성향이든 나의 이상형과는 동떨어졌다 해서 문제 삼아 좀스럽게 굴 수는 없는 거였다. 내가 선택한 그이기에 감수해야 하는 내 인연이고 운명이라 여겼다. 화가라고 다 윤 같지는 않겠지만, 까다롭고 예민하며 고집 센 예술가들에게서 보일 법한 보편적 성격이라고 이해했다.

이해하는 것과 받아들이는 것은 또 다른 문제다. 철학자나 인문학자들이 내뱉는 사랑의 이론 따위는 공수표다. 사랑의 종류는 사람 수만큼 많다는 것이 내 생각이다. 어찌 됐든, 이 모든 이유를 합쳐 나는 윤을 사랑했다. 이보다 중요한 건 없었다. 그때는 그랬다. 내 인생의 윤이 아니라, 윤 안에 있는 내 인생이었다.

전신 거울 앞에 서서 나의 맨몸을 바라볼 때와 의자에 앉아서 바라볼 때의 느낌은 달랐다. 앉았을 때는 온몸 여기저기로 흩어지던 시선이 한곳으로 모였다. 동그란 무릎이었다. 거기쯤에서 묘한 흥분이 일어났다.

내가 처음으로 내 몸 깊은 속살, 촉촉하고 보드라운 푸딩 같은 꽃님이를 알게 된 것은 고등학교 2학년 여름방학 때였다. 친구들에 비하면 꽤 늦은 편이었다. 이미 남자와 성경험을 해본 아이도 있었는데 거기에 비하면 나는 완전 숙맥이었다.

꽃님이에게 간지럼을 태우며 장난을 치다 보면 드문드문 유리가 생각나곤 했다. 나와 유리가 공유했던 비밀은 그날 이후로 깨어지지 않고 아직까지 유지되고 있다. 다만, 유리와의 사이가 그 사건 이후에 야금야금 금이 가다가 깨어졌을 뿐. 그렇다고 우리 사이에 티격태격한 일이 있었거나 성적 경쟁을 했다거나, 은근히 질투를 했다든지 하는 시시껄렁한 문제가 있었던 건 아니었다. 딱히 꼬집어 낼 수 없는 까닭 모를 혐오가 새벽녘 음습한 안개처럼 우리 사이에 끼어들었다. 그러고는 겨울잠에서 깬 실뱀처럼 우리들 여린 가슴을 서늘하게 휘감았다.

내가 그날 유리의 방에서 비밀스레 본 것은 그 애의 가랑이 사이였다. 그것은 블랙홀보다 더 캄캄하고 어지러운 카오스였다. 유리의 삼촌이 나에게 했던 소름 돋는 손짓이 그동안 유리에게 해 오던 놀이었다. 유리의 표현을 빌리면 그랬고, 그 놀이라는 것을 시작한 지 거의 일 년이 되어 간다고 했다. 처음에는 놀라고 무서웠지만, 몇 번 반복되는 사이에 차츰 재미로 이어졌다고 했다. 나중에는 야릇하고 찌릿한 그 느낌을 즐기게 되었다고도 했다. 언제부턴가는 삼촌이 없어도 혼자서 가끔 즐기는 놀이가 되었다며 수줍음을 잃은 성숙한 여인에게나 어울릴 미소를 지었다. 거기에는 성숙에 덧칠된 요염까지 묻어 있었다.

"그러다 처녀막이 손상되면 어쩌려고 그래?"

나의 질문에 유리는 눈을 흘기며 혀를 찼다.

"너 조선시대에서 살다 왔니? 그런 게 왜 중요해? 어차피 나중에는 무슨 이유로든 다 손상되는 거라고. 그런 건 애초에 없다고 하는 사람도 있어. 그리고 자위라는 건 나쁜 게 아니라고 하더라. 누구나 다 하는 거고 지극히 자연스러운 성장 과정이래."

나를 완전 숙맥 취급하는 유리에게 '그래도…… 우린 아직 학생이니까 지킬 수 있는 건 지켜야 해'라는, 조금은 어른스러운 말을 하고 싶었으나 기회를 잃었다. 내가 말을 꺼내기도 전에 유리는 황당한 제안을 해 왔다.

"우리 서로 보여 주기 할까?"

"뭘?"

"내 것도 보여 줄게, 너도 보여 줘봐. 무슨 차이가 있는지 보고 싶어. 네 말대로 처녀막이 있는지 없는지 보고 싶어."

"너 미쳤어?"

"부끄러워서 그러지? 찜질방 가면 다 보는데 뭐가 부끄러워?"

"그래도 싫어. 징그러워!"

"목욕탕에서 아줌마들이 머리 감을 때 엉덩이를 쳐들면 다 보이잖아. 비슷해 보여도 다 달라. 우리도 다를 거야. 그러니까 좀 보여 줘."

"싫어, 싫다고. 징그럽게 왜 그래?"

"사람 몸이 왜 징그러워? 넌 생각을 바꿔야 돼. 사람 몸은 아름다운 거야."

유리가 제법 그럴싸하게 유혹을 해 댔지만, 침대 끄트머리에 앉아 있던 나는 달랑거리던 다리 짓을 멈추고 허벅지에 힘을 발끈 넣었다.

실랑이와 망설임은 잠깐이었고, 나는 그만 유리의 행동에 아찔해지고 말았다. 유리가 삽시간에 아랫도리를 벗고 침대에 누워 무릎을 세우고는 나를 향해 부끄럼 없이 다리를 쩍 벌렸던 것이다. 유리가 다리를 쩍 벌리는 동시에 나의 입도 짝 벌어졌고 숨이 턱 막혔다. 유리의 가랑이 속 은밀한 세상이 밝은 불빛 아래 적나라하게 드러났다. 고개만 치켜든 유리가 나에게 가까이 오라고 손짓했다.

유리의 손끝에 강력한 지남철이라도 붙었던가 보다. 나는 화등잔이 된 눈으로 쇳가루처럼 빨려 들듯 몸을 유리에게로 기울였다. 그러고는 하데스의 입 같은 유리의 벌어진 가랑이 속을 뚫어져라 쳐다봤다. 피부가 흰 유리에겐 음모가 없었다. 그 아래 흐릿한 갈색과 다홍색을 적당히 섞은 듯한 속살이 보였다. 언젠가 텔레비전에서 본 파헤쳐진 무덤 같다는 생각을 하는데, 유리가 갑자기 오른손 중지를 자신의 다홍빛 속살 속으로 푹 찔러 넣었다. 순식간의 일이었다.

유리와 나는 동시에 신음을 토해 냈다. 그 애는 아, 나는 윽, 그 애의 신음은 길었고, 내가 낸 소리는 외마디 비명이었다. 그 애의 고개는 뒤로 젖혀졌고 나는 두 손으로 입을 가리고 고개를 떨구었다. 우리가 일치한 건, 둘 다 눈을 감았다는 것이다. 쐐기에 쏘인 듯한 강한 작열감이 아랫도리를 스쳐 갔다. 그 묘한 느낌을 이해하지 못한 채 나는 진저리를 치며 내 가방을 챙겨 어둑한 새벽을 뚫고 집으로 돌아와 버렸다.

그 기억은 그대로 석고가 되어 한동안 내 안에 뽀얀 먼지를 뒤집어쓴 채 갇혀 있었다. 고등학교 2학년 여름방학 때, 캐나다로 이민 간 짝꿍이 이메일로 보내온 사진 두 장으로 석고는 박살 났다. 내 팔뚝만 한 흑인 남자의 성기가 금발 여자의 질 속에 절반이나 박혀 있는 사진이었다. 다른 사진 속에서는 여자가 남자의 성기를 입 안 가득 넣고 있었다. 찢어질 것 같은 여자의 입가로 허연 액체가 흘러넘치고 있었다. 흉측했다. 사진 파일을 열었다가 화들짝 놀라 컴퓨터 창을 닫아 버렸다. 방 안에는 나밖에 없었지만 부모님이 내 행동을 몰래 지켜보는 것 같은 기분에 가슴이 벌렁거리고 얼굴은 달아올랐다. 희한하게도 언뜻 본 사진이 뇌리에 선명하게 박혀 버렸다.

그저 두 장에 불과한 사진이 몇 분짜리 영상의 효과를 냈다. 내가 돌린 영상 속에서 금발 여자는 교성을 질렀고 엉덩이를 들어 올렸으며 남자의 굵은 페니스는 빠르게 꿈틀댔다. 더 희한한 것은 그 사진을 삭제하지 못하고 한동안 보관하면서 관음증 환자처럼 몰래 열어 봤다는 거다. 나의 아랫도리가 촉촉해질 즈음에는 꽃님이가 저절로 움찔거렸고, 뒤를 이어 찌릿찌릿한 감각이 꿈틀대며 몸 구석구석까지 퍼져 나갔다.

나는 사진 속의 금발 여자가 되었고 얼굴이 보이지 않는 남자에게 강간을 당했다. 아득히 먼 곳에 있던 유리의 신음 소리가 에로틱한 메아리가 되어 내 귓가에서 울려 퍼질 때 나는 유리가 되었다가 이내 캐나다로 이민 간 짝꿍이 되었다.

내 심장은 물 밖으로 나온 물고기처럼 파닥거렸으며 머릿속에는 난폭한 상상들이 마구잡이로 엉켜들었다. 어느새 내 손은 팬티 속으로 들어가 불두덩을 꼬집어도 보고 더 아래로 내려가 꽃님이를 사부작사부작 희롱하고 있었다. 나는 남자의 페니스를 상상하며 오른손 중지를 꽃님이 속으로 살그머니 밀어 넣었다.

아팠다. 그러나 다른 아픔이었다. 넘어져서 무릎이 까였을 때와 다른, 칼에 손가락이 베였을 때와 다른, 남학생과 장난질하다 그의 팔꿈치로 젖가슴을 얻어맞았을 때와 다른 아픔이었다. 아픔 뒤에 숨어 있는 감각은 손가락 하나가 느끼는 미끄덩하고 따뜻하며 우둘투둘한 쾌감이었다.

집에는 나 혼자뿐이었는데도 혹시나 방문이 벌컥 열릴까 두려웠다. 두려움은 더 쫄깃한 흥분을 불러일으켰다. 나는 이때 처음으로 오르가슴이라는 단어를 어렴풋이 이해했다. 또한 농염이니, 쾌락이니 환락, 황홀 등 사전에만 갇혀 있던 단어들이 나의 첫 오르가슴 놀이로 인해 밖으로 튀어나와 의미를 버리고 현상이 되었다.

내가 윤을 만난 건 그의 캔버스가 모조리 파괴된 사건이 생기기 이 년 반 전이었다.

나는 부모님이 운영하는 어린이집의 아동심리상담 교사로 일하고 있었다. 어린이집은 놀이터와 작은 수영장까지 겸비한 3층짜리 건물로, 서울 강남의 웬만한 사립 유치원에 비해 시설 면에서는 결코 뒤떨어지지 않았다. 4세부터 유치원 과정인 7세까지 원아가 이백 명을 웃도는 규모가 큰 어린이집이었다. 외부에서 오는 영어 강사와 체육 강사는 별도로 하고도 보육 교사가 모두 열네 명이었다.

나는 대학에서 아동심리학을 전공했고, 미국으로 유학 가라는 부모의 권유를 한마디로 뿌리쳤다. 경쟁이라는 고달픈 과정이 싫었다. 힘들게 공부하는 것도 경쟁이며 공부를 마치고 직업을 갖는 과정도 그렇고, 설령 쉽게 일자리를 얻었다 해도 그 경쟁이라는 카테고리를 벗어나지 못하는 사회구조에 진저리를 쳤다. 내가 처음 부모님이 운영하는 어린이집에서 일을 하고 싶다고 했을 때 부모님은 마뜩잖게 여겼다. 보육 교사부터 시작하여 운영까지 배우겠다고 당찬 계획을 털어놓자 마침내 일자리를 주었다.

무남독녀였던 나는 부모의 그늘 아래에서 평화롭게 성장했다. 부모의 사랑과 보호 속에서 까탈 부리지 않는 착하고 밝은 딸로 자랐다. 경제적인 여유가 주는 다양한 편리와 혜택을 어려서부터 터득했다. 특별하게 뛰어난 것은 없지만 모자람도 없는 축으로 두루두루 중상위권을 맴돌았다. 종종 귀엽게 생겼다는 소리를 듣곤 했다. 대학 시절에 의학의 힘을 빌려 눈매와 콧대를 교정한 뒤로는 귀엽게 생겼다는 말보다 예쁘장하다는 소리를 듣게 되었다.

나는 경쟁이 거세된 삶에 만족했다. 언젠가는 물려받을 어린이집이 그것을 보장해 주었다. 함께 일하는 보육 교사들과 친한 친구 몇몇의 부러움과 시샘을 은근히 즐기기도 했다. 내게 주어진 것이 능력보다는 행운 쪽으로 저울이 훨씬 더 기울었다는 걸 알기에 교만해지지 않으려고 나름 노력도 했다. 동화 작가가 되겠다는 또 하나의 조촐한 꿈이 바로 그것이었다. 그것은 행운보다 나의 실력을 평가해 줄 기준이 되리라 믿었다.

어린이집 담벼락에 벽화 페인팅을 할 업체에서 담당자들이 왔다. 그들 중에 벽화의 밑그림만 그려 주는 남자가 있었다. 그는 담벼락을 사진 찍고 사이즈를 재어 갔다. 며칠 뒤, 아이들이 좋아하는 만화 캐릭터와 동화 속 주인공들, 그리고 놀이동산이 그의 손에 의해 담벼락 위에서 사각사각 태어났다. 그 광경을 즐기던 나의 시선은 어느새 그림이 아니라 남자에게로 향했고, 그대로 고정되었다.

큰 키에 약간 마른 편이나 피부가 깨끗하고 어깨가 넓으며 좀처럼 표정이 드러나지 않는 얼굴로 스케치에 몰두한 남자, 그가 윤이었다. 그는 조용히, 그리고 빠르게 내 마음을 모으고 있었다.

밑그림이 어느 정도 완성되자 뒤로 물러서서 그림들을 점검하던 그가 무심히 고개를 돌렸다. 거기에 내가 있었다. 그의 시선이 닿는 순간 나는 정신이 아뜩했다. 숨이 멎을 것 같은 현기증이 일어났다. 반면 그의 표정에는 작은 변화조차 없었다. 나의 몸 어딘가에서 도파민과 페로몬이 방향감각을 잃고 돌아다니고 있었다. 내가 지어 보인 미소는 그 결과였다.

나는 감정을 숨길 줄 몰랐다. 마음을 얼굴에 고스란히 그려 내는 단순함이 장점일 때도 있지만 단점일 때가 더 많아서 곤혹을 치르기도 했다.

"그림이 정말 좋아요."

내가 겨우 꺼낸 말이 이랬다. 내 목소리는 그에게 전달되지 못하고 허공을 나는 벌레 소리처럼 윙윙거렸다. 윤은 어깨만 한 번 으쓱해 보이고는 가타부타 말이 없었다. 참 무뚝뚝한 사람이구나 싶었다. 아, 그런가요? 칭찬해 줘서 고맙습니다, 뭐 그런 말을 기대한 내가 앞서간 거겠지.

밑그림만 끝내면 그는 다시 오지 않을 것이고, 그를 또 볼 일이 없을 거라는 데 생각이 미치자 어디서 그런 용기와 순발력이 튀어나왔는지 모르겠다.

"저기…… 제가 지금 동화를 쓰고 있거든요. 거기에 들어갈 그림을 그려 주면 좋을 것 같은데…… 해 줄 수 있나요?"

나는 대학을 다닐 때부터 동화 작가라는 꿈을 꾸었고, 지금까지 차근히 준비를 해 왔다. 작은 단체의 동화공모전에 입상한 경력도 있었다. 글재주가 썩 뛰어난 것은 아니지만, 어린이집에서 내가 지어낸 이야기들을 풀어낼 때면 아이들 모두가 좋아했다.

"글쎄요……."

그는 떨떠름한 표정으로 아리송한 대답을 했으나, 나는 그의 대답을 긍정으로 받아들였다. 내친김에 얼른 확답을 받고 싶었다.

"그림이 한 열다섯에서 스무 장 정도 필요할 것 같아요."

그는 대답 대신 생각에 빠져들었다. 부업을 해야 하는 화가라면 경제적으로 넉넉한 축에는 들지 않을 것이며, 벽화의 밑그림을 그려 주는 일이 잦지도 않을 터, 필요한 재료들을 사는 것은 가능할지 모르나 생계유지를 위해서는 턱없이 모자랄 것이다. 부자가 아니라면 말이다.

윤은 나의 제의에 대답을 내놓지 못했다. 아이들을 위한 동화책이니만큼 선명한 채색은 기본일 테니까. 윤은 돈이 필요했으나 자신의 장애를 노출하고 싶지는 않았을 것이다. 그때는 그가 왜 그리 오래 망설였는지 이유를 몰랐다.

"우선 내용부터 좀 봤으면 하는데……."

한참 뜸을 들인 후 수줍음 타는 소년처럼 윤은 어정쩡하게 말했고, 나는 그가 마음을 바꿀까 봐 속사포처럼 대답했다.

"당연히 그래야죠. 아직 마무리는 좀 남았지만, 일주일 바짝 하면 끝날 거예요. 마무리하는 대로 보여 드릴게요. 그럼, 찬성한 걸로 알고 있어도 되겠죠?"

"아니, 아직은……. 동화 그림은 처음이라 좀……."

지금 그를 붙잡지 못하면 기회는 영영 오지 않을 거라 생각했다. 엉성한 우연도 헐거운 인연도 하기에 따라 튼튼하게 꼬아 만들면 될 거라 믿었다.

"제발요, 이렇게 부탁드릴게요. 제 이름으로 내는 최초의
동화책이거든요."

나는 아예 두 손 모아 애걸했다. 그리고 믿었다. 그가 허락
하리라는 것을.

그렇게 한 달 뒤, 우리 둘은 의기투합하여 삽화 형식으로 그
림이 들어간 동화책을 완성했고, 다시 한 달이 지나 영세 출
판사를 찾아 책을 냈다. 비록 판매 실적은 저조했지만, 정교
한 삽화는 좋은 평가를 받았다. 둘 다 각자만의 이유로 만족
했다. 언제부터였는지 기억나지는 않지만 나는 윤을 '오빠'라
고 불렀다. 여간해서는 감정을 드러내지 않을 뿐만 아니라 마
음을 보여 주는 것도 인색한 남자. 말수도 적고, 말꼬리까지
늘 깔끔하게 끊지 못하는, 거기다가 행동마저 절제가 심한 윤
이 너무도 좋았다. 사람이 좋은 데에 따로 이유가 있겠는가.

윤의 성격이 까칠한 건 개성이 강한 화가들의 전형이라 여
겼다. 그가 그린 그림들을 보면서 나의 생각은 더욱 굳어졌다.
가끔은 서운하고 이해할 수 없는 부분도 있었으나 입술 한번
삐죽거리는 걸로 덮어 버렸다. 나는 변해 가고 있었다. 사랑
에 맹목으로 빠져 버린 여자들이 그러하듯. 얼마 전까지도 친
구들과 수다를 떨 때면 사랑에 쉽게 빠져서는 안 된다고, 사
랑은 천천히 느끼는 거라고 말해 왔었지만, 정작 당사자인 나

는 그러지 못했다. 느끼기도 전에 대책 없이 빠져들었다.

대학 시절 친구 셋과 어울려 프랑스를 여행했던 적이 있었다. 우리들은 유명한 관광지를 둘러보며 사진을 찍고 쇼핑을 하고 프랑스 요리를 먹으러 다녔다.

피갈 일대에 널려 있는 섹스 숍에도 갔었다. 가게에 들어가자니 민망하고 뒤에서 누군가가 뭔 짓이냐며 뒤통수를 후려칠 것 같아 쭈뼛거리며 먼저 들어가라고 서로의 등을 떠밀었다. 일단 가게 안으로 발을 들이고 보니 여행의 색다른 맛을 음미하게 되었다며 서로 공치사를 늘어놓았다. 요상하고 희한한 진열품들에 정신이 팔려 색골처럼 생긴 주인 남자가 음흉스럽고 탁한 눈빛으로 우리를 감상하는 것도 너그럽게 용서했다. 다양한 기구와 기상천외한 눈요깃거리에 너 나 할 것 없이 경악이 섞인 감탄사를 쏟아 냈다. 난생처음 경험하는 섹스 숍은 별천지였고 아찔한 추억을 선사했다.

우리 넷은 프랑스 섹스 숍을 방문한 기념으로 저마다 사이즈와 디자인이 다른 딜도를 샀다. 남자친구가 있는 애는 무지개 색깔별로 포장된 콘돔을 추가했다. 내가 산 분홍색 딜도는 매끈한 실리콘으로 개중에 제일 작았다. 나는 내 꽃님이를 필요 이상으로 흥분시킬 생각은 없었다. 그것은 언젠가 나타날 알리바바를 위해 남겨 놓기로 했으니까.

아주 가끔은 강한 자극의 유혹과 호기심이 생기긴 했었다. 놀이의 절정에 달할 때는 손가락과의 유희를 벗어나 자극제를 사용하고 싶은 충동을 느꼈지만, 나는 멈출 줄도 알았다.

다이어트를 한답시고 주방에서 씻은 당근과 오이를 아작아작 씹을 때, 이것들을 오르가슴 놀이에 이용하면 어떤 느낌일까, 궁금했던 적이 몇 번 있었다. 아무래도 너무 딱딱해서 나의 보물, 꽃님이가 상처를 받을 것 같아 매번 포기했다. 무엇보다 차가운 느낌이 싫었다. 꽃님이는 충분히 따뜻하고 보드랍기에 차가운 걸 만나면 찡그릴 것이 분명했다. 가끔 야동에서 자위하는 여자들이 다양한 도구를 이용하거나 애호박까지 사용하는 걸 봤지만 말이다.

우리 중에 키가 제일 작았던 애는 제일 큰 사이즈의 밀크 초콜릿색 딜도를 샀다. 남자의 페니스 모양을 그대로 본떠 만든 것으로도 모자라 표면이 울퉁불퉁하여 보는 것만으로도 민망하고 징그러웠다. 세상에, 저걸 몸속에 넣을 거라니!

거기에 더해 진동 기능이 있는 바이브레이터까지 구매했다. 헤어진 남자친구의 페니스가 꽤 크고 단단해서 자기는 그 정도는 되어야 느낀다나 어쩐다나, 제대로 된 물건을 발견했다고 오두방정까지 떨어 가며 가뿐하게 계산했다.

'계집애, 더럽게 밝히기는', 하고 한마디 하려다가 말았다. 어차피 우리들 손에 쥐어진 물건은 제각각이어도 우리가 하고자 하는 행위는 매한가지니까. 우리 넷 중에 둘은 성 경험이 있었고 나와 나머지 하나는 숙맥이었다. 유경험자 중 키 작은 애는 성 경험이 풍부하여 잠들기 전에 우리들에게 풍성한 공상을 선물해 주는 재주꾼이기도 했다. 그러니 괜히 성질 긁어 그 애가 입을 닫게 해서는 안 될 일이었다.

"남자들은 그저 쑤셔 넣으면 단 줄 알아."

"맞아, 맞아. 전희라는 게 얼마나 중요한지 모른다니까. 그냥 삽입하고 열라 움직이는 게 섹슨 줄 아나 봐. 여자들이 오르가슴까지 도달하려면 시간이 필요하단 걸 이론으로만 알지 실제 닥치면 아예 생각을 안 해."

성 경험이 있는 둘의 수다가 시작되었다.

"지가 꼴리면 다 생략하고 바로 껄떡거리는 놈들은 딱 질색이야. 사정할 때쯤 여자는 막 달아오르기 시작하는데 말야. 그러곤 끝. 얼마나 허무한지 아니?"

"그러게 말야. 성감대를 먼저 진득하게 자극해 줘야지 달콤한 섹스의 서막이 열리거든. 지스팟이 있네 없네 하지만 그건 중요한 게 아냐. 아직 젖기도 전에 남자애가 지스팟을 자극해 주겠다며 손가락으로 마구 휘저으면 짜증이 확 나서 섹스고 뭐고 다 때려치우고 싶다니까. 여자의 몸 여기저기에 성감대가 얼마나 많은데. 그걸 일일이 다 말해 줄 수도 없고."

"뭐니 뭐니 해도 클리토리스를 자극해 주는 게 최고지. 거기가 제일 민감하거든."

둘둘 나눠서 호텔방을 잡았던 우리는 졸음으로 흩어지기 전에 한방에 모여 각종 수다 메뉴를 뒤적거렸다. 쇼핑하다 산 것들을 구경하고 견주다가 나중에는 예의 남녀상열지사로 넘어갔다.

"난 콘돔 끼고 하면 싫더라고. 그래서 내가 피임약을 먹어."

"그러다가 성병이나 에이즈 걸리면 어쩌려고?"

키 작은 애의 말에 내가 찬물을 끼얹었다.

"천국을 느끼다가 죽는 거라면 사양 않겠어. 그래도 병 걸리는 건 당연히 싫지. 그래서 경험 많은 남자보다 비교적 순진하고 깨끗한 애들을 만나는 거야. 난 내가 섹스를 주도하는 게 좋거든. 그러고 보니 남친과 헤어진 지 벌써 석 달이 지났네. 아, 거기에 곰팡이 슬겠어."

세상이 끝난 것 같은 표정을 짓는 키 작은 애에게 '지랄을 해라, 지랄을' 하고 속으로 혀를 찼지만 나는 그 천국이 어떤 것인지 궁금해서 다시 물었다.

"그렇게 좋아? 막 미칠 것 같고 뜨겁고 그래?"

"설명할 수 없어. 백날 자위해 봤자 몰라. 그 재미는 설명한다고 알 수 있는 게 아냐. 궁금하면 직접 해 봐."

직접 해 보라니, 나쁜 년. 아직 남자를 경험하지 못한 나에게 그게 할 소리인가. 한마디 쏘아 주려는데 성 경험이 있고 남자친구가 있는 다른 애가 맞받았다.

"처음엔 나도 못 느꼈어. 근데 말야, 지금 만나는 남친이 처음에 입으로 하겠다고 했을 때 그건 해 보지 않았던 거라 좀 그랬거든. 뭐랄까, 꺼림칙하고 변태라는 생각까지 들어서. 근데 말야, 첫 번째가 진짜 중요해. 한 번 하고 나니까 별거 아니더라, 얘. 진짜 뿅 갔다니까. 이젠 안 해 주면 섭섭해. 근데 말야, 애널도 끝내줘. 처음엔 더러운 기분이 들었는데, 그것도 엄청 자극적이더라고."

나는 '근데 말야'를 연발해 대는 그녀의 섹스 경험담에 질투심마저 들었다. 그러는 사이에 내 팬티는 젖어 들었다. 우리는 딜도를 '사랑이'라고 부르기로 합의하고 각자 잠자리에 들었다. 피곤했지만 쉽게 잠들지 못했다. 나와 같은 방을 쓰는 남친이 있는 애도 그랬다. 자주 뒤척이고 숨소리가 일정하지 않았다. 각자의 여행 가방 깊숙이 숨겨 둔 사랑이가 꺼내 달라고 유혹을 했다.

처음으로 사랑이를 사용할 때를 떠올리면 웃음이 나온다. 호기심은 압축팩에서 막 꺼낸 오리털 이불처럼 부풀어 올랐고, 죄의식이라는 두려움은 물에 젖은 솜이불처럼 무거웠다. 사랑이와 꽃님이를 짝지어 주었을 때의 아픔은 맨 처음 손가락을 넣었을 때와는 또 다른 통증이었다. 뻐근함이었다. 이를 앙다문 신음 한 소절로 통증이 종료되었다. 사랑이를 삼킨 꽃 님이는 꽃물을 더 뿜어 댔다. 촉촉한 꽃물이 핑크빛 실리콘 사랑이의 절구질을 도울 때 내 고개는 뒤로 한껏 젖혀졌다. 나는 다른 한 손으로 탱탱해진 젖꼭지를 세게 꼬집었다.

행위에만 집중하면 감흥이 좀처럼 찾아들지 않았다. 대신 좋아하는 연예인이나 잡지에서 봤던 남자 모델의 턱을 생각하면서 사랑이를 다루면 몸은 빨리 반응했다.

수음과 도구를 사용하는 것의 차이는 컸다. 그것은 생물과 무생물의 차이였다. 손가락은 생생한 촉감을 전달해 주는 매개체였지만, 딜도는 그렇지 못했다. 그것을 쥐고 있는 손에도 전달이 되질 않았다. 손가락의 장난에 견주면 싱겁고 짜릿함도 덜했다. 프랑스에서 산 사랑이는 예닐곱 번 정도 사용하다가 잠금장치가 되어 있는 책상 서랍 속에 고이 가둬 버렸다.

친구들에게서 얻은 포르노물 몇 개를 보고는 극도로 흥분하긴 했으나, 그것은 단지 야한 동영상에 지나지 않았다. 그들의 섹스가 절대 아름답게 보이지 않았다. 그저 동물적인 탐닉만 난무했다. 보여 주기 위해 연출된 섹스일 뿐이었다. 그러나 영화 속 정사 신은 다르게 느껴졌다. 영화도 배우들이 각본대로 연기를 하는 것뿐이지만 거기에는 스토리가 있고 그 스토리의 힘이 컸기에 내 눈에는 아름답게 보였다. 포르노물과 영화를 비교해서 얻어 낸 결과가 있다면, 내가 원하는 건 섹스가 아니라 섹스를 있게 하는 러브 스토리였다.

육체의 은밀한 부분에 자극을 주어 얻는 쾌감을 가장 적절하게 표현할 단어로 어떤 것이 있을까. 황홀이라거나 희열 또는 환희라거나 최상의 쾌락이라는 말로도 뭔가가 부족했다. 나는 나만의 놀이에서 둘의 놀이로 나아가고 싶었다. 둘이서 함께 전희의 달콤한 시간을 공유하고, 호흡을 맞춘 절정에서 친밀감과 일체감이 주는 기쁨을 나누고 싶었다.

윤과의 교제가 시작되고 한 해가 지나 우리 두 사람은 프랑스로 여행을 떠났다.

그를 만난 이후 두 번째 단체전에서 윤은 여섯 점의 유화를 출품했었다. 그림의 주제는 전부가 하늘과 구름이었다. 나는 사진이라고 해도 믿을 만큼 사실적인 그의 작품들에 깊은 감명을 받았다. 오월이라는 계절이 합심하여 그의 그림에 빛을 얹어 주었다. 주변의 반응도 좋았다. 윤의 그림 세 점이 팔렸다. 나는 그의 재능을 높이 평가할 수밖에 없었다. 그림에 소질이 없고 아는 바가 없다고 해도 그가 모아 둔 습작들을 보면 그의 스케치가 훌륭하다는 것쯤은 충분히 알 수 있었다.

윤은 남아 있던 작품 중에서 하나를 나에게 선물했다. 선물에 대한 보답으로 여행 경비는 내가 지불했고, 그는 흔쾌히 받아들였다.

부모님에게는 친구들과의 여행이라고 거짓말했지만, 죄책감이 들진 않았다. 죄책감은커녕 설렘과 기대로 가슴이 부풀대로 부풀어 인천공항에서 윤을 만날 때까지 생일 파티를 기다리는 어린이집 꼬맹이들보다 더 안달했다.

다시 찾은 프랑스는 여전히 매력으로 여심을 자극하는 나라였다. 게다가 윤과의 동행은 내가 살아온 스물여섯 해 중에서 가장 낭만적이고 행복한 시간들이었다. 파리의 하늘 밑에서 장밋빛 인생이 활짝 열렸으니 오죽했을까.

윤과 만난 지 일 년이 넘도록 그는 나를 만지지 않았다. 그는 나의 외박을 허락하지 않았다. 작업실에서 하룻밤을 같이 보내고 싶은 날들이 숱했지만, 그는 항상 나를 돌려세웠다.

나의 기습적인 입맞춤과 스치듯 맨살이 닿을 때, 술 마신 날 기분이 좋아 그의 목에 매달리면 선심 쓰는 듯한 짧은 포옹이 전부였다. 이후에 따르는 씁쓸하면서도 쓸쓸한 뒷맛에 나는 익숙해져 갔다. 내가 어깨와 허벅지가 훤히 드러나는 옷을 입고 그의 곁에 바짝 붙어 속삭여도 반응이 없을 때면 혹시 그에게 성기능장애가 있는 건 아닌지, 의심과 걱정이 뒤섞여 착잡했다.

그런 날이면 집으로 돌아와서 윤을 떠올리며 오르가슴 놀이를 했다. 부드러운 애무와 거친 애무의 파도를 넘나들고, 나의 몸은 연체동물이 되어 한없이 휘어지는 상상을 하면서. 때로는 그가 난폭하게 나의 몸을 짓누르고 양다리를 벌리는 상상에 전율하면서. 상상이 언젠가는 현실에서 재현되리라는 것까지 상상하면서.

드디어 우리 앞에 열흘의 시간이 놓여 있었다. 그에게 나의 모든 것을 남김없이 줄 것이고, 앞으로도 그의 여자로 살아가게 될 것을 자축했다. 그와의 첫날밤을 성스럽게 치르게 될 것이라 믿었다. 쓸쓸했지만 자지러질 것 같았던 오르가슴 놀이의 종말을 예감했다.

윤은 미술관을 찾아다녔다. 우리의 여행은 종아리가 얼얼할 정도로 미술관 순례가 목적이 되어 버렸고, 장밋빛 인생을 설계했던 때의 낭만은 깡그리 증발해 버렸다. 아무렴 어때, 불만은 센강에 던져 버렸다. 그 와중에도 발이 빠른 윤을 따라 종종 걸음 치면서 쇼윈도에 진열된 상품들을 놓치지 않고 훑었다. 사고 싶은 것도 많았는데, 나중으로 미뤘다. 어린이집 교사들에게 줄 선물도 사고 싶었고 친한 친구 몇에게 자랑할 것도 사고 싶었는데, 이 역시 나중으로 미루면서 때를 기다렸다.

나의 불어는 기초 수준이었고, 윤은 불어는 고사하고 영어도 신통치 않았다. 다행히 나는 대학 시절 내내 닦아 놓은 영어 실력으로 소통에 전혀 문제가 없었다. 여행은 비교적 성공이었다. 두 가지 의문점을 제외하면 말이다. 하나는 색에 대한 윤의 반응이었고, 다른 하나는 내가 속옷을 입지 않은 채 원피스 잠옷을 입었음에도 불구하고 그가 여행이 끝나는 날까지 내 몸에 손대지 않은 거였다.

프랑스의 신호등은 그 체계며 설치된 위치가 한국과 달랐는데, 윤은 신호등 앞에서 몇 번 실수를 저질러 달려오는 차를 급정거시켰다. 게다가 나의 간곡한 부탁으로 백화점에서 딱 한 번의 쇼핑을 했을 때 그의 반응에도 이상한 점이 있었다.

내가 발견한 두 개의 스카프 중에서 어떤 색이 더 좋을지 고민하다가 윤에게 선택을 맡겼다. 하나는 보라색이었고 또 하나는 코발트그린이었다.

"오빠, 보라가 나아? 아니면 코발트그린?"

"보라색 쪽이 나을 것 같군."

그 말을 할 때 윤은 코발트그린 쪽을 손가락으로 가리켰다.

지루해하는 그를 보기가 안쓰러워 그가 손가락으로 가리킨 스카프 하나만 달랑 계산하고 백화점을 나와야 했다. 그때는 그가 건성으로 아무렇게나 대답한 줄 알았다. 나는 코발트그린 색깔의 스카프를 매지 않았다. 내가 더 좋아했던 건 보라색이었다. 그 스카프는 한국에 돌아와서 엄마에게 선물했다.

심지어 이런 일도 있었다. 윤은 샤를 메리옹이라는 화가의 그림 중 〈유령선〉을 꼭 봐야 한다며 고집을 부렸다. 이름을 들어 본 적이 없는 화가였다. 파리에서 보낸 일주일 동안 우리 두 사람은 박물관과 미술관을 구석구석 누비고 다녔지만 어디에서도 그 화가의 〈유령선〉을 발견하지 못했다. 제목 그대로 유령선이었다.

파리에 있는 유명한 박물관 사이트를 찾아 검색을 해 봤지만 루브르 박물관에서 전시했던 기록만 있었다. 나는 루브르 박물관의 안내 데스크 직원에게 영어로 문의를 했다. 거기에는 그림이 없었다. 결국 오르세 박물관 측에서 소장하고 있으나 일반에게 공개하지 않는다는 걸 겨우 알아냈다. 윤의 상심이 커 보였다.

간간이 낮은 코골이가 섞인 윤의 규칙적인 숨소리를 들으며 그가 잠든 트윈 침대 건너편에서, 나는 잠을 잡아 보려고 시트가 구겨지도록 뒤척였다. 몸은 천근만근인데 잠은 어디쯤에 있는지…….

윤에게 여자란 무엇일까. 그에게는 이성을 향한 욕망이 없는 걸까. 아니면 그가 일전에 했던 말처럼 느끼되 참는 걸까. 나를 아껴 주는 마음이라 해도 그대로 납득하긴 쉽지 않았다. 어둠에 익은 나의 시선은 완강한 윤의 등에 머물렀다가 난데없이 끼어든 어눌한 적개심과 욕정으로 뜨거워졌다.

나는 회벽 같은 윤의 등을 노려보며 오르가슴 놀이를 시작했다. 그는 나의 손이 되어 젖가슴을 짓누르고 비틀었으며 젖꼭지를 꼬집었다. 윤은 나의 귓바퀴를 혀로 살살 핥으며 사랑한다는 말에 뜨거운 입김을 듬뿍 묻혔다. 간지러워서 미칠 것 같았다.

엉클어진 불두덩 수풀들을 가지런히 어루만지던 오른손은 더 아래 계곡으로 미끄러져 내려갔다. 언제부터였을까, 계곡에는 벌써 꽃님이가 흘린 꽃물이 흥건했다. 말간 맹물 같던 액체는 시간이 지나면서 달팽이 점액처럼 농도가 짙어졌다. 한번 빠지면 나올 수 없는 늪, 안으로 안으로만 빠져들어 가는 깊은 수렁. 저녁에 맛있게 먹었던 달팽이요리가 생각났다. 꽃님이를 잔뜩 긴장시키던 손을 빼고 손가락에 묻은 꽃물을 쪽, 빨았다. 처음이었다. 냄새는 여러 번 맡아 봤지만 내가 나의 꽃물 맛을 보다니!

이게 무슨 맛일까. 딱히 견줄 만한 맛이 떠오르지 않았다. 아무 맛도 없는 것 같았지만 엄마가 아빠를 위해 갈았던 끈적 끈적한 마의 희미한 맛이 생각났고, 약간 시큼하면서도 짭조름한가 하면 얼핏 이온 음료의 맛을 상기시키기도 했다.

냄새는 경우에 따라 조금씩 달랐다. 갯가에 떠밀려 온 해초의 싱싱한 내음 같을 때도 있었고, 해당화 꽃잎을 짓이겼을 때 맡았던 향기이기도 했다.

또 한 번 꽃물을 찍어 맛을 보는 순간, 아랫도리에 뻐근한 힘이 들어갔다. 그것은 준비가 되었다는 신호였다.

나의 손가락이 클리토리스를 애무하기 시작했고 점점 힘을 넣어 세게 자극을 줬다. 항문에까지 뻣뻣한 기운이 뻗쳐 온몸의 괄약근들은 수축을 반복했다. 나의 고개는 베개 뒤로 젖혀지고 손가락의 움직임은 더 빨라졌으며 흥건하던 꽃물 한 줄기가 허벅지를 타고 흘러내려 이불에 점을 찍었다. 그 와중에도 나는 윤이 깰까 봐 촉수를 세워 간간이 그의 숨결을 확인했고, 단단한 그의 등에서 눈을 거두지 않았다. 긴장할수록 나의 놀이는 속도를 높여 갔고, 내 입술 사이로 터져 나오려는 교성을 참으려니 숨이 더 가빴다.

위태로운 오르가슴 놀이는 훨씬 짜릿했다. 평소보다 더 아찔한 흥분이 일었고 후끈한 전율이 온몸을 간질이며 지나갔다. 천상으로 뻗어 가는 희열이 끝나 갈 무렵에는 더 이상 내가 존재하지 않았다. 기껏해야 몇 분의 짧은 놀이였다. 놀이가 끝난 뒤에 어김없이 몸을 휘감는 나른함이 좋았다. 잡으려고 발버둥 쳤던 잠이 스르르 다가왔다. 그대로 잠들었어야 했는데 나는 엉뚱하게도 휴대폰을 집어 들어 샤를 메리옹을 검색했다.

색맹 화가!

또다시 잠은 저만치 달아났다.

백화점에서 스카프의 색깔을 잘못 지적한 것이며 신호등 앞에서 난감해하던 윤. 그가 꼭 봐야 하는 작품이 있다고 고집을 부린 것, 그 화가가 다름 아닌 색맹 화가라는 것. 그 화가의 유령선에 올라타기 위해 사방팔방으로 수소문을 했지만, 결국 포기할 수밖에 없다는 사실 앞에서 크게 낙담하던 남자. 강렬한 태양 빛으로 눈이 부서하던 윤에게 선글라스를 사 주려 했는데 필요 없다고 한마디로 딱 잘라 거절한 그였다.

필름을 앞으로 되감아 그를 처음 만났을 때로 거슬러 올라갔다. 윤은 어린이집 벽화를 그리러 왔었다. 채색은 다른 사람이 했고 그는 단순한 밑그림만 그렸지. 동화 작업을 할 당시에도 삽화만 고집하다가 결국 부분적 채색은 내가 그래픽으로 마무리를 했던 일이 기억났다.

'어쩌면…… 혹시 오빠도…….'

나는 샤를 메리옹의 뒤를 이어 색맹을 검색했다. 윤이 색맹이라면 그는 적록색맹일 확률이 높았다. 그래서 그는 하늘과 구름만 그렸던 걸까.

달아난 잠을 되찾지 못한 채 나의 상상은 윤곽을 만들어 갔다. 지금까지 나는 윤에게 왜 하늘만 고집하는지 묻지 않았다. 좋아하는 걸 그리겠거니 했다. 하늘이 주제였으니까. 나중에는 주제를 다른 것으로 바꾸겠지 생각했었다.

그의 눈에는 숲이 어떻게 보일까. 일반인들이 보는 숲과 어떻게 다를까. 내가 입었던, 좀 야하지 않을까 걱정하면서도 그가 아무런 반응을 보이지 않은 까닭에 과감하게 입었던 빨간색 원피스. 그것조차 회색빛에 가까운 무미건조한 옷으로 보였던 것일까. 대개 남자들이 무난하다는 이유로 검정과 회색 또는 군청색을 선호한다지만, 윤은 무난함이 아니라 선택의 여지가 없었음이리라.

나는 색맹인 사람이 의외로 많다는 사실을 검색을 통해 알게 되었다. 표가 나지 않는 장애이기에 내 주변에도 분명 색맹이 있을 것이며, 색맹보다 색약인 사람이 훨씬 더 많다는 것도 알게 되었다.

그런데 윤은 왜 나에게 자신의 장애를 숨겼을까. 숨긴 것이 아니라면 왜 알려 주지 않았을까. 내가 그의 입장이라면 나도 숨겼을까.

오만 가지 생각과 물음으로 달아난 잠은 영영 되돌아오지 않았다. 종일 파리 시내를 돌아다닌 까닭에 피로가 겹겹이 쌓여 잠이라도 푹 자고 싶었는데. 커튼 사이로 희미한 여명이 비쳐 들 때가 되어서야 나름대로 가장 적절할 것 같은 결론에 도달했다. 윤이 스스로 말하기 전에는 내가 절대 먼저 꺼내지 않기로, 계속 모른 척하기로 했다.

프랑스에서의 열흘은 그렇게 막을 내렸다. 파리 근교의 바르비종으로 밀레를 보러 갔고, 오베르쉬르우아즈에서는 고흐를 만났는가 하면, 파리에서는 헤아릴 수도 없을 만큼 많은 화가를 보느라 이름도 가물거리고 헷갈렸다.

나는 인천공항을 떠나오기 전부터 작성해 두었던 쇼핑 목록을 파리 도착 나흘째 되는 날 찢어 버렸지만, 눈곱만큼의 미련도 없었다. 밤마다 호텔 방에서 종아리 마사지를 해야 했고, 힘들게 발품을 팔아서 그림들만 실컷 봤던, 향수 하나 사지 못한 섭섭함은 날아가고 없었다.

파리에서의 마지막 날, 호텔에서 짐을 쌀 때 윤은 이번 여행에 만족했던지 평소보다 많은 말을 했고 슬쩍슬쩍 미소까지 지어 보였다. 그 정도면 충분했다. 기회는 또 올 것이고, 그때 제대로 잡으면 될 것이니.

우리는 체력과 경비를 벌충하여 다음에는 뉴욕으로 가자는 약속을 파리에 남겨 두고 왔다. 그는 구겐하임과 메트로폴리탄을 보고 싶어 했다.

색맹을 극복하고 화가로 살아가는 사람도 있다는 것을 인터넷 검색으로 알게 되었다. 실물을 보지는 못했어도 그들의 그림이 좋아 보였다. 또한 그들은 자신들이 색맹임을 공개했고, 그 장애로 탄생한 그림들은 모두 아름다웠다. 색을 보고 안 보고가 결코 장애가 될 수 없다는 것을 느끼게 해 주는 그림들. 윤도 숨기지 않고 공개해서 당당하게 자신만의 장점을 살려 주면 좋으련만. 그가 스스로 말하지 않는 데는 나름의 이유가 있겠지 싶어 입술까지 나온 말을 여러 번 삼키고 말았다.

윤의 눈에 세상이 어떻게 보이는지, 내가 보는 것과 어떻게 다른지를 알아내기란 거의 불가능했다. 노력한다고 될 일도 아니고 골백번 이해한다 해도 윤의 입장이 될 수는 없었다. 색을 거세한 세상, 적록색맹이 볼 수 있는 몇 안 되는 색뿐인 세상을 상상할 수가 없었다.

그가 온전히 볼 수 있는 바다색이 과연 내가 보는 바다와 같은지, 붉은 장미가 만발한 꽃밭은 또 어떨지, 비 온 뒤 하늘에 걸쳐진 무지개는 그에게 어떻게 보일지, 눈물 나게 아름다운 석양은 어떤 느낌일지, 상상만 해 볼 뿐 나는 그가 보는 세상을 알 도리가 없었다. 칠흑같이 어두운 밤이라고 해서 윤이 보는 세상과 내가 보는 세상이 같을 거라는 보장도 없었다.

쓸쓸하고 더러 고독했으나 윤에게 다가서고 맞춰 가던 사랑에 적당히 익숙해졌다. 만족스러울 리 없지만, 큰 불만도 없었다. 그러다가 어느 순간 내 마음에 거미줄 같은 실금이 생겨났다. 그러더니 금은 굵어졌고 내 마음을 산산조각 내고 말았다.

질주. 첫걸음을 내디딜 때는 몰랐다. 그냥 천천히 걷는 줄로만 알았다. 어디쯤에서 멈추리라 생각했다. 그 걸음이 차츰 속도를 내서 등에 땀이 배더니 언제부턴가 뜀박질이 되었다. 이제는 제동이 걸리지 않는 질주가 되어 숨이 멎을 것 같았다.

이제 멈춰야 해, 그러지 않으면 다 망가져 버릴 거야. 심장까지. 그렇게 나 자신에게 경고를 했지만, 이미 멈춤이란 단어는 내 존재 밖에 있었다. 오히려 다 파괴되도록 무방비로 있고도 싶었다. 차라리 폐허가 되는 게 나을지도 모른다는 불순한 생각을 했다.

나에게 질주는 경기가 아니라 게임이었다. 잔인한 치킨게임이었다. 그러므로 나는 멈출 수 없었다. 최후에 방향을 틀 사람이 누가 됐든 중요하지 않았다. 나는 지금까지 상처에 대처하는 법을 배우지 못했다. 상처라고 할 만큼 모난 돌을 맞아 본 적도 없었고, 넘어지기 전에 잡아 주는 손이 늘 곁에 있었다. 그러니 상처가 덧나지 않게 하는 방법도 당연히 몰랐다. 삶이 손상되어 가는 것을 알면서도 속수무책인 내가 너무도 싫었지만, 나는 비상구를 찾지 않았다.

내 사랑이 이토록 처절해질 줄은 몰랐다. 끔찍한 악몽도 이보다는 훨씬 나았다.

사람들은 저마다 판도라의 상자를 하나씩 지닌 채 태어난다. 내용물이 다 똑같은 것은 아니다. 내 상자에는 사랑, 행복, 희망, 환희도 담겨 있었지만, 질투와 분노, 의심 그리고 온갖 파괴적이고 부정적이며 단단하고 까칠한 것들이 가득했다. 나는 판도라보다 어리석었다. 열지 말 것을……. 판도라는 희망 하나라도 건졌지만, 나는 그마저도 밖으로 빠져나가 버린 빈 상자를 껴안고 있었다.

사랑이라는 감로수도 잘못 간수하면 썩는다. 내 상자에서 튀어나온 사랑이 달아날까 봐 덥석 물어 버린 것이 큰 실수였다. 야금야금 음미하면서 오묘한 맛들을 느껴야 했는데, 혹시 빼앗길까 봐, 놓쳐 버린 풍선처럼 날아갈까 봐, 씹지도 않고 꿀꺽 삼켜 버렸다. 심각한 소화불량으로 속이 더부룩했다. 소화되지 못한 사랑은 배설도 되지 않았다.

나는 윤과 나란히 걷기를 희망했다. 누가 더 빠르고 느리고 없이 서로 속도를 맞춰 같은 방향을 바라보며 다정하게 걷고 싶었다. 그러나 그는 그럴 생각도 의지도 없는 사람이었다. 그는 자신의 속도를 줄이지도 않았고, 걷기 싫으면 그냥 멈췄으며, 자기가 원할 때 외에는 눈을 돌리는 법도 없었다. 그러므로 그의 곁에 있기 위해서는 내가 시선을 그에게 맞춰야 하고, 다리가 아파도 빨리 발을 놀려야 했다. 이런 사랑, 참담했다. 사랑 같지도 않았다. 굳이 사랑이라고 한다면, 외눈박이 사랑일 뿐이었다.

혼자 있어 고독한 것은 쓸쓸함이지만, 둘이 함께 있어 고독한 것은 우울함이다. 우울함 속에 감춰진 지독한 외로움이다.

지독한 외로움과 질투에 눈이 먼 나는 동화를 쓸 수 없었다. 혼탁하게 어질러진 마음으로 글을 쓴다는 것은 나를 배반하는 것이며 글을 모독하는 일이었다. 하릴없이 직장과 집을 오가며 시간에 맞춰 울어 대는 뻐꾸기였다.

이기지도 못할 술을 마시고 윤의 작업실을 찾아간 나에게 어디서 그런 용기가 생긴 것일까.

"저 그림들, 다 찢고 싶어."

나는 말에 힘을 얹어 또박또박 뱉었다.

그의 작업실 한쪽에 놓여 있던 소파가 침대로 변신해 있었다. 단 한 번도 펼쳐진 것을 본 적이 없던 소파베드였다. 당연히 내가 누워 보지도 못한 침대였다.

그 침대 위에 구겨진 채 펼쳐진 하얀 시트. 저기에 벌거벗은 그의 모델이 앉았을 테고, 누웠을 테고, 윤을 향해 다리를 벌렸을지도 모른다는 생각을 했다. 그 생각이 용기를 줬을까.

내가 그림들을 다 찢고 싶다고 말했을 때, 표정 없던 윤의 얼굴이 험악해졌다. 험악한 정도라면 귀여운 표현이라고 해도 좋을 만큼 그의 얼굴은 고약하게 일그러졌다.

"만약 내 그림 하나라도 손대면…… 다신 안 봐. 널 떠날 거야."

나는 귀를 의심했다. 방금 그가 무슨 말을 했나. 내가 뭔가 잘못 들은 거겠지. 아니지, 그는 분명 떠난다고 말했다. 아니다, 날 다시는 안 본다고 했던 것 같다. 어쨌든 떠나는 것이나 안 보는 것이나 같은 뜻이었다.

나는 윤의 말에 아연실색했다. 의심이 분노로 바뀌는 시간이 너무 짧다는 것에도 놀랐다. 나는 싱크대 서랍을 거칠게 열었다. 그 안에서 과도를 꺼내 들었다.

"왜 이래, 너답지 않게."

뒤따라온 윤이 과도를 쥔 나의 손목을 비틀어 잡으며 다급하게 말했다.

"나다운 게 뭔데?"

내 손에서 과도를 빼앗은 윤은 대답 대신 엉뚱한 소리를 했다.

"이제 얼마 안 남았어. 그만 돌아가. 너, 많이 취했다."

만약에 내가 술을 안 마셨다면 이렇게까지 속내를 다 드러내지는 않았을지도 모른다. 술이 아니었으면 진짜로 다 찢고 싶었던 그림들이라고 말도 꺼내지 않았을 거다. 나다운 게 뭘까. 언제까지나 당신 앞에서 고분고분하고 참새처럼 짹짹거리며 마냥 억지 미소를 짓고 무한정 기다려 주는, 있어도 그만 없어도 그만인 여자. 그게 나다운 거겠지.

'그래, 나를 버려. 나에게서 떠나 달라고. 난 못 떠나겠으니까.'라고, 아무리 술기운을 빌려도 나는 차마 이 말은 못 했다. 그 대신 소리 내어 펑펑 울었다.

"은채야."

윤의 목소리는 달래는 것도 아닌, 최소한의 미안함을 느끼는 것도 아닌 그냥, 그냥 피곤함만이 찐득하게 묻어 한없이 낮고 무거웠다.

나는 뒤도 돌아보지 않고 윤의 작업실을 나왔다. 그가 연락을 해 오기 전에는 전화도 하지 않을 것이고 그를 찾아오는 일도 없을 거라 다짐하면서. 그 다짐이 그리 오래가지 않을 것임을 알면서.

그가 사라진다면 내 삶은 어떤 모습으로 변할지, 얼마나 피폐해질지, 생이 그대로 멈춰 버리지나 않을지, 상상할 수 없었다. 대신 내가 사라진다면 윤에게 나의 흔적은 얼마나 남겨질지를 상상했다. 그는 순식간에 잊어버릴 것 같았다. 주방 찬장 속을 채워 넣은 아기자기한 그릇들, 한 쌍의 머그컵, 내가 사다 준 스웨터나 양말들, 그런 것에서 나의 존재를 추억조차 하지 않을 것 같았다.

그가 날 떠날 수 있게 그림들을 몽땅 훼손하고 싶을 뿐이었다. 내 마음에서 그를 영영 지워 버리고 싶었다. 아니, 죽여 버리고 싶었다. 그런 후, 그를 애도하고 싶었다. 내 온몸에 연민을 가득 채워서 실컷 슬퍼할 거라고, 슬픔이 고갈되면 그 순간이 끝이 될 것이라고 다독였다. 실현 가능성 제로의 상상 속에서 나는 비련의 주인공이었다. 윤이 하늘과 구름에서 영역을 넓혀 인간, 그것도 여자를 탄생시키는 작품이 늘어 갈수록 나는 몹쓸 년으로 변해 갔다.

그의 캔버스에 여체가 최초로 나타났을 때, 어떻게 그의 첫 개인전에 그것도 처음으로 선보이는 누드화에 등장하는 여자가 내가 아니고 누드 전문 모델이어야 하는지 이해하기 어려웠다. 그까짓 것 이해 못 할 바도 아니지만, 이해하고 싶지 않았다. 나라고 누드모델을 못 할 것도 없었다. 윤이 부탁을 해왔다면 일말의 망설임 없이 승낙했을 것이다.

내 감정은 일시에 불쾌감이라는 낯선 적수의 먹잇감이 되어 버렸다. 모델이 윤의 작업실에 주기적으로 온다고 했을 때는 반사적으로 내 팔에 소름만 돋아난 게 아니라 머릿속에서 불순한 안개가 몽글몽글 피어올랐다. 안개는 걷잡을 수 없이 모든 영역을 장악하더니 나의 일상을 끝없는 나락으로 떨어뜨려 버렸다.

처음에는 이런 유치한 감정이 어디에 숨어 있다가 튀어나왔는지 어리둥절했다. 그중에서도 그림이라는 무생물까지 질투의 대상이 되었다는 건 더더욱 이해하기 힘들었다.

질투를 감정의 문제라기보다 생리적 자연현상의 반응으로 보는 과학자도 있다. 여자의 뇌는 관계가 위협받거나, 관계가 상실될 위험에 노출될 때, 유대를 강화시키는 세로토닌, 도파민, 옥시토신 등 긍정의 호르몬 수치가 바닥으로 곤두박질친다고 한다. 반면에 스트레스를 유발하는 호르몬인 코르티솔이 뇌를 장악하고, 그 결과 질투라는 감정이 끓어오른다고 한다.

자존감이 낮은 자가 질투를 한다는 건 요설이다. 질투는 자존감과 별개의 감정이며 어떤 의미에서는 건강한 감정이다.

질투는 잘만 다스리면 자신을 더 돋보이는 인간으로 탈바꿈시켜 주기도 한다. 그게 말처럼 쉽지 않은 게 탈일 뿐.

시기심과 질투의 뿌리는 같을지 모르나 성질에는 차이가 있다.

살리에리가 모차르트에게 가졌던 감정은 질투를 넘어 그의 재능을 부러워한 나머지 죽이고 싶을 정도로 시샘한 시기심이었다. 질투를 잘 다스리지 못하면 시기로 옮겨 가고 그 결과는 참담함을 낳을 확률이 높다. 오죽하면 살리에리 증후군이 생겼겠나.

반면에 통제 불가능에 가까운 병적인 질투심의 오셀로 증후군도 있다.

아이고는 독사 같은 시기심을 채우기 위해 질투를 이용했다. 오셀로와 카시오를 이간질시켰고 거기에 불쌍한 데즈디모나를 끌어들였다. 결말은 처절한 비극이었다.

나는 내가 질투의 단계를 벗어나고 있다는 걸 알았다. 고삐 풀린 망아지처럼 방향을 잃고 오셀로와 살리에리 사이에서 지독한 방황을 하는 것도 알았다. 알면서도 멈추지 못하는 이유만 몰랐다.

하얀 구름 같은 여자, 하얀 구름 날개를 단 나부, 그림이 윤곽을 드러낼수록 오히려 안개는 짙어졌고, 질투의 대상은 실체가 뚜렷해져 갔다. 대상은 그림에서 얼굴 없는 구름여자에게로 전염되었다. 그랬다가 다시 그림으로 돌아가기를 수없이 반복했다. 중간중간에 윤에게로 향하는 적개심까지 가세하여 나를 괴롭혔다.

파란색이 점점 싫어졌다. 어떤 때는 하늘조차 올려다보기 싫었다. 차라리 억수같이 비가 퍼붓기를 바랐다. 파란색 계열과 눈이 마주치면 불에 덴 듯 진저리를 쳤다.

윤이 스케치한 어린이집 벽화까지 꼴 보기 싫은 날도 있었다. 나는 병들었다. 병들었다는 건 알아도 어디에서 어떻게 치료를 해야 할지는 몰랐다.

꿈에서 나와 윤은 몸을 섞었다. 윤의 거친 욕정에 온몸이 저렸다. 그런데 그의 욕정 아래 깔린 사람은 내가 아니었다. 윤의 몸 아래서 희열을 느끼며 온몸을 연체동물처럼 꿈틀거리는 사람은 구름여자였다. 얼굴 없는 그 여자가 교성을 내지르다가 나를 쳐다보며 웃었다. 나는 파란 벽 구석에 붙어 선 관음증 환자로 그들의 정사를 지켜보며 떨고 있었다.

예술가와 모델 간에는 언제나 염문이 있어 왔다. 나는 잠을 설쳐 가며 유명한 화가들의 사생활을 검색했다. 피카소와 그의 모델이자 연인들, 모딜리아니, 르누아르, 클림트, 에곤 실레, 로댕, 렘브란트, 고야, 모네 등등 주옥같은 작품을 남긴 세기의 화가들에게 모델은 캔버스만 채우는 정물이 아니었다.

화가와 모델 사이에는 특별한 소통과 친밀감이 필요한지도 모른다. 내밀한 감정을 만들어 가는 것 또한 어쩌면 당연한 일인지도 모른다. 화가에게 있어 모델이란, 친밀감 너머에 있는 또 하나의 끈끈한 주제가 될 수 있었다. 그렇기에 나는 윤과 구름여자의 간격이 캔버스의 수가 늘어날수록 점점 좁아지리라 여겼다.

그의 개인전 제목은 파란 방이었다. 방이라는 밀폐된 공간에서 이루어지는 농밀한 그들만의 언어, 그들의 대화 속에 내 자리가 없다는 것은 처절한 상실감을 안겨 주었다. 누드모델의 육체라는 오브제로 필터 없이 적나라하게 전개되는 그들만의 대화를 그림으로 이어 간다고 생각하니 나의 온몸은 지옥에 던져져서 활활 타올랐다. 하루의 절반 이상을 나는 그 지옥에서 살았다.

내색할 수 없는 질투가 안겨 준 소외감에 나는 점점 메말라 갔고, 자폐증 환자가 되었으며 피부는 까칠해졌고 영혼은 가시덤불이 되었다. 많고 많은 어려움 중에 특히 더 어려운 것이 있다. 그것은 왈칵 쏟아 내고 싶은 눈물을 참는 일이다. 윤의 작업실에서 나는 이런 어려움을 알게 되었고, 그것은 내 몫이었다.

집으로 돌아오는 차 안에서 몰래 우는 일이 잦아졌다. 사람들은 가슴 안에 바보를 데리고 산다. 나에게도 바보 하나가 찾아왔다. 내가 우는 것이 아니라 그 바보가 울었다. 바보는 잦은 울음을 대신 울어 주기 위해 내 가슴 안에 오두막을 지었다.

 나는 기다렸다. 연차와 월차를 긁어모아 며칠을 꼬박 기다렸고, 구름여자가 들고 나는 모습을 훔쳐보며 야금야금 시간을 탕진했다. 구름여자를 내 눈으로 직접 보고 싶었다. 윤의 작업실 반대 쪽 복도를 돌아 다리가 저리도록 창문에 기대서서 구름여자가 나오기를 기다렸다. 기다리면서 몹쓸 상상을 했다.
 그의 작업실에서 벌어지고 있을지도 모를 농염한 정사. 머리를 세차게 흔들어도 떨쳐지지 않는 찐득한 잔상들. 그들이 엉겨 붙어 거칠게 뱉어 내는 격정의 숨결들.
 나의 어디서 그런 대담함이 나왔는지 윤의 작업실 앞까지 가서는 문에 귀를 바짝 붙였다. 안에서 흘러나올지 모를 불온한 소음을 기다리며. 그들의 뒤엉킨 교성이 들려온다고 한들 무얼 어쩔 거라고. 급습이라도 해서 현장을 덮치기라도 하겠다는 건가. 내가 무슨 자격으로!
 질투라는 감정에 불이 붙으면 범위가 넓어져 간다. 대상이 하나에서 점점 확대되어 얄궂게도 세상 모든 것이 싫어졌다. 위험을 감지하고 경고등이 울려 대도 멈추기 어렵다. 불이 붙어 활활 타들어 가지만, 소화기가 없다. 이런 몹쓸 감정을 나만 책임져야 할까. 그 감정을 유발한 사람에겐 책임이 없는 걸까. 나는 윤이 미웠으며, 구름여자에게로 화살을 돌렸다.

커질 대로 커져 버린 적개심을 잠재울 방법을 찾지 못한 채 나는 작업실을 나온 구름여자의 뒤를 쫓았다. 그녀와 함께 엘리베이터를 타려고 복도 모퉁이를 도는 순간, 그녀의 휴대폰이 울렸다. 그 바람에 나는 잰걸음을 멈추고 몸을 숨겼다.

"이 시간에 네가 웬일이야?"

나는 계속 몸을 숨기고 있어야 할지, 엘리베이터를 타는 척이라도 해야 할지 잠시 고민했다.

"뭐라고?"

그녀의 목소리가 커지는가 싶더니 거기에 짜증이 얹혔다.

"아니, 어쩌다가 그런 사고를……."

나는 숨을 죽인 채 그녀의 전화 통화를 엿들었다.

"내가 지금 돈이 어딨다고 그래? 대출금 갚느라 분양받은 아파트에도 못 들어가고 있는 거 뻔히 알잖아."

엿듣는 동안 나의 상상력이 날개를 달고 마구 날아올랐다. 구름여자에게는 돈이 없다. 대출금도 갚아야 할 처지다. 그런데 누군가가 그녀에게 돈을 요구하나 보다. 누굴까……. 그녀의 애인일까……. 애인이면 좋겠다는 생각을 했다.

다음 순간 뜻밖의 대화를 듣게 되었다.

"뭐? 그 사람이 죽었다고? 아니, 이게 무슨 일이래……. 합의금이 얼만데?"

누군가가 죽었다. 그런데 돈이 필요하다. 무슨 일일까. 합의금이라면…… 교통사고를 낸 걸까. 대책 없는 나의 궁금증만 증폭되었다.

"그럼 삼천이 모자란다는 거야?"

삼천이라면, 삼천만 원일 터였다.

"그런 돈 빌릴 만한 데도 없고, 돈이 있어도 누가 뭘 믿고 냉큼 그 큰 돈을 빌려주겠니. 일단 누나가 알아는 보겠는데 기대하지는 마. 그만 전화 끊어야겠어. 급히 가 볼 데가 있어."

그녀가 누나라고 했으니 전화를 건 상대는 동생이겠구나 생각했다. 나는 구름여자와 맞닥뜨리려던 계획을 수정하고 후퇴했다.

이틀 뒤, 나는 구름여자와 담판을 지으려고 다시 오피스텔로 갔다. 이틀 동안 계획을 세우고 부수고 또 세우기를 얼마나 반복했는지 모른다. 그리고 같은 시간 같은 장소에서 기다렸다. 마침내 윤의 작업실 문이 열리고 구름여자가 나왔다. 거리가 있지만 그녀의 표정을 읽을 수 있었다. 그녀는 돈을 마련하지 못한 게 분명했다.

엘리베이터 안에서 구름여자는 거울을 쳐다보며 어깨까지 내려온 생머리를 쓸어 올렸다. 그녀는 평범했다. 얼굴이며 키며 몸매가 어디에서나 흔하게 만날 수 있는, 기억에 오래

남을 것 같지 않은 여자였다. 그럼에도 구름여자는 사람의 이목을 끄는 데가 있었다. 그녀에게서 야릇한 매력이 뿜어져 나왔다.

거울 속에서 우리는 눈이 마주쳤다.

황망함을 감추려는 내 행동이 어설펐나 보다. 거울 속 구름여자는 언제 그랬느냐는 듯 얼굴에 그려 넣었던 어둠을 걷어내고 입가에 미소를 베어 물었다. 승자의 미소였다. 표정을 읽힌 나는 초라했고, 푸석해진 마음을 들킨 것 같아 몹시 불쾌했다. 7층과 1층 사이가 천국과 지옥의 거리만큼 느껴졌다. 그 거리가 얼마가 됐든, 오늘이 아니면 기회는 없을 것 같았다. 머잖아 윤의 생일이 돌아오니만큼 무모한 질주는 멈춰야 했다.

"알고 있어요."

내가 엘리베이터에서 구름여자에게 잠깐 얘기를 나누고 싶다고 했을 때, 그녀는 입가에 묻은 미소를 지우지도 않은 채 대뜸 이렇게 대답했다. 무슨 일이냐, 왜 그러느냐 따위의 질문은 없었다. 나와 그녀는 오피스텔 근처 카페 구석에 자리를 잡았다.

"절 알아요?"

"김 화백님과 관계된 사람이라는 건 알아요."

"어떻게……. 혹시 오빠가 나에 대한 얘길 했나요?"

"아뇨, 그냥 알았어요. 최근에 누군가가 날 보고 있단 걸 느꼈거든요. 아까 엘리베이터에서 거울을 보는 순간 그 사람이 당신이라는 걸 알았죠."

"그럼 길게 말할 필요가 없을 것 같네요."

"잠깐만요. 그 전에 내가 먼저 하고 싶은 말이 있어요."

"네? 뭐…… 그러세요."

구름여자는 망설임 없이 먼저 하고 싶은 말을 했다.

화가와 자기 사이를 의심하는 거라면 걱정하지 말라. 자기는 돈을 받고 일하는 모델이다. 처음에는 몇 번 유혹해 보려는 마음도 들었는데 꿈쩍도 안 하는 화가더라. 그래서 가뿐히 마음 접고 돈 받은 만큼만 일하는 것뿐이다. 당신과 화가가 어떤 관계인지 관심 없다. 혹시 화가와 나 사이를 의심해서 나를 만난 거라면 시간 낭비인 셈이다. 그런 거라면 안심해도 된다. 모델 서는 것도 이번 주면 끝이다. 그렇지만 혹시라도 다음에 화가가 모델로 찾는다면 기꺼이 일할 용의가 있다는 건 알아 둬라.

구름여자는 그런 말을 거침없이 했다. 그녀의 당당함이 어디서부터 나오는지 알고 싶었다.

그녀가 한 말을 한 귀로 듣고 다른 귀로 흘려버리길 원했는데 양쪽 고막에 고스란히 고여 안심은커녕 나를 더 활활 타오르게 했다. 구름여자가 몇 번 윤을 유혹해 보려 했다는 말이,

다음에 윤이 찾으면 다시 모델 일을 할 용의가 있다는 소리가 기름이 되었다. 이번에는 유혹에 실패했지만, 언젠가 또 기회가 오면 가능성은 있다는 말로 들렸다.

그녀의 말을 액면 그대로 믿을 수 없었다. 나는 불신이 얼마나 무서운 무기이며 파괴력이 강한지를 잘 알고 있었다. 내 머릿속 영사기가 빠르게 돌아가고 있었다. 그녀가 벌거벗은 채로 윤을 유혹했을 장면들, 나를 숱하게 괴롭혔던 망상들이 망상이 아니었고 실재했었다는 사실에 몸이 떨렸다. 구름여자에게 들키지 않으려고 이를 얼마나 악물었던지 턱이 쪼개지는 것 같았다. 그녀의 뺨을 갈기고 싶었다.

나는 강하게 저항하고 싶었고 소리치고 싶었다. 윤이 모델로 당신을 필요로 할 일은 더 이상 없을 거라고.

"그 외에 다른 하고 싶은 말이 있나요?"

그 외라니, 나는 하고 싶은 말을 꺼내지도 않았고, 그녀에게 질문 하나 던진 게 없다는 걸 구름여자는 잊었나 보다. 참으로 당돌한 여자였다.

"필요한 돈, 내가 드릴게요. 삼천만 원, 맞나요?"

구름여자가 늘 입꼬리에 물고 있던 미소가 눈 깜짝할 새 사라졌다. 반면에 나는 속으로 쾌재의 미소를 지었다. 손을 쓰지 않고도 상대의 뺨을 후려갈긴 것이 꽤 통쾌했다. 잔뜩 긴장되었던 내 턱에서 힘이 풀려 나가는 것을 느꼈다.

미국에서 소포가 도착했다. 윤에게 줄 생일 선물이었다. 소포 상자를 받아 든 순간 심장이 튕겨 나올 줄 알았는데 받고 보니 의외로 담담했다. 한편으로 불안이 몽글몽글 피어올랐다. 그가 이 선물을 받고 어떤 반응을 보일지 기대 반 걱정 반이었다. 어쨌든 윤에게 충격을 안겨 줄 것은 분명했다. 그에게 줄 깜짝 선물은 미국 엔크로마라는 회사에서 만든 색맹용 안경이었다.

나는 상자의 무게에 반하여 턱없이 많은 것을 바랐다. 그가 받을 충격이 긍정적이기를, 윤이 나와 똑같은 색과 빛을 볼 수 있기를, 파란 방을 벗어나 넓은 색의 세계에서 다양한 주제와 다채로운 색으로 화폭을 채워 나가길 바랐다. 그동안 누려 보지 못한 색의 세상을 마음껏 즐기기를, 무엇보다 누드화를 고집하지 않기를, 이 요술 안경이 제 역할을 다해 주길 바랐다.

지금까지 나를 괴롭혔던 몹쓸 감정을 떨쳐 내고 싶었다. 누군가의 희생은 불가피하겠지만, 다 버리고 새롭게 시작하면 되는 거니까. 내가 되었든 윤이 되었든. 이미 시작된 질주는 속도를 제어할 수 없게 되어 버렸고, 벽에 부딪히든 낭떠러지에서 떨어지든 저절로 멈추게 하는 수밖에 없었다.

그의 생일날, 나와 윤은 이탈리안 레스토랑에서 식사하기로 약속했다. 그 전에 그는 그림을 전시할 갤러리 관장과 약속이 있었다. 갤러리에서 바로 레스토랑으로 온다는 윤의 메시지를 받은 뒤 아빠에게 양해를 구하고 어린이집을 나왔다.

시간은 넉넉했다. 집으로 가서 샤워를 마친 뒤, 어느 때보다 꼼꼼하게 정성 들여 화장했다. 옷장을 열고 옷을 골랐다. 검은색과 회색, 브라운과 카키색 계열은 일단 제쳐 버렸다. 안쪽 깊숙이 밀쳐 두었던 알록달록한 꽃무늬 원피스를 꺼냈다. 예뻐서 사놓고는 너무 요란한 것 같아 한 번밖에 입지 않은 옷이었다.

윤이 엔크로마 안경을 쓰고 가장 먼저 보게 될 것이 뭘까. 바로 그의 앞에 앉아 있을 나, 그리고 내가 입은 옷이 제일 먼저 눈에 띄겠지. 그런 생각을 하니 화려한 꽃무늬 원피스가 안성맞춤이었다. 쌀쌀한 날씨라 원피스 위에 도톰한 카디건을 걸쳤다.

약속 장소로 가기 전에 윤의 작업실로 갔다. 전시를 앞둔, 그러나 전시되지 못할 그의 그림들 앞에 섰다. 그가 개인전으로 성공을 거둔다면 앞으로도 계속 누드화를 고집할 것이고, 나는 나를 찢어발길 것이 분명했다. 추락은 해도 종말을 고할 수는 없었다. 나는 증오를 사랑에 포함시키지 않을 것이며, 더는 지저분하고 끈적거리는 감정에 파묻히지 않기로 했다. 나는 여전히 윤을 사랑하니까.

나는 벽에 세워 둔 캔버스들을 하나하나 들춰 찬찬히 눈으로 훑어갔다. 내 눈으로 보는 마지막 그림들이었다. 그중에 하나가 나의 시선을 낚아챘다. 그 그림 속에서 구름여자는 정면을 향해 무릎을 세운 채 앉아 있었고, 고개는 숙였지만 다리 사이로 회색 음부를 고스란히 드러내고 있었다. 무성하고 짙은 검은색 음모가 두드러져 보였다. 벌어진 백합꽃 같은 그곳 깊은 속살을 윤이 저토록 세밀하게 그려 냈다니.

온몸이 부르르 떨렸다. 나는 싱크대 서랍을 열어 그 속에서 예리한 과도를 꺼냈다. 그러고는 백합꽃을 찔렀다.

이탈리안 레스토랑에서 만난 윤의 표정이 밝아 보였다. 거의 열흘 만의 만남이었다. 그동안 나는 몸이 아프다는 핑계로 그를 피했었다. 앞서 그의 작업실에서 본 그림들로 인해 내 눈이 이글거리며 타고 있을까 봐 걱정되었다. 윤의 눈빛에도 온도가 있을까. 있다면 몇 도쯤 될까. 희미하게나마 서서히 데워져 간다면 그것은 아마도 우리가 마시는 샴페인 덕분이겠지.

윤을 만난 뒤 맞는 그의 세 번째 생일이었다. 예전 같았으면 내가 더 달떠서 나부댔을 텐데, 그와는 정반대로 시간이 갈수록 나는 초조했다. 이 시간 이후에 벌어질 일들을 상상하니 가슴에 예리한 통증이 스쳐 갔다.

"은채야, 전에 네가 말했던 거…… 내가 전시회 끝나고 생각해 보겠다고 한 거……."

윤이 무슨 말을 하는지 퍼뜩 알아채지 못한 나는 멀뚱히 그의 얼굴을 쳐다봤다. 그러자 그가 말을 이었다.

"전에 네가 결혼 얘기 했었잖아. 그거 진지하게 생각해 볼게. 그리고…… 내가 그동안 너에게 소홀했던 거, 미안하다."

나는 내 귀를 의심했다. 이런 상황을 어떻게 받아들여야 할지, 뭐라고 대답해야 할지 하얘진 머릿속에 떠오르는 게 없었다. 내가 윤에게서 가장 듣고 싶어 했던 말이었는데도 그랬다. 갑자기 눈시울이 뜨거워졌다. 나는 마음을 들키고 싶지 않아 고개를 숙여 다 식은 파스타를 포크에 돌돌 말았다.

침묵의 시간이 길었던 것 같다.

레스토랑 종업원이 커피를 놓고 가자 윤은 테이블 한쪽 끝에 뒀던 생일 선물을 앞으로 당겨 포장지를 풀었다. 그는 상자 속에서 나온 안경 케이스를 열어 보더니 의외라는 표정을 지었다. 나중에 써 보겠다는 그에게 나는 특별한 안경이니 잠깐이라도 써 보라고 채근했다. 잠시 망설이던 윤은 멋쩍은 미소를 띠며 안경을 이리저리 훑어보다가 조심스럽게 눈으로 가져갔다.

그의 입술에서 미소가 순식간에 사라졌다. 내 원피스를 뚫어져라 쳐다보던 그가 몸을 꼿꼿이 세우고 의자에 바싹 붙어 앉고는 안경을 벗었다. 윤의 얼굴은 석고상처럼 굳어졌다.

"오빠, 어때?"

내 목소리가 너무 작았을까, 아니면 그가 못 들었을까. 윤은 대답이 없었다. 그러고는 다시 안경을 썼다. 나를 보는가 싶더니 실내를 두리번거리고 창밖으로 시선을 던졌다.

"오빠…… 많이 놀랐지?"

그는 이번에도 아무런 대답이 없었다. 나의 소리는 차단되어 버렸고, 그의 시선은 길을 잃었다. 잠시 후 돌아온 윤의 시선은 텅 비어 있었다. 그는 안경을 거칠게 벗어 내고는 고개를 숙였다.

나는 갑자기 걷잡을 수 없는 불안으로 몸이 떨리기 시작했다. 도대체 내가 무슨 짓을 한 걸까. 이게 최선이라고 생각했는데, 완전히 빗나간 독선이었던 걸까.

'그에게 적응할 시간이 필요해. 누구라도 마찬가지야. 처음으로 세상의 낯선 빛과 색을 만나면 얼마나 충격적이겠어. 그러니 저렇게 반응할 수밖에 없을 거야.'라고 생각한 건 말 그대로 나의 생각이고 나의 착각이었다.

"나…… 알고 있었어. 우리가 프랑스 여행 갔을 때부터……. 많이 놀랐겠지만 차차 적응될 거야."

내 말을 듣고는 있는 걸까, 한번 떨어진 윤의 고개는 들리지 않았다.

"지금까지 오빠가 보지 못했던 색을 이젠 볼 수 있으니까…… 그러니까 앞으로 그림도……."

나는 할 말이 남았건만, 자리에서 벌떡 일어난 윤이 휘청거렸다. 그 바람에 테이블 위에 놓여 있던 커피 잔이 엎어졌고, 커피는 빠른 속도로 테이블에 무늬를 그려 나갔다. 정신을 수습할 짬도 주지 않고 윤은 레스토랑을 뛰쳐나갔다.

나는 상황 판단을 할 수도 없을 만큼 암담했다. 내가 미친 짓을 한 게 분명했다. 모든 걸 한순간에 나락으로 떠밀고 말았다. 당연히 나도 떨어졌다. 나는 납덩이가 되어 앉은자리에서 꼼짝달싹 못 하고 윤이 나간 문을 쳐다보며 몸을 떨었다.

그러다 아차 정신이 들었다. 윤이 작업실로 돌아간다면, 그는 거기에서 지옥을 보게 될 것이다. 그의 충격은 방금 전의 것과 비교도 안 될 것이 뻔했다. 그의 그림들이 모두 휴지 조각이 되어 있을 테니까.

멈춰야 했다. 이미 끝이 났어도 멈춰야 했다. 할 수만 있다면.

휴대폰에서 이름 하나를 찾아 통화 버튼을 눌렀다. 신호음이 끝까지 갔지만 받지 않았다. 다시 걸었다. 그리고 또. 그러다 네 번째 재다이얼을 눌렀을 때는 전원이 꺼져 있었다.

이대로 종말이었다.

윤 一

차가운 사랑

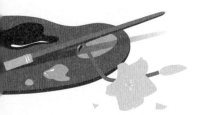

사랑은 차갑다.

손을 델 것 같은 냉기, 드라이아이스 같은, 끝내 증발하고 마는 것, 그것이 사랑이다.

만약 기적이 일어난다면, 신이 내 손에 지우개를 쥐여 준다면, 그래서 과거의 어느 한 부분을 지울 수 있다면, 지우고 새로 쓸 수 있다면, 그런 말도 안 되는 기적이 혹시라도 일어난다면, 나는 어디를 지울까.

이따위 생각이 얼마나 부질없는지 안다. 신이 지우개를 준다면 나는 생각할 것도 없이 버릴 거다. 어디를 지워도 내 장애를 벗어날 수 없다. 엄마의 배 속에서부터 시작된 것이니 차라리 태어나지 않았다면 모를까 살아온 생의 어디를 지운들 변하는 것은 없다. 변하게 하고 싶은 것도 없다. 그렇다고 신을 저주하지는 않는다.

지금까지 봐 온 세상이 더 이상 같은 세상이 아니고, 진실이라 믿었던 것이 더 이상 진실이 아니었다. 진실과 사실 사이의 격차는 너무도 컸다. 나는 나에게 무수한 질문을 던졌다.

왜 나는 다른가. 왜 나는 당신들이 보는 걸 보지 못하는가. 어디서부터 잘못된 건가. 내가 왜 이렇게 살아야 하나. 내가 당신들과 똑같이 볼 수 있다면 내 삶은 달라졌을까. 내가 보는 것과 당신이 보는 것은 얼마나 차이가 나는가. 누르스름한 회색빛 숲이 그대에게는 어떻게 보이는가. 내가 보는 하늘과 바다는 그대들과 같은가. 피 흘리며 죽어 가는 자의 모습도 설마 달라 보이는 건 아니겠지. 그 피의 색이 도대체 얼마나 강렬하기에 그대들은 얼굴을 찡그릴까. 태양이 퍼붓는 축복의 세례를 받지 못하는 자의 슬픔 혹은 분노를 그대들은 아는가.

색을 입고 있는 만물에 대한 찬양 또는 저주의 형용사까지 나는 이해하기 어려웠다. 화려함부터 시작하여 휘황찬란하다거나 화사하다거나 오묘하다거나 산뜻하다거나 하물며 구역질 난다는 것까지.

사람들은 나에게 물었다. 파란색을 좋아하냐고. 그들은 자기들이 던진 질문이 나에겐 얼마나 어리석은 물음인지 알 까닭이 없다. 나에게 선택의 여지가 없다는 걸 모르기 때문이다. 대답 대신 나는 피식 웃는다. 빨간색과 초록색이 없는 세상을 상상조차 못 할 거다. 색이 바래 버린 오래된 스냅사진 같은 세상이 더 익숙하다는 걸 그들은 모른다.

질문은 꼬리를 물고 이어지지만 밖으로 튕겨 낼 수 없었다. 안으로 파고드는 그악스러운 곰팡이었다. 물음표에서 갈고리 모양을 떼어 내면 점만 남는다. 그렇다고 그 점이 마침표가 되는 건 아니었다. 답을 얻지 못한 허탈감이 나를 사정없이 후려쳤고 나의 생을 내동댕이쳤다.

파란과 푸른, 그 둘의 차이는 뭘까. 푸른색은 어떤 색을 두고 하는 말일까.

파란색과 초록색은 분명히 다를 텐데, 어떤 때는 하늘도 푸르다 하고 바다도 푸르고, 들판도 숲도 푸르다고 말한다. 거기에는 내가 보는 푸른색이 있으며, 보지 못하는 푸른색이 있다. 푸른색은 엉터리다. 명확함과 선명함을 잃어버린 결여의 세상. 잃어버린 것이 아니라 처음부터 갖지 못한 세상이었다.

초등학교 2학년 때였다. 학기 중간에 담임선생이 바뀌었다. 담임이었던 여선생이 출산 준비로 학생들 곁을 잠시 떠나 있는 몇 달 동안, 남자 선생이 우리 반을 맡았다. 나는 진짜 담임이었던 여선생의 이름을 이제는 기억하지 못한다. 반면에 임시로 몇 달간 우리 반을 가르쳤던 그 선생의 이름은 지금도 기억하고 있다.

평생 잊히지 않을 이름이었다. 그는 나에게 그림을 어떻게 그려야 하는지를 처음으로 알게 해 준 사람이니까. 그가 알게 해 준 것이 또 있었다. 내가 남들과 다르게 세상을 보고 있다는 것을.

"야, 넌 왜 그림에 있는 것들 전부 다 검은색으로 테두리를 쳤냐? 태양에 검은 테두리가 있더냐? 나무를 봤어, 못 봤어? 검은 테두리가 있던? 그리고 나뭇잎 색이 왜 하나같이 이래?"

반 아이들 전부가 똘망똘망한 눈으로 나를 쳐다보고 있었다.

나는 아무 대답도 못 하고 큰 잘못을 저지른 아이처럼 고개를 푹 떨궜다. 미술 시간이 끝나 가도록 나는 더 이상 그림을 그릴 수도, 색을 칠할 수도 없었다. 그리고 생각했다. 선생에게 했어야 할 대답들이 무엇인지.

'난 내 눈에 보이는 대로 그렸어요. 선생님과 친구들이 잘 알아볼 수 있도록 표 나게 검은색으로 선을 그렸을 뿐이라고요. 그리고 나뭇잎도 보이는 대로 색칠했고요. 하늘은 파란색, 구름은 하얀색, 풀과 나뭇잎은 초록색, 알록달록 예쁜 꽃……. 그렇게 배웠지만 색들의 이름이 왜 다른지 모르겠어요. 내 눈엔 다들 비슷하게 보이는 것들이 너무 많아요. 초록색이라고 크레파스에 적혀 있지만 이번에는 회색이라고 쓰인 크레파스로 나뭇잎을 칠하고 싶었어요. 둘 다 비슷한 색이잖아요.'

태어날 때부터 남들과 똑같이 세상을 볼 수 없고 느낌을 공유할 수 없다면, 그것은 운명과 숙명 중 어디에 해당하는 걸까. 파란과 푸른의 차이만큼 정확한 의미를 알 수가 없다. 그저 이런 것이려니 짐작만 할 뿐이다.

나는 인간의 의지나 선택과 전혀 무관하게 정해지는 것이 숙명이라고 알고 있다. 운명은 아무리 고약해도 바꿀 수 있다. 말하자면 희망이나 절망, 행복이나 불행, 실패와 성공, 만남과 이별 등은 운명에 속해서 사람이 마음먹기에 따라 변화시킬 수 있다. 반면에 태어날 때부터 빼도 박도 못하게 정해져 있는 것이 숙명이다. 그러므로 내가 색맹인 것은 숙명이다. 그렇게 생각해 왔다. 녹색과 적색 계열의 색을 구분할 수도 볼 수도 없는 눈이라니. 그런 눈으로 화가가 되겠다면 지나친 도전이고 자만일까. 누가 속 시원하게 대답 좀 해 보라고 외치고 싶었던 때가 있었다.

초등학교 임시 담임을 통해 내가 깨달은 것은, 그림이란 보고 느끼고 원하는 것을 그리는 게 아니라, 일반인들이 공통적으로 느낄 수 있는 전형의 틀에서 벗어나면 그 그림은 엉터리가 된다는 것이었다. 그것이 초등학교에서 시작되는 미술 교육이었다. 그날 이후로 나는 미술 시간이 지루했고, 시간이 후딱 가기를 바라며 그림을 대충 그렸다. 집에서는 틈나는 대로 스케치를 하고 색을 칠하고 색종이를 오렸다. 내가 온전하게 볼 수 있는 노란색과 파란색의 색종이투성이라도 혼자만의 미술 시간이 더없이 좋았다.

학교에서 처음으로 시력검사를 했을 때, 나는 동그란 원 안에 무수히 많은 점들 속에서 숨겨진 숫자를 찾아내야 했다. 고개를 오른쪽으로 왼쪽으로 돌려 가며 동그라미 속에서 숫자를 발견하려 했으나 나의 집중과 노력에도 불구하고 내가 맞혀 낼 수 있는 숫자는 거의 없었다. 하얀 가운을 입은 간호 선생이 이상한 종이들을 꺼내 놓고 장난을 치는 게 아닐까, 의심이 들 정도였다. 그것이 색맹을 감별하는 이시하라 테스트임을, 나의 숙명을 증명하는 테스트임을 그때는 전혀 알지 못했다.

철없던 한 시절, 화가가 되고 싶다는 꿈을 꿨다. 그 꿈이 얼마나 무모한지를 깨달아 가는 건 형벌이었다. 다른 사람들이 보는 색을 나는 볼 수 없다는 걸 인정하기까지 많은 시간이 걸렸다. 그 시간 동안 나의 성격이 변해 갔다. 나는 소심해졌고 말수도 적어졌다. 얼굴에서 표정들을 지워 나갔다. 예고편도 자막도 없는 삭막하고 따분한 영화가 계속 반복되는 시절이었다.

아버지는 그림 그리는 나를 항상 못마땅해했다. 당신은 나전칠기로 밥벌이하여 식구들을 건사했다. 삼대째 물려받은 재주였다. 그는 손재주가 있는 내가 가업을 잇지 못하는 것에 불만을 숨기지도 않았다. 거의 매일 마시는 막걸리에 불만을 풀어 휘휘 저어 마셨다. 색맹이 모계로부터 전해진 유전이라는 걸 알기에 더 한탄을 해 댔는지도 모른다. 외할아버지가 색맹이었다. 무뚝뚝한 아버지와 무관심한 어머니에게서 벗어나는 꿈을 꾸던 시절은 길고도 지루했다.

은행을 다니던 터울 많은 형이 도시 생활을 포기하고 집으로 내려와 가업을 물려받겠다고 한 때부터 집안이 조금씩 조용해졌다. 형은 언제나 내 편에 서 주었다. 형이 아버지 노릇을 한다고 해도 과언이 아닐 정도로 그는 나를 감싸 주었다. 그가 몰래 쥐여 주는 용돈으로 나의 그림 재료가 떨어지는 일은 없었다.

아버지의 푸념에 상관없이 나는 내 앞에 놓인 한계를 일찌감치 깨달았기에 미술대학으로의 진학을 포기했다. 그러고는 마음에도 없는 토목과를 선택했다. 미술 학원 한 번 다닌 적 없이 혼자 그려 댄 그림을 아무도 인정해 줄 것 같지 않았다. 게다가 시험에서 보기 좋게 낙방할 거라는 불안감이 진로를 틀게 만들었다. 내가 선택할 수 있는 학과가 제한적이라는 사실에도 절망했다. 무엇보다 그림을 계속하겠다면 학비는 고사하고 생활비도 일절 적선하지 않겠다는 아버지의 방침을 무시할 수 없었다.

나의 학업성적이 나쁘지는 않아서 서울에 있는 대학으로 진학했다. 대학을 나오면 제 앞가림은 하지 않겠느냐며 아버지는 흔쾌히 적금 통장을 깼고, 나는 서울의 가난한 자취생이 될 수 있었다. 아버지와 같이 살지 않아도 된다는 이유 하나에 감사했다.

그렇다고 학교 공부가 잘 되지는 않았다. 미대생들의 강의실을 훔쳐본 시간이 내 수업에 들어간 시간보다 더 많았으니까. 그러고는 자취방으로 돌아와 그림을 그렸다. 그림으로 어찌해 보겠다는 건 아니었다. 그냥 좋았고, 그 외의 이유는 없었다. 그림을 그릴 때 나는 모든 것을 잊었다. 시시한 인생에서 벗어날 수 있는 좁디좁은 비상구였다. 그러다가 결국 이 년도 못 채우고 두 번째 학사 경고를 먹으면서 나의 외도가 들통 났고, 모든 것이 끝났다. 아버지는 돈줄을 단칼에 잘라 버렸다. 형의 자잘한 도움이 없었더라면, 소영의 배려가 없었더라면 막노동판에라도 뛰어들어야 할 정도로 내 생활은 궁핍했고 엉망이 되었다.

대학 졸업반이었던 소영은 재수를 해서 나보다 세 살 연상이었다. 점심을 먹고 난 뒤의 춘곤증을 지우려고 캠퍼스 벤치에 앉아 노트에 스케치를 하고 있었다. 얼마나 집중을 했는지 곁에 사람이 온 것도 모를 정도였다.

소영과 나는 그렇게 만났다. 그녀는 거의 뺏다시피 내 노트를 가져가서는 하나씩 넘기며 감탄을 내뱉었다.

"어쩜, 끝내주는데! 몇 학번?"

소영은 처음부터 반말이었다.

"그거, 돌려주세요."

"보아하니 신입생은 아니고, 이 학년? 아니면 삼 학년?"

"……어, 이 학년요."

소영은 내가 미대생일 거라 생각했었단다. 키 크고 피부도 희멀겋고 게다가 약간 야윈 나를 도저히 토목과와 연관시켜 생각할 수가 없다고 했다. 그녀는 나의 재능이 아깝다 했고, 나는 재능과 재주를 혼동하지 말라는 대답을 해 줬다. 그녀는 한 치도 물러서지 않고 내 말들을 토막 냈다. 진짜 하고 싶은 것을 하라는 말과 함께.

소영과 나는 띄엄띄엄 만났다. 그러다가 아버지의 원조가 완전히 끊어진 뒤로 만나는 횟수의 간격을 차츰 좁혀 갔다. 초가을이 다가올 무렵에는 좁아터진 내 자취방과 그녀의 오피스텔을 오가며 육체의 간격도 좁혀 갔다.

나는 여자의 몸을 처음으로 경험했다. 소영은 나의 첫 여자였다. 구태여 다른 표현을 쓰자면, 첫사랑인 셈이었다. 사랑이라는 단어가 낯설었고 흔한 감정이 싫었다. 그렇다고 그것을 대체할 만한 마땅한 단어가 내 머릿속에는 없었다. 순정이라고 할 수도 없었다. 사랑은 처음 보는 순간에도 빠질 수 있는 늪이지만, 정이란 놈은 시간이 필요했다. 나는 사랑과 정사이에서 어정쩡하게 배회했다.

무엇보다 그녀는 내 그림을 알아봐 주는 유일한 사람이었다. 소영은 나에게 그녀가 알고 있는 많은 것을 알려 주었다. 욕정을 다루는 법에서부터 몸을 쓰는 방법까지 다양한 테크닉을 가르쳐 주었다. 그녀의 몸은 늘 서늘했다. 서늘한 몸은 깊은 애무 뒤에라야 데워졌다.

일찍 부모를 잃은 소영은 할머니 손에서 자랐고, 가난한 형편이었으나 괄괄한 성격 덕분에 기죽어 본 적이 없다고 했다. 중학교 미술 선생으로부터 그림에 소질이 있다는 칭찬을 듣는 순간 그녀의 진로가 결정되었다고 했다.

고3이 막 되었을 때 미술 선생의 모델이 되었고, 그에게 반강제로 몸을 허락하게 된 것이 첫 경험이었다는 말을 할 때에는 마치 남의 이야기를 들려주듯 했다. 그녀는 강남의 오피스텔에 살았고, 학비와 만만찮은 생활비를 대 주는 사람이 있었다. 그녀의 후원자는 미국 국적의 재미 한국인 사업가였다. 말하자면 아버지뻘의 지긋한 사업가는 소영을 한국에 둔 내연녀로 삼은 거였다.

"원래 성격이 그러니?"

덥다고 홑이불을 걷어차며 소영이 대뜸 꺼낸 말이 내 성격을 걸고넘어졌다.

“뭐가?”

“말이 없는 건 둘째 치고, 감정 절제가 너무 심해. 어떤 때 보면 새파란 나이에 세상 다 산 사람 같다니까.”

후후. 나는 시답잖은 웃음으로 소영이 한 말을 인정했다.

“좋으면 좋다고 아니면 아니라고 말도 좀 하고 그래. 늘 술에 물 탄 듯 물에 술 탄 듯 하니까 나 혼자 노는 거 같아서 재미없어.”

“원래 그런 걸…….”

“옷도 좀 밝게 입어 봐. 늘 우중충한 무채색이야.”

“빨래하기 귀찮아서 그래.”

핑계치고는 유치했다.

“앞으로 내가 옷을 골라 줄게. 넌 변화가 필요해.”

“맘대로 해.”

‘나는 말이야’로 시작된 소영의 이야기는 마치 누구에게 하는 말이 아니라 독백이었다. 그녀는 백합을 좋아한다고 했고, 죽을 때는 방 안을 백합으로 가득 채워 잠결에 죽을 거라고도 했다. 백합이 유독 이산화탄소를 많이 뿜어내기 때문이란다. 그녀의 말을 깊이 생각하지 않았다. 그때 우리는 죽음도 가볍게 이야기할 수 있을 만큼 젊었다. 그러고 보니 소영은 백합 같았다.

섹스를 할 때면 그녀는 주위의 산소를 다 빨아 마시듯 호흡을 했다. 교성의 첫 발자국은 낮고 깊으며 짧게 찍혔다. 그러다가 오감이 엑스터시에 돌돌 말려 갈 때쯤에는 숨결의 높낮이가 불규칙하고 빨라졌으며, 가끔 소리가 위태롭게 끊겼다. 그럴 때는 소영의 호흡도 끊어졌다. 나는 그녀의 숨이 그대로 멎을까 봐 덜컥 겁이 날 지경이었다. 다행히 소영은 쳐들었던 엉덩이를 내려놓으며 숨을 내뱉었다. 소영의 독백을 들은 뒤라서일까, 섹스가 끝난 실내에 옅은 백합 향이 떠다녔다.

우리는 대화보다 육체를 탐닉하는 일에 더 많은 시간을 보냈다. 교성과 떨림과 사정이 멎으면 쉬었고, 다시 서로를 어루만지다가 발정 난 짐승처럼 교합을 반복하며 하루를 다 보내기도 했다. 싱크대 앞에 서서 커피를 내리는 소영의 동그란 엉덩이를 보고 있으면 빠져나갔던 썰물이 다시 밀려왔다. 나는 그녀의 엉덩이에 내 허벅지를 바짝 붙였다. 그럴 때마다 그녀는 자기 몸 아주 깊은 곳에서 화산이 폭발하고 폭죽이 터지다가 나중에는 종소리가 들린다고 했다. 그녀의 깊은 곳에서 불꽃들이 사방으로 퍼지는 것을 상상하며 내 움직임은 점점 거칠어졌다.

방 안의 산소가 줄어들고 우리 두 사람의 호흡은 가빠졌다. 몸 중심에서 마그마가 끓어오르기 시작했다. 아랫배에 뻐근하게 모여 있던 피가 머리끝까지 전속력으로 내달리는 바람에 내가 폭발할 것 같았다. 우리는 싱크대 앞에 선 채 후배위로 섹스를 시작했고, 침대로 옮겨 와서 절정을 맞았다. 나는 부르르 몸을 떨었고, 그 전율의 여운을 잡아 주려는 듯 소영은 아랫도리에 세게 힘을 주었다.

나는 섹스에 중독되어 갔다. 세상을 다 집어삼킬 것 같던 파도는 잔잔해지고 나와 소영은 그대로 고운 모래톱에 널브러져 잠이 들었다. 한없이 고요하고 편했다.

배가 고팠던 나는 소영의 캔버스에 초벌 그림을 그려 주는 대가로 밥을 얻어먹었다. 그 밥이 소영의 내연남에게서 나온 것임에도 나는 개의치 않았다. 허기는 자존심보다 강했다. 나중에는 그녀로부터 붓을 물려받았으며 새 물감과 캔버스를 사양 않고 받았다. 그녀의 것을 내가 나눠 갖는 것이 차츰 당연하다고 느끼게 되었다. 허기는 자존심뿐만 아니라 양심보다도 강했다.

소영은 색감이 뛰어나다는 교수의 칭찬을 여러 번 들었지만, 데생은 약한 편이라는 지적도 여러 번 들었다고 했다. 그녀는 졸업 전시회에 출품할 작품과 단체전 준비로 눈코 뜰 새 없이 바빴다. 학업을 포기한 나는 더 자주 그녀의 밑그림을 그려 주었다. 나중에는 약간의 수고비까지 챙겨 받았다. 이런 관계가 언제까지 지속될지는 모르지만 하루살이처럼 살아가는 젊은 남자가 뒷날을 생각한다는 건 사치였다.

해가 바뀌고 소영이 보름간의 미국 여행을 다녀온 뒤부터 변화가 감지되었다. 나와 그녀의 간격이 벌어지는 것을 느꼈다. 육체부터 시작하여 벌어지기 시작한 거리는 만나는 횟수까지 틈을 넓혀 갔다. 그 거리가 처음 만날 당시만큼 넓어졌을 때 소영은 일방적인 선언을 했다.

"나, 유학 갈 거야. 미국으로."

"어…… 언제?"

"다음 달 말에."

"음…… 좋겠다."

"좋겠다? 내가 떠난다는데, 한다는 말이 고작 그게 다야?"

나는 그 말 외에 어떤 말을 갖다 붙여야 했을까. 가지 말라고 말하고 싶었지만 그녀를 책임질 능력이 없는 내가 해서는 안 될 소리였다. 잡는다고 주저앉을 소영이 아닌 줄도 알았다. 그것이 우리가 나눈 대화의 마지막이 될 줄 몰랐다. 또한 그녀와 나눈 정사도 마지막이었다.

그녀의 깔끔한 공간은 우리들이 흘리고 다닌 옷가지와 땀과 체액으로 어수선했다. 침대에서 소파로 소파에서 싱크대로 옮겨 가며 질펀하게 엉켜들었다. 나는 싱크대에 등 돌리고 서 있는 소영에게 몸을 바짝 붙인 채 그녀 속으로 깊숙이 빨려 들어갔다. 그 자세는 우리 둘을 더 밀착시켜 주었고 그녀의 몸을 빨리 데웠다. 소영이 좋아하는 체위였다.

소영은 그 자세로 오피스텔의 모든 공기를 다 빨아 마셨다가 싱크대의 수도꼭지를 틀어 세찬 물소리에 그녀의 교성을 흘려보냈다. 나는 점점 더 격렬하게 움직였고 소영은 자지러질 것 같은 숨을 뱉어 내며 몸을 비틀었다. 그녀가 뿜어내는 격한 숨소리에 나는 더 흥분했고, 세상의 모든 시간이 그대로 멈춰졌으면 싶을 때 내 속의 것들을 남김없이 쏟아 냈다.

소영은 그녀의 다리를 타고 흘러내리는 내 정액을 물 묻은 한 손으로 훔쳤고, 다른 한 손으로는 축 처진 내 페니스를 잡았다. 나는 그녀를 힘껏 안았다. 그녀의 차가운 손에 잡힌 나의 남성은 다시 발기되기를 기다렸다. 그러고는 희부연 새벽 빛이 블라인드 틈새로 비칠 때까지 색마의 희롱을 즐겼다. 살포시 찾아드는 잠결에 시간이 이대로 멈춰 버렸으면 좋겠다는 생각을 어렴풋이 했다.

그날 이후 소영의 연락이 끊어졌다. 썩은 무 잘려 나가듯 쉽게 끊어질 수 있는 사이였다는 것이 믿기지 않았다. 그렇다고 당황스럽다거나 서운한 마음이 생기지는 않았다. 우리는 서로에게서 필요한 것들만 나눠 갖는 사이였는지도 몰랐다. 다만, 그녀의 밑그림을 더 이상 그릴 수 없게 되었다는 사실이 아쉬웠다. 그녀를 통해 얻었던, 또는 공유했던 소소한 만족이 사라진 것도 그랬다. 소영은 그렇게 깜쪽같이 사라져 버렸다. 그래도 남겨 둔 것이 있었다. 그녀의 체취가 내 가슴 깊이 가라앉아 있었다.

　나와 그녀는 서로에게 어떤 사람이었을까. 이것도 사랑이라 한다면 시시하게 시작해서 시시하게 끝나 버린 풋사랑 정도는 되지 않을까. 모르겠다. 어쨌든 한순간에 사라진 존재가 안겨 준 허전함은 의외로 오래갔다. 뜻밖의 낯선 감정이었다.

　색맹인 사람이 선택할 수 있는 직업의 폭은 좁은 반면, 국방의 의무는 가차 없이 치러야 했다. 집에서의 원조가 거의 끊겼고 소영도 떠난 뒤라 생계가 막막했다. 군 입대라는 카드가 남아 있었다. 어기적거리며 미뤄 왔지만 더 이상 빠져나갈 개구멍도 없었다. 굶느니 군대 밥이라도 먹는 것이 현명한 처사라 여겼다. 거기서 내 장래를 고민하기로 했다. 소영이 떠나고 두 달 뒤, 나는 병무청으로 향했다.

　이 년 뒤에 제대를 했지만, 고민의 결과는 없었다. 다시 학업을 이어 가고 싶은 마음도 없었고, 집으로 내려가서 전복 껍데기나 만지작거리는 것은 더 싫었다. 세파에 부딪히면 뭐라도 하겠지 싶었다. 좀스러운 인생에 넌덜머리가 났다. 이 세상에 호기심도 궁금증도 없는 인생이라니…….

　숨 쉬는 것 자체가 우울하게 느껴지던 시절이었다. 그렇다고 죽을 용기도 없었다. 나는 여자를 찾아다녔다. 단 몇 분의 흥분을 위해. 밥은 굶어도 그 흥분을 돈으로 샀다. 흥분 뒤에 따라붙은 공허를 어찌지 못해 눅눅한 고시촌으로 돌아와서 울었던 적도 있었다.

다시 옹졸하고 궁핍해진 나는 온갖 잡일을 했다. 형의 도움이라는 것도 한계가 있었던지라 토목과를 중퇴한 나는 건설 현장의 일용직 노동자가 되었다.

나에게는 하루라는 시간만이 존재했다. 내일은 또 하나의 하루에 불과한 것이므로 오로지 오늘만 지속되었다. 숨이 멎는 날까지 지속될 것 같은 초조와 불안도 차차 익숙해져 갔다. 하루라는 시간을 사는 사람에게는 존재의 가치도 무게도 헐거웠다. 삶은 태엽이 망가진 시계 같은 거였다. 언제 멎어도 이상할 것 없는. 하루라는 시간은 체념이라거나 단념이라고 하기에는 낯부끄러운 포기에 바늘을 맞추고 있었다. 이유를 댈 수 없는 '그냥'이 있고, 선택할 수 없는 '아무거나'도 있는 거다. 그러니 내 인생은 포기와 그냥과 아무거나로 비벼진 삶이었다.

노동 현장의 일용직은 나 같은 인간에게 안성맞춤이었다. 몸이 부서질 것 같은 피로도 하루라는 시간이 겹겹이 쌓여 갈수록 차츰 견딜 만했다. 주머니가 채워지면 간혹 여자를, 그 여자의 부스러기 같은 시간과 건조한 음부를 샀다. 말라 가는 우물에 두레박을 처넣고 고인 물을 퍼마시는 나는 늘 갈증에 시달렸다.

나의 젊음은 비겁했다. 장애를 인정하기보다 무심함을 가장했고, 열패감을 숨기기 위해 냉소로 일관했다. 정액을 뱉으려고 꺼낸, 꼬깃꼬깃 접혀진 지폐 몇 장으로 위안 삼는 나는 비열했다.

그 여자는 소영을 닮았다. 그녀의 이름은 릴리였다. 점점 사라져 가는 창녀촌에서 잊었던 여자가 다시 수면 위로 올라와 살랑거렸다. 아니다. 소영은 잊은 여자가 아니었다. 잊기를 바랐고, 잊은 척했을 뿐이었다. 소영은 우물 뒤에 가려진 채 백합처럼 고고히 피어 향을 풍겨 내고 있었다.

가벼운 주머니로 찾아갈 수 있는 창녀촌은 허름했고, 그만큼 여인네들도 초라한 살갗을 숨기려 하지 않았다. 집창촌이라는 말이 무색하게 골목 안에 몇 남지 않은 무허가의 집들. 칙칙한 조명 너머에 앉았거나 서 있는 여자들을 보며 나는 정육점을 생각했다.

오랜만에 찾은 시큼한 골방으로 삼십 대 후반에서 사십 초반은 됨 직한, 이목구비며 몸집이 소영을 연상시키는 여자가 들어왔다. 미국으로 유학 갔다가 모든 것을 잃어버리고 돌아온 소영이 아닐까 의심스러울 정도로 닮아 있었다. 아니면 그녀와 피를 나눈 배다른 자매나 먼 사촌 정도는 되지 않을까 싶을 만큼 소영을 떠올리게 했다. 어느새 소영은 추억이 되어 동그란 파문을 그리며 내가 찾아든 창녀의 방을 떠다녔다.

"이름이 뭐예요?"

몸을 밑천으로 먹고사는 여자에게 이름을 묻는 게 예의가 아니었지만, 나는 혹시라도 그녀가 소나 영 자 돌림의 이름을 쓸 것 같아 물었다.

"그런 걸 알아서 뭐 하게?"

"그냥······."

"부르고 싶은 이름이 있으면 그걸 부르면 돼. 첫사랑 이름도 괜찮고."

처음부터 반발로 일관하는 것까지 소영과 같았다.

나는 하마터면 그녀를 소영이라 부를 뻔했다가 이내 마음을 바꿔 릴리라고 지어 주었다. 백합꽃과 함께 죽겠다던 소영의 말이 생각났기 때문이다.

"릴리? 릴리. 릴리, 예쁜 이름이네."

그녀도 만족한 듯 나지막하게 자신의 새 이름을 여러 번 뇌까렸다.

"키 크고 피부도 깨끗하니 말쑥하게 잘생겼는데, 여친 없어?"

"없어요."

"미친년들, 눈이 삐었군. 요즘 미친년들이 너무 많다니까. 진짜 미친년들이야."

릴리는 불특정 다수의 여자를 싸잡아 미친년들이라고 말했다. 그러고는 짧은 원피스를 훌러덩 벗더니 저 혼자 침대에 누웠다.

"시간 죽이지 말고 얼른 해. 아깝잖아."

나는 주말마다 인사동이나 대학로에서 어슬렁거렸다. 인사동에서는 갤러리 순례를 했다. 대학로에서는 화구를 꺼내 놓고 그림을 그리거나 인물화를 그려 주고 돈을 버는 가난한 화가들 어깨 너머로 그들의 빈약한 재주를 구경했다. 고객이 맡긴 얼굴과 완전 딴판이 된 얼굴이 스케치북에서 쓱쓱 싹싹 완성될 때는 짜증이 났다.

어떤 여자는 화가에게서 성형수술받은 얼굴을 돌돌 말아 들고는 함박웃음을 지은 채 돈을 치른 남자의 팔짱을 끼고 사라져 갔다. 그들의 뒷모습을 보며 중늙은이 같은 화가에게, 그가 화가인지는 모르겠지만 어쨌든 그림을 그린 초상화 남자에게 나는 나답지 않게 불쑥 한마디를 내뱉고 말았다.

"저런 그림을 사람들이 좋아하나 보죠?"

"돈 주고 가는 거 보면 모르냐?"

"하긴 뭐……."

"너, 환쟁이지?"

덥수룩하고 지저분한 수염의 초상화 남자가 퉁명스레 물었다. 내가 대답을 못 하고 머뭇거리자 그는 엉뚱한 제안을 해

왔다.

"그럼 네가 그려 봐."

그는 접이식 의자에서 벌떡 일어나 내 뒤로 물러섰다.

"아뇨, 됐습니다."

거절에도 불구하고 그는 목탄 연필을 내 손에 막무가내로 쥐여 주었다.

"한번 그려 보라니까. 내가 여기서 온갖 사람들을 봐오다 보니 관상쟁이가 다 됐거든. 얼굴을 보니까 그림 좀 그린다고 딱 쓰여 있네."

"아니라니까요."

"네가 이 바닥에 자주 얼쩡거리는 걸 내가 모르는 줄 알아?"

때마침 앳된 여자 둘이 다가와서는 뭔가를 의논하는가 싶더니 둘 중 키가 작고 예쁘장한 여자가 화구 앞에 앉았다. 초상화 남자에게 등이 밀린 나는 얼떨결에 그가 앉았던 접이식 의자에 엉덩이를 내려놓고 말았다. 이왕 이렇게 된 거 그려 보지 뭐, 당신보다 더 잘 그릴 자신은 있으니까 하는 자만심이 없지 않았다.

지금까지 그림을 그려 왔으나 남몰래 혼자서 하던 일이었다. 모델을 앞에 두고 그림을 그려 본 적이 없었다. 인물 사진을 베껴 보는 정도의 스케치는 해 봤지만, 막상 그리려니 뒤에서 구경하던 때와는 기분이 천지 차이였다. 손에 연필을 쥐고 이젤 앞에 앉았으니 물러설 수도 없었다.

　우선 내 앞에 앉은 여자의 얼굴을 들여다봤다. 얼굴이 예쁘
장하게 생겼다고 평가하던 조금 전의 감상은 순식간에 사라
지고 그 여자가 하나의 정물처럼 느껴졌다. 나는 사물을 관찰
하듯 여자의 얼굴을 분석했다. 얼굴 크기며 형태 등을 눈으로
측정한 뒤, 눈과 코 그리고 입의 위치를 확인하고 포인트를 설
정했다. 내 머릿속에서 여자의 얼굴이 낱낱이 해체되었다가
다시 조립되었다.

　작은 이젤 위에 얹힌 종이에 연필로 곡선을 그려 나갔다. 5
분, 10분 그리고 25분. 여자의 눈매에 담긴 표정, 코의 크기
와 길이와 각도, 콧구멍의 비율까지 생각했고, 억지로 지어내
느라 흔들리는 미소까지 놓치지 않았다. 종이 위에서 태어나
고 있는 여자의 얼굴이 완성되기까지 시간이 얼마가 지났는
지 몰랐다. 같이 왔다가 옆에서 기다리던 또 한 여자는 가까
운 서점에 가 있겠다며 벌써 자리를 뜨고 없었다.

　여자의 얼굴에 명암을 넣어 주는 것으로 마침내 끝이 났다.
자리에서 일어나던 키 작은 여자는 허리를 한 번에 펴지 못해
손으로 통통 두드리며 아픈 시늉을 했다. 아팠을 거다. 나도
허리가 뻣뻣해지는 느낌이 들었으니까. 한자리에서 꼼짝도
않고 모델이 되어 준 여자가 고맙고 안쓰러웠다.

　내게서 종이를 받아 든 초상화 남자는 숨기지 않고 만족한

표정을 얼굴에 고스란히 드러냈다. 키 작은 여자는 초상화 남자보다 몇 배로 흡족해했다.

"어이, 나랑 동업하자."

키 작은 여자가 사라지자 초상화 남자는 생각도 못 한 제안을 했다.

"동업이라니요?"

"여기서 같이 초상화나 캐리커처를 그리자고."

"음…… 왜요?"

나는 그의 속마음을 가늠할 수 없었다.

"그림 솜씨가 제법이야. 그러니까 캐리커처는 내가 그리고 넌 초상화를 그려."

초상화 남자는 제멋대로 이래라저래라 결정지었다. 나는 불쾌하긴 했어도 그가 던진 제의가 싫지는 않았다.

"하는 일이 있습니다."

그의 제의가 솔깃했으나 덥석 물 수는 없었다. 궁핍한 나의 속내를 들키고 싶지 않았다.

"설마 주말에도 일하는 건 아니겠지? 지금도 넌 여기 있잖아. 자, 긴말 필요 없고 우리 악수하자. 내 이름은 한동석이다. 너는?"

나는 잠시 머뭇대다가 그가 내민 손을 잡았다. 그의 말대로 길게 이야기할 것도 없이 나는 주말에만 초상화를 그리기로 이야기를 끝냈다. 동석이라고 이름을 밝힌 사십 대 후반의 초상화 남자는 셈이 투명하지는 않았다. 말이 동업이지 자릿세나 재료값 등을 제하고 이윤의 30퍼센트만 내 몫이었다. 그래도 그림을 그릴 수 있다는 것, 그것도 공짜 모델을 오히려 돈 받고 그려 주는 일이라는 사실이 꽤나 마음에 들었다.

건설 경기가 나빠지자 일자리를 찾기가 어려워졌고 그나마 조금 저축했던 돈도 바닥이 드러나니 다시 허기가 찾아왔다. 나는 주말에만 나가던 대학로로 거의 매일같이 나갔다. 나가서 동석을 만났고, 그와 교대로 얼굴들을 그려 냈다.

캐리커처보다 초상화를 더 많이 그렸지만 우리의 셈은 변하지 않았다. 그렇다고 따지고 싶지는 않았다. 그가 아니었으면 이런 기회란 없었을 테니까.

그럭저럭 돈벌이는 되었다. 새벽부터 오전 내내 대형 마트 창고에서 분류 작업을 했다. 그리고 오후에는 대학로에서 시간을 보냈다. 동석의 상태에 적신호가 켜지기까지 여러 해를 이 생활에 젖어 지냈다. 돈도 제법 모았다. 그동안 고시촌을 벗어나 반지하와 옥탑방을 전전하다가 작은 원룸 오피스텔로 옮겨 갔다.

나는 드문드문 릴리를 만났다. 왠지 그녀를 떨쳐 낼 수 없었다. 이유는 나도 모른다. 다른 여자를 품겠다고 나선 걸음도 어느샌가 릴리의 누추한 방을 찾아들었다.

릴리를 처음 만난 날, 창녀촌 골목을 다 빠져나오기도 전에 그녀에게서 소영의 그림자는 완전히 사라져 버렸다. 릴리는 소영이 아니었고, 소영과 피를 나눴을 것 같다고 생각했던 자매도 먼 사촌도 아니었다.

릴리는 그저 몸으로 말하고 몸으로 행동하는 직업여성이었다가 하루의 시간들이 겹쳐 가는 동안 기호가 되었다. 나와 그녀 사이에 대가로 지불하는 지폐가 없다면 끊어지는 부호였다. 성이라는 상징을 사고파는 밑질 것 없는 장사로 서로의 존재를 증명해 주었다.

릴리에게서 왜 소영을 보았다고 생각했을까. 전혀 다른 두 인격과 성격과 교성과 몸부림인 것을. 소영은 깔끔하고 단정했던, 약간 낮은 이마를 가지고 있었다. 그녀는 젖꽃판 위에 앙증맞고 탄탄한 유두, 적지도 많지도 짧지도 길지도 않으면서 가지런히 아래로 뻗어 내려간 불거웃을 가졌다. 소영의 음부에서는 이름 모를 풀꽃 냄새가 싱그러웠다. 질펀한 분비물에서는 클로버를 씹을 때와 같이 새콤하면서도 크래커에 묻은 소금을 핥을 때처럼 짭조름한 맛이 났다.

반대로 릴리는 뼛속까지 창녀였다. 창녀로 태어났을 리는 없지만 창녀로 키워진 여자에게서 맡을 수 있는 모호한 질 세정제 냄새가 났다. 그 냄새는 비릿함을 숨기고 있었지만, 후각이 예민한 나의 코끝을 피해 가지는 못했다. 창녀의 서늘하고 퇴폐적인 이마는 숱을 잃어 가는 머리카락으로 가려져 있었다. 너무도 일찍 중력의 힘을 받아들인 큰 젖가슴은 쇠락의 기미를 드러냈다. 젖꼭지는 소영의 것보다 훨씬 컸고, 야살스러운 둔덕에는 어지러이 자란 잡초가 무성했다. 나는 부스스한 불꽃을 빗질해 주고 싶었다. 릴리는 침대 위에 퍼질러진 하나의 생명체 덩어리였다.

그녀의 모습은 늘 생소했다. 얼굴을 마주 보고 있으면 가슴이 아렸다. 나는 가여운 릴리를 꼭 껴안고 그녀의 앞머리를 올려 벗겨져 가는 이마에 입을 맞추었다. 내 숨결이 거칠어질수록 릴리는 새끼 잃은 암고양이처럼 가르랑거렸다.

그렇게 해가 거듭 지났고, 마흔을 넘긴 릴리는 그사이 지쳐 갔다. 그녀의 머리숱은 더 줄었고, 부분 가발을 벗겨 내면 정수리 부분은 황무지나 다름없었다. 몸도 말라 갔다. 릴리는 너무 빨리 늙어 가는 여자였다. 기름기라곤 없는 얄팍한 엉덩이와 몇 차례 잉태했으나 생산의 이력이 없는 배는 큰 젖가슴이 부담스러웠는지 같이 처지고 있었다.

땀을 식히느라 꿉꿉한 침대에 널브러진 릴리의 몸을 보고 있노라면 어떻게 내가 저 여자를 품었는지 의문이 들었다. 성욕이 사라진 자리에 남는 건 물음표뿐이었다.

그녀의 가랑이를 최대한으로 벌리게 하거나, 그녀를 내 몸

위에 앉히거나, 옆으로 눕거나, 벽을 짚고 서게 하거나. 나는 성난 페니스를 삽입하고 헐떡일 때마다 소영을 생각했던 적이 한두 번이 아니었다. 그럴 때면 릴리의 몸과 시간을 샀어도 릴리는 없었다. 그 방에는 가여운 여자, 그리고 그녀만큼 가여운 나만 있었다.

한번은 아랫도리는 부실하면서 성질만 거친 허접한 놈팡이를 받은 적이 있다고 릴리가 말했다. 그 놈팡이가 릴리의 몸 위에서 헐떡일 때, 그녀의 가발이 벗겨지는 바람에 놈팡이로부터 쌍스러운 욕을 듣고 얻어맞은 적이 있었단다. 너무 괘씸하고 억울하더란다. 그래서 '씨발'이라고 저도 모르게 욕이 튀어나왔다고 했다. 그랬더니 입에서 지린내를 풍기던 그 쌍놈이 그녀의 머리채를 잡아 머리털을 한 움큼 뽑아 버렸단다. 순간 눈이 휙 돌아 버린 릴리는 사내의 팔뚝을 있는 힘껏 물어 침대를 피로 얼룩지게 했다. 그 바람에 포주의 사위에게 보신탕집 개처럼 또 얻어맞아 나흘을 영업도 못 하고 누워 지냈단다. 그 뒤로 머리카락이 더 빠졌고 빠진 자리에서 새로 올라오는 것이 거의 없더란다.

그 이야기를 할 때, 릴리의 눈가가 젖었다. 내 앞에서 가발을 고쳐 쓰며 저도 여자임을 눈으로 알려 왔다.

"어디 아파?"

나는 정해진 화대에서 만 원권 지폐를 몇 장 더 얹어 주며 릴리에게 물었다.

"당연하지. 온몸이 아파. 이제 이 짓도 은퇴해야지."

"은퇴하면…… 갈 곳은?"

"갈 곳 없으면, 데려다가 살래? 그럴 것도 아니면서 뭐가 궁금해?"

나이 들고 기운 떨어진 여자가, 남자의 정액을 받는 일 외에는 배운 것도 잘하는 것도 없는 여자가, 어디 가서 무엇으로 먹고살지 걱정되었다.

"이젠 나도 떠날 거야. 꼭 떠나고 말 거야. 반드시 그렇게 할 거야."

릴리는 떠나겠다는 말을 떠나지 못하는 사람처럼 힘주어 말했다. 그때, 그녀는 릴리가 아니라 한없이 애처로운 여인이었다. 나는 가여운 여자의 속살을 살뜰하게 쓸어내리고 어루만져 주었다.

매일이다시피 함께 일하는 관계라 나는 동석의 변화를 눈치채지 못했다. 그가 많이 여위었다는 걸 그의 잦아진 짜증으로 겨우 알아차렸고, 이미 그때는 그의 병색이 놀랄 정도로 짙어져 있었다.

"야, 인마. 젊디젊은 놈이 이제 이런 짓은 때려치워."

동석은 나에게 난데없이 초상화로 먹고사는 일을 때려치우라며 성질을 부렸다.

"여기서 아무리 솜씨를 뽐내도 알아주는 인간 하나 없어. 지금이라도 제대로 배우든 아니면 정신 차려서 제대로 된 일자리를 얻든 하라고. 내가 비록 이 짓으로 먹고산다만, 비전이라고는 눈곱만큼도 없어."

그러고는 화구를 챙겨 들고 휘적휘적 걸으며 따라오라고 고갯짓을 했다.

나는 한마디 대꾸도 없이 그의 뒤를 따랐다. 그가 어디로 가는지, 나는 왜 따라가는지 궁금하지도 않았다. 한참을 걸어 우리가 닿은 곳은 혜화동 끄트머리에 있는 허름한 5층짜리 건물이었다. 엘리베이터가 없는 건물을 5층까지 걸어 올라갔다. 나는 거기에서 신천지를 만났으며, 머리카락 한 올 없는 민머리 화가를 소개받았다. 그는 동석의 친구였다.

"네가 숨겨 둔 그림들 다 가져다가 저 친구에게 보여 줘라."

내 그림을 한 점도 본 적이 없는, 내가 몰래 그림을 그리고 있다는 사실도 모르는 동석이 대뜸 한 소리였다. 민머리 화가는 나를 멀뚱히 쳐다만 봤다.

그날 이후 나는 화가의 화실에 출입이 허락되었고, 동석은 대학로에 나오지 않았다. 민머리 화가를 소개해 준 날, 동석은 개인적인 일이 있어 당분간 일을 쉴 거라며 나에게 화구 일체를 떠넘겼다.

내 그림 몇 점을 본 민머리 화가는 좋다 싫다 괜찮다, 라는 짧은 평도 없이 가타부타 내가 있을 곳을 손가락으로 가리켰다. 거기에는 30호짜리 캔버스가 얹힌 이젤이 있었다. 나는 어쭙잖게 서 있다가 민머리 화가에게 질문을 던졌다.

"저기…… 성함이라도 알고 싶습니다만……."

사람 무안하게 민머리 화가는 대답 대신 피식 웃었다.

"주인장의 성함 정도는 알고 있어야 하지 않겠습니까?"

부루퉁한 내 목소리에 내가 더 놀랐다. 반대로 민머리 화가는 호탕하게 웃어 재꼈다.

"동석이 그 친구가 자넬 꽤나 잘 아는 것처럼 말하더니만, 모르는 구석도 많은 것 같군."

"네? 무슨 말씀인지……."

"난 민이라고 한다. 그렇게만 알고 있으면 돼. 그리고 뭘 그리면 되냐고 묻지 마라. 그런 질문 하는 것들, 딱 질색이야. 알아서 그려. 그리고 싶은 걸 그리라고. 됐지?"

한번 열린 민머리 화가의 입에서 흘러나온 말은 많았고 또 빨랐다. 그에게 언어장애가 있을지도 모른다는 내 생각을 말끔히 씻어 주었다. 이름이 민인지, 성이 민이라는 건지 알 필요도 없었다. 나는 그 시간부터 그를 민 화백이라고 불렀다.

석 달이 어떻게 지나갔는지 모를 지경으로 정신없이 보냈다.

동석의 빈자리를 혼자서 감당하다가 늦은 오후가 되면 민 화백의 화실로 가서 내 그림을 완성해 나갔다. 나와 민 화백은 거의 묵언수행을 하듯 말없이 각자의 일에 매달렸다. 그는 가끔 하루씩 자리를 비울 때가 있었다. 그러다가 나흘이나 화실을 비우고 돌아온 민 화백이 대뜸 내 그림에 대해서 물어 왔다.

"자네 그림이 마음에 들어. 그런데 말야, 테크닉은 좋은데 색감은 아직 멀었어. 어떻게 생각하나? 자네는 만족하나?"

말하는 그의 입에서 술 냄새가 났다.

"글쎄요……."

"자네가 사용하는 색이 딱 정해져 있어. 일부러 그러는 건가?"

나는 대답을 미뤄 놓고 뒤로 물러서서 내가 그리던 그림을 쳐다봤다.

"무슨 의도라도 있느냐고 묻는 거야."

"그런 거 아닙니다. 저는…… 색을 다르게 봅니다."

"무슨 뜻인가?"

민 화백은 집요하게 물고 늘어질 것 같았다. 나는 심호흡을 한 뒤 그에게 천천히 그리고 또박또박 말했다.

"저는 색을 못 봅니다. 말하자면, 그러니까 남들이 보는 색을 볼 수가 없습니다. 색맹이란 뜻입니다."

내가 민 화백을 만난 후로 가장 길게 한 말이었다.

"그렇군."

그의 반응은 너무 싱거웠다.

나는 치부를 까발리고 났더니 더 이상 그림에 집중할 수 없었다. 오늘은 일찌감치 접고 집에나 가자고 생각한 그때, 민 화백은 마치 남의 이야기를 하듯 툭, 한마디 던졌다.

"동석이 그 친구, 갔어. 하늘나라로 가 버렸어."

민 화백이 던진 제법 큰 짱돌 하나가 내 머리로 날아와 박혔다. 나는 머리가 하얘진다는 느낌이 어떤 건지 난생처음으로 알게 되었다. 사고는 오도 가도 못하고 정지되어 버렸다.

"답답한 인간이었지. 또 너무 아까운 사람이었고."

나는 민 화백이 동석을 두고 말한 인간과 사람이 어떤 뉘앙스로 구별되는지 몰랐다. 나는 색만 구별할 줄 모르는 것이 아니라 인생의 다양성도 구별하는 능력이 결여된 인간이었다. 아니, 사람이었다. 모르겠다, 어느 쪽인지. 사람은 우리글이고 인간은 한자어라는 것 이상의 사고는 내 영역 밖이니까. '사람으로 태어나 인간이 되어라'는 말은 어디선가 들었거나 읽은 적이 있었다. 그렇다면 소극적 객체와 적극적 객체의 차이 정도는 되지 않을까, 하는 시답잖은 생각을 하다가 민 화백이 커피를 태워 자리로 돌아왔을 때 얼토당토않은 생각을 접었다.

민 화백은 동석에 대해, 그의 생에 대해 약 30분으로 총정리를 해 줬다.

두 사람은 같은 미술대학을 다녔고, 동석은 친구들 사이에서 일찍부터 천재라는 타이틀을 달고 다녔다. 두각을 드러낼 즈음에 찾아든 유전적 병마로 그림을 포기하는 지경에 이르렀으며, 가난이 죽음보다 싫다면서 떠나 버린 아내와의 사이에 딸이 하나 있었다. 동석의 병을 물려받은 딸은 오랫동안 힘든 사투를 벌이다 먼저 세상을 떠났다. 생계를 위해 대학로에서 남들의 얼굴을 그려 주며 사는 인생으로 전락해 버린 동석은 병이 재발해 결국 딸의 뒤를 따라 떠나고 말았다는 사연이었다. 그는 병든 딸을 지키기 위해 무너져 내릴 것 같았던 자신의 생을 용케 붙들고 있었다. 그의 생이 조금만 더 길게 이어지길 바랐다는 것을 끝으로 민 화백은 입을 다물었다.

나는 동석의 유전병이 무엇이었는지 묻지 않았다. 이미 세상에 없는 사람의 병명을 알아서 뭐 하겠는가. 그의 죽음은 내가 추구하는 세상에서, 그런 세상도 실은 없지만, 나에게 중요한 것은 그림밖에 없다는 걸 확실하게 각인시켜 준 계기가 되었다. 사람의 목숨은 믿을 게 못 된다. 언제 가더라도 이상할 것이 없었다. 그때까지 하고 싶은 걸 하자 싶었다.

그동안 비축해 놓은 돈이 있었고, 고향집 형으로부터 밭을 판 돈의 일부가 올라온 덕분에 서울 외곽 신도시에 급매로 나온 오피스텔을 구입했다. 그리고 대학로에서 추위에 손이 곱아 가며 그렸던 초상화를 동석의 이젤에서 내렸다.

오롯이 나만을 위한, 옮겨 다니지 않아도 되는 공간이 생겼다는 건 내가 살아오면서 가져 본 유일한 축복이었다. 사람들이 왜 아등바등 집을 장만하려는지 알 것 같았다. 그곳을 내 마음대로 꾸미고 장식했다. 생활의 공간은 최소한으로 좁혔고 대부분을 그림 그릴 수 있는 공간으로 만들었다. 침대를 들이는 대신 소파베드를 넣었고 접이식 테이블은 언제라도 식탁과 책상으로 변할 수 있었다. 다양한 조명등을 설치했고 암막 커튼을 달았다. 비워 둔 한쪽 벽면을 파란색으로 칠하자 작업실은 완성되었다.

릴리가 떠났다. 진짜로 떠나 버렸다.

내가 석 달 만에 릴리를 찾아갔을 때, 그녀는 없었다. 늙은 하마같이 교활해 보이는 포주는 입가에 버글거리는 허연 거품을 쌍스러운 욕과 버무려 뱉어 냈다. 화냥년이 도망갔다고, 벌써 보름이 지났다고 했다. 군내가 기어 나오는 열린 방 문턱에 앉은 추레한 입성에 살이 피둥피둥 찐 남자는 릴리가 큰돈을 당겨쓴 뒤 일수를 네 번밖에 안 찍고 달아난 도둑년이라고 했다. 화냥년에 도둑년이 되어 버린 릴리는 어디로 갔을까. 천애 고아로 이곳에서 이십 년이나 생활했다는 그녀에게도 갈곳이 있었나 보다. 아니면 정처 없이 떠돌다가 막다른 창녀촌으로 들어갔을까.

릴리가 없는 골방에 누워 릴리를 생각했다. 생긴 것도 몸매도 나이도 밋밋한 여자가 당나귀처럼 내 몸 위에 올라탄 채 엉덩이를 들썩이는 동안에도 릴리를 생각했다.

그녀와의 시간이 수년 동안 지속되었는데, 내 속에 담겨 있는 릴리는 의외로 적었다. 그녀가 고아라는 것과 탈모로 정수리가 휑하다는 것, 민망한 정수리를 대신하여 불거웃은 새까맣고 무성하게 엉클어졌던 여자. 질 세정제 냄새를 풍기던 여자. 그녀를 엎드리게 한 채 뒤에서 내가 안간힘을 쓰면 저도 가르랑대며 암상스러운 고양이 소리를 냈던 여자.

내가 릴리에 대해 아는 것이라곤 고작 그녀의 벌거벗은 모습이 전부였다. 어쩌면 그녀는 고아가 아닌지도 몰랐다. 릴리는 셀 수 없이 많았던 남자들의 정액과 자신의 체취로 도배한 그녀의 골방을 떠나듯 나에게서도 쉽게 떠났다. 작별 인사라도 했더라면 내 기억에 조금은 각별한 여인으로 남겨졌을까.

릴리는 나를 기억할까. 20년간 받아 낸 숱한 고객 중에 단골이었던 나를. 나라는 인간보다는 겨울밤에 그녀에게 건넸던 군고구마나 향긋한 귤 꾸러미, 반쪽씩 나눠 먹었던 차가운 사과 한 알의 기억으로 남을지도 모르겠다.

내가 딱히 릴리를 고집한 이유는 모르겠다만, 얼핏 이런 생각도 스쳐 갔다. 결핍의 판타지를 나눌 누군가가 필요했고, 그 상대로 릴리가 최적이었다고. 시간이 훌쩍 흐른 뒤, 아름다울리 없는 릴리를 나는 아름답게 추억할지도 몰랐다.

나는 릴리가 떠난 뒤로 창녀촌에 발을 끊었다. 대신에 간혹 여자를 품고 싶을 때면 안마방이나 오피방을 들락거렸다. 릴리의 나이를 반 토막 낸 젊은 여자들은 어디에나 있었다. 예쁜 여자가 있고, 몸에 물방울이 떨어지면 바로 튕겨 나갈 것처럼 탱탱한 여자가 있었다. 동남아에서 온 까무잡잡한 여자가 있는가 하면, 우크라이나에서 온 가랑이 속이 깊고 큰 유방에 실핏줄이 보이던 하얀 여자도 있었다. 애프로디지액인 애디를 먹고 아프로디테가 된 여자가 있는 반면, 간혹 보릿자루처럼 뻣뻣한 여자도 있었다.

릴리에게서 맡았던 냄새는 어디에도 없었다. 겨드랑이에서는 다양한 향수 냄새가 났고, 질 입구에 듬뿍 바른 러브젤에서는 상큼한 민트향을 맡았다. 그러나 나는 그녀들의 여치 날개같이 하늘거리는 란제리와 아슬아슬한 T팬티 자국에도 쉬 흥분하질 못했다. 날이 갈수록 쉽게 타오르던 욕정이 심드렁해져 갔다.

내가 가려내지 못하는 색이 많듯, 그녀들이 지닌 색은 하나같이 닮았고 희미했다. 제각각 뿌린 향수를 걷어 내면 향을 지니지 못한 여자들이었다. 현란한 몸동작도 닮았고, 인위적으로 풍만해진 젖가슴들도 비슷한 사이즈였다. 목구멍을 타고 흘러나오는 교성은 자연스러운 음향이 아니라 같은 학원에서 발성을 배운 학생들 같았다.

　업소에서 일하는 여자들은 마트의 완구 코너에 진열된 인형들과 다를 바 없었다. 나는 여자들을 찾아 여러 밤을 부나방처럼 떠돌았다. 사그라진 욕정과 순간의 쾌락을 되찾기 위해서가 아니었다. 동석과 릴리를 잃은 뒤 나는 나를 잃어버렸다. 없어진 나를 찾고 싶었고 다른 나를 찾고 싶었다.

　그즈음 내 몸에 이상 반응이 감지되었다. 소변을 보기가 힘들었다. 탁하고 누런 분비물이 변기 속을 채웠고 역겨운 냄새를 피웠다. 귀두에서 시작된 잘잘한 통증이 확대되어 음경 전체로 뻗어 나갔다.

　요도염이겠거니 하고는 비뇨기과를 찾았다가 뜻밖에 의사로부터 임질이라는 낯선 병명을 들었다. 내가 아무런 대꾸도 없이 앉아 있자 의사는 임질은 성병의 일종이라 했다. 검사 결과로 봐서는 항생제 내성 임질균은 발견되지 않아 다행이라며 그는 친절하고 상세한 설명을 덧붙였다. 의사는 약을 거르지 말라는 말과 다음 검사와 진료 날짜도 절대 빼먹지 말라는 당부를 추가했다. 주사를 맞고 항생제를 처방받아 병원을 나올 때의 기분은 여간 우울한 게 아니었다. 공중화장실 쓰레기통 밖으로 삐져나온 더러운 오물이 잔뜩 묻은 휴지를 입에 물고 있는 기분이었다.

　기억에 제대로 남아 있을 리 없는 스쳐 간 업소의 여자들을 떠올려 보았다. 누구에게서 옮았을까 따위의 의문보다 나도 모르는 새 누군가에게 옮겼을지도 모른다는 주제넘은 걱정을 하면서 딱 한 번 릴리를 생각했다.

비루한 창녀촌 골방에서 이십 년 동안 몸을 팔았던 릴리는 나보다 훨씬 깨끗했다. 젖이 처지고 두 개의 크고 작은 음순이 늘어졌어도 주기적으로 보건소를 다녔고, 매일 질 세정제로 음부를 문질렀다. 그녀가 어디에서 무엇을 하고 사는지 궁금했다.

은채를 만났다.

나는 그녀를 만나기 전까지 민 화백의 주선으로 단체전에 작품 몇 점을 올렸고, 그의 도움으로 여기저기서 들어오는 벽화 밑그림 작업을 의뢰받았다. 한창 담벼락 그림이 유행하던 때라 지방으로 한 달 이상 내려가 있기도 했다. 재료비와 생활비를 고민하지 않아도 되었다. 월세를 걱정할 필요가 없어진 생활은 비록 벌이가 시원찮아도 마음을 안정되게 해 주었고, 작업에 더 집중할 수 있어서 좋았다.

그 생활이 마냥 지속되지는 않았다. 벽화 유행이 시들해져 감에 따라 일감이 차츰 줄었고 다시 생계를 고민해야 할 즈음에 은채가 나타났다.

어린이집 담벼락 작업은 단순하고 쉬웠지만, 천천히 그려 나갔다. 그녀가 내 등 뒤에 있었기 때문이다. 꽤 신경 쓰이는 여자였지만, 싫지는 않았다.

은채가 나에게 동화책에 들어갈 그림을 그려 줄 수 있냐고 물었다. 그 질문에 한참을 망설였다. 구미가 당기는 제안이었는데도 그랬다. 나는 승낙하고 싶은 마음을 미루고 동화 내용부터 보여 줄 것을 권했고, 그녀는 망설임 없이 함께 일하는 걸로 결론을 내렸다. 나의 장애를 드러낼 필요가 없었다. 은채가 쓴 동화는 채색을 뺀 삽화로도 충분할 것 같았고, 다만 몇몇 부분적인 채색은 그녀가 알아서 채워 넣었다.

은채에게는 아쉬운 것 없이 자란 티가 났다. 온실 속의 화초처럼 자란 여자는 시시껄렁한 소설 나부랭이 속에나 있는 줄 알았는데, 실존하는 여자였다. 화초가 종이 밖으로 걸어나와 내게로 왔다. 사랑을 많이 받고 자란, 굴욕이 뭔지도 모르는 삶을 살았을 것이 분명한 밝음이 그녀를 가득 채우고 있었다. 그런 그녀가 불편하고 답답할 만도 한데 내색 없이 내게 맞춰 주는 게 고마웠다. 고마움을 제대로 표현하는 방법도 모르는 내가 야속할 법도 했는데 말이다. 나는 시각의 장애보다 마음의 장애가 더 깊다는 걸 은채를 만나고 나서야 깨달았다.

그녀의 전폭적인 지지와 도움 덕분에 나는 부업으로 벽화의 밑그림을 그릴 일 없이 작업에만 몰두할 수 있었다. 그토록 고마운 은채지만, 그녀에게 내가 첫 남자라는 것이 부담스러웠다.

여자와 함께하는 나란한 삶이란 내 인생 밖의 일이었다. 나라는 인간은 살가움도 모르고 마음을 표현하는 것마저 인색하고 어설펐다. 나는 누군가와 함께하는 삶에 익숙하지 않았다. 하루의 시간만 사는 인간에게 책임감이라는 것은 커다란 굴레였다. 잡초는 잡초답게 살아야지 화초를 퇴색시키고 망치는 것은 죄악이다. 그녀는 저 혼자서도 충분히 빛깔 고운 노란 튤립이었다.

나는 은채의 경험 없는 몸을 탐하지 않았다. 불쑥 찾아오는 욕망이 없어서가 아니라 책임과 의무가 결여된 인간이 몸을 사리는 방법이었다. 반복되고 매인 일상이 두려웠기 때문이다.

단체전이 끝났을 때 은채는 프랑스 여행을 제안했다. 나에게 꿈은 없었으나 희망 사항 하나는 있었다. 프랑스에 가서 그림들을 실컷 보는 것이었다. 그 하나를 이룰 수 있게 되었으니 마다할 이유가 없었다.

비가 갠 시월의 파리 하늘은 한국의 가을 하늘 못지않게 파랗고 높았다. 캔버스에 그대로 옮겨 놓고 싶을 만큼 시원스러운 파랑이었다. 그려 내고 싶었다. 깊은 하늘과 점점이 떠가는 새털 같은 구름들, 멀리 물러나 푸짐하게 떠다니는 구름들,

그리고 탄생의 순간들을 그리고 싶었다.

난생처음 다시 태어나고 싶다는 생각을 했다. 장애가 없는 사람으로 태어나고 싶었다. 그래서 내가 볼 수 없는 색을 보고 싶었다. 살아오는 동안 나는 색을 배웠다. 보고 느낀 것이 아니라 말 그대로 배웠다. 배운 대로 피는 붉고, 잘 익은 앵두도 붉고, 싱그러운 봄날의 나뭇잎은 초록이며, 발아래 넓게 깔려 있는 잔디도 초록이며, 분홍색 장미와 보랏빛 할미꽃을, 석양의 빛이며 붉게 칠한 여인들의 입술을 눈으로 보고 싶었다. 가랑이 사이에 숨겨 둔 여자들의 하나같이 흐릿한 잿빛 입술 대신 색을 가진 열꽃 같은 입술을 보고 싶었다.

"오빠, 보라가 나아? 아니면 코발트그린?"

라파예트 백화점 1층에서 스카프를 고르던 은채가 나에게 물었다. 그녀에게 어떤 색깔이 어울릴지 알 길이 없었다. 보라든 코발트그린이든 내 눈에는 비슷한 색일 뿐, 은채가 보는 색과 같을 수 없었다. 나는 번거로운 장소와 시간으로부터 얼른 달아나고 싶었다.

"보라색으로 해."

나는 근성으로 대답했다. 난감해하는 은채의 얼굴을 보며 또다시 못난 놈이 되고 말았다. 내가 대충 손짓한 스카프가 코발트그린이 아니었기를 바랐다.

색맹은 여러 장애 가운데 하나일 뿐이다. 더러 육체나 뇌가 가진 장애에 비하면 색맹쯤은 가벼운 것으로 생각하는 사람도 있다. 일상생활에 큰 지장은 없다. 그러나 남들처럼 색과 빛을 보지 못하는 사람에게는, 어쩌다가 그림이 삶의 전부나 마찬가지인 사람에게는 심각한 콤플렉스다. 드러내고 싶지 않은 치부다.

그래도 은채에게는 말을 하는 게 나았을까. 아니다. 은채든 누구에게든 동정을 받는 것은 참을 수 없는 일이다. 값싼 동정심은 알량한 나의 존재 이유를 허물어뜨리는 것임을 설명한들 알까.

파리를 떠나오기 이틀 전 밤이었다.

루브르 박물관을 샅샅이 뒤져서 색맹 화가인 샤를 메리옹의 작품을 찾았지만, 어디에도 없었다. 실망은 했으나 낙담할 일은 아니었는데도 은채는 신경을 썼고, 결국 우리는 그 작가의 작품을 볼 수 없다는 답을 들었다.

여행의 피로에 짓눌릴 것 같았으나 비싼 경비를 들여 멀리까지 날아왔으니 하루를 쉰다는 것은 가당찮은 일이었다. 하물며 내 몫의 여행 경비까지 대고, 예전에 친구들과 다녀갔던 박물관과 미술관을 또 돌아보게 된 은채는 얼마나 힘들었을까. 그녀는 내 것보다 몇 배의 피로가 쌓였을 텐데도 내색하지 않고 오히려 늘 재잘거리며 밝게 웃었다. 그런 은채에게 미안했고, 한편으로 고마웠다.

　라데팡스에 있는 현대식 호텔 방으로 돌아온 후 샤워를 마치고 침대에 눕자마자 나는 수마의 심해로 빠졌다. 깊은 잠은 오래가지 않았다. 꿈결에 깼을 수도 있고, 낮은 기척에 깼는지도 모르겠다. 은채가 바스락대는 이불 소리가 등을 간지럽혔다. 피곤할 텐데 잠 못 들고 조심스럽게 뒤척이는 그녀에게 무슨 일이 있나 싶어 걱정도 되었다. 천근 같은 몸을 돌려 물어볼 수도 있었으나 은채의 낮은 신음에 그대로 등 돌린 채 자는 척할 수밖에 없었다. 내가 몸을 돌려 눕는 순간 우리 둘 다 꽤나 어색할 것 같았고, 그녀의 뜨거운 눈빛이 내 동공에 꽂혀 버릴 것 같았다.

　은채의 신음은 몸이 곤하거나 아파서 내는 소리가 아니었다. 그것은 저 바닥에서, 그녀의 은밀하고 깊은 곳에서 울려 나오는 공명이었다. 은채가 아무리 소리를 지우려 해도 그녀의 몸을 빠져나오는 진동은 내 등을 할퀴며 긴 손톱자국을 냈다.

　내가 고생했던 임질은 열흘 만에 완치되었다. 그 뒤로 나는 여자를 사지 않았다. 나 혼자 싱크대 앞에서 욕실에서 소파베드에서 늘어진 고환과 흐늘거리는 성기를 빳빳하게 일으켜 세웠다. 소영과 릴리와 우크라이나에서 온 여자의 실핏줄이 보이던 커다란 유방을 번갈아 떠올리며 정액을 쏟아 냈다. 단 한 번도 은채를 떠올리지 않았다는 건 희한한 일이었다. 그것도 오래가지 않았다. 서서히 욕정은 후퇴해 갔고, 언제부턴가 색마는 나에게서 관심을 돌려 버렸다.

등에서 시작된 찌릿한 통증이 아래로 내려가서 나의 페니스를 자극했다. 나는 은채를 바스러지게 안고 싶었다. 그녀가 그만하라고 소리를 지를 때까지, 세포의 모든 구멍이 열릴 때까지, 오르가슴의 희열로 숨이 넘어갈 때까지 그녀를 짓누르고 싶었다. 그럼에도 나는 은채의 신음이 멎을 때까지 기다리기만 했다. 그리고 이내 깊디깊은 잠 속으로 유영해 들어갔다. 다시 고개를 든 색마보다 수마의 유혹이 더 지독했다.

파리에서 돌아온 뒤 계획을 세웠다. 지금까지 단체전에만 참가했던 나는 개인전에 도전하고 싶었다. 파리와 그 일대를 돌아다니며 봤던 수많은 그림들은 큰 자극제였다.

은채에게 은근슬쩍 개인전을 하고 싶다는 뜻을 내비쳤더니 그녀는 만면에 희색을 띠었다. 그러고는 발 빠르게 움직였다. 지인이 운영하는 인사동의 한 갤러리에 자리를 마련했고, 투자를 한답시고 물감이며 캔버스 구입에 드는 비용을 선뜻 내놓았다. 다만 작업에 몰두하기 위해 작업실 출입에 제한을 뒀을 때 은채는 서운함을 감추지 않았다.

"오빠, 우리 결혼해."

은채의 입에서 나온 말이었다.

내가 단 한 번도 생각해 보지 못한 말을, 은채가 했다. 내가 감춘 욕망이 그녀의 눈빛에 드러났다. 당황스러웠다. 그녀가 원하는 대답을 해 주지 못하고 얼버무린 것이 미안했다. 그녀에게서 또 다른 눈빛도 읽었다. 간절함 뒤에 숨어 있는 두려움 그리고 불신. 사람이 찰나의 눈빛에 그렇게 많은 의미를 담을 수 있다는 것이 믿을 수 없었지만, 은채는 그랬다.

"지금처럼 지내는 것이 어때서……."

내가 한 말인데도 내 것 같지가 않았다. 말이 흩어지기도 전에 마치 소름이라도 돋은 듯 은채는 몸을 떨었다. 방금 전까지 그녀의 눈빛 상자에 담고 있던 의미들을 다 내쫓고 분노만 덩그러니 남겨 둔 것 같았다. 내가 무슨 말을 해야 했을까. 뒤늦은 후회는 실수를 무마하기 위한 변명만 만들 뿐.

"이번 전시회 끝나면 진지하게 생각해 보자. 지금은 그럴 시간이 없잖아."

이 말로 그 가시방석 같은 상황을 종료시키고 싶었다. 그 말에는 어느 정도 나의 진심이 담겨 있었다. 문제를 회피하기 위해서가 아니라 지금은 문제의 중요성을 가려 순위를 정해야 했다. 그리고 희경이 도착하기 전에 은채를 보내야 했다. 주말이었지만, 밑그림이 완성되지 않아 희경에게 두어 시간을 추가로 부탁해 놓은 상태였다.

"오빠는 나보다 그림이 더 소중하지?"

평소의 은채답지 않은 질문이었다.

"그런 말이 어딨어?"

"하긴, 사람과 사물을 비교하는 내가 이상하다. 사물은 그
저 사물일 뿐 언제라도 눈앞에서 없애 버릴 수 있으니까."

"사물이 아니라 내 그림들이야. 없애 버릴 수 없는."

"알아. 오빠에게 얼마나 소중한 것들인지. 나도 저 그림들
만큼, 아니 그보다 더 소중해지고 싶어서 그래."

"그런 비교는 하지 마."

"알았어, 괜히 투정 부려 봤어. 그나저나 저녁은 뭘로 먹지?"

"미안한데…… 좀 있으면 모델이 올 거야."

"주말인데? 겨우 얻은 귀한 시간을 양보하라고?"

일일이 설명하는 게 버겁고 짜증 났다. 나는 내 삶에 없던
빈 양식을 채워 가는 일에 서툴렀다. 앵돌아 나가는 은채에게
미안했지만, 작업을 위해 은채와의 문제는 옆으로 밀쳐 둘 수
밖에 없었다. 하루의 시간이 하루씩 사라져 가고 있었다.

개인전을 준비하는 동안 은채의 변화가 점점 눈에 띄었지
만, 지나가는 바람 같은 것이라 생각했다. 남녀 간의 줄다리
기는 나의 소관이 아니었다.

은채를 돌려세우고 얼마 지나지 않아 희경이 왔다. 내가 희

경을 처음 만난 지 오륙 년의 시간이 지났건만 자기 관리를 잘해 온 모델답게 그녀는 변한 것이 없어 보였다. 전화번호도 그대로 가지고 있었다.

내가 민 화백의 화실을 드나들던 어느 날, 희경이 그곳으로 찾아왔다. 민 화백의 소개로 미술대학에서 크로키 누드모델 일을 시작했고, 초창기에는 그의 모델이었다는 이야기를 들었다. 그녀는 어쩌다 한 번씩 화실에 커피나 빵 등 간식거리를 사서 놀러 왔지만, 나에게는 그녀를 그릴 기회가 없었다. 민 화백이 그렸던 누드화 몇 점으로 그녀가 초보가 아니라 모델 경력이 제법 쌓여 있다는 걸 느끼는 정도였다.

그때까지 나는 누드화를 정식으로 그려 본 적이 없었다. 그림 속으로 자연스럽게 녹아들어 숨 쉬는 정물이 될 수 있는 사람은 흔치 않았다. 민 화백의 그림들을 통해 화가의 실력 못지않게 모델이 큰 역할을 한다는 걸 깨달았다.

민 화백이 그린 희경의 누드화를 본 뒤로 모델을 고용할 재력이 부족했던 나는 포르노 잡지의 배우들을 그렸다. 가끔은 화대를 지불하고 릴리를 품는 대신 그녀의 몸을 스케치하곤 했었다.

깡그리 잊었다고 해도 섭섭할 것 하나 없는 관계였으나 오랜만에 연결된 희경은 나를 기억했고, 나의 제안을 흔쾌히 받아들였다. 그녀는 일주일 뒤에 나의 작업실로 찾아왔다. 내가

준비하는 그림의 주제와 방향을 간단하게 설명했더니 그녀는
바로 이해했고 굉장히 흥미롭다는 말을 덧붙였다. 내게서 등
을 돌린 채 희경은 거리낌 없이 옷을 벗었다. 군더더기 없는
그녀의 맨몸을 보며 나는 구름을 떠올렸다. 희경은 내가 원하
는 몇 가지의 포즈를 취해 주었다. 느낌이 좋았다.

화가가 요구하는 자세가 있는가 하면 모델의 몸과 포즈를
보고 영감을 떠올리는 경우도 있다. 나는 희경에게 구름의 형
상을 겹쳤다. 하늘 가장자리에서 피어오르기 시작한 구름이
점차 커지면서 여인으로 환생해 가는 모습이 뚜렷하게 그려
졌다.

수학 문제를 풀기 위해 공식을 암기하듯 나는 색의 공식을
암기하던 때가 있었다. 빨강과 파랑을 더하면 보라가 되고, 여
기에 흰색을 첨가하면 연보라가 된다. 핑크는 빨강에 흰색을
섞어서 만든다. 초록과 노랑을 합치면 연두색이 탄생하고 빨
강에 노랑을 합치면 노을이 되며, 빨강과 초록을 겹치면 나무
기둥이 된다.

이론과 내가 보고 느끼는 현실의 괴리가 아무리 커도, 그 폭
을 감지할 수는 없어도, 내가 머리에 입력한 공식은 적당한 등
식을 이끌어 낼 수 있었다. 그렇게 이해한 색을 시도하고 싶
었다. 그것을 캔버스에 구현하고 싶었던 적이 여러 번 있었다.

내가 볼 수도, 이해할 수도 없는 상상의 영역 밖에 있는 색

의 세계라고 해도 얼마든지 그들을 조합하여 캔버스에 펼칠 수 있을 것 같았다. 그러나 이론과 현실의 격차는 너무도 컸다. 그 어떤 색을 섞어도 내 눈에는 별 차이가 없었다. 사물들이 내 시각으로 들어오면서 탈색 또는 변색되어 잘 익은 키위의 껍질 같은 색으로 변했다. 내게는 일절 필요 없는 시도였고, 나는 그것을 버렸다.

작업 초기에는 구름 한 점 없는 파란 하늘만 그렸다. 파란색의 종류만도 수십 가지가 되니까 작은 캔버스 십여 개를 많고 많은 파란색으로 채웠다. 모든 파란색을 합친 것 같은 파랑을 발견하고 싶었다. 그중에서 가장 마음에 드는 하늘을 선별했고, 그 하늘을 복제해서 큰 캔버스로 옮겼다. 검은색도 여러 종류가 있다. 하늘 가장자리는 검은색 중에서도 가장 검은 색으로 파랑을 감쌌다. 또 하나의 복제된 하늘 한중앙에 하얀 점을 찍어 빛과 구름을 발생시켰다. 구름은 더욱 부피를 키워 갔으며 나중에는 구름이 희경의 희고 둥근 둔부로 탈바꿈했다.

그때부터 희경은 작업실 출입이 잦아졌고 그녀를 그려 나가는 일에 속도가 붙었다. 희경은 나의 작품에 녹아들 줄 아는 여자였다. 그녀는 내가 원하는 자세를 정확하게 취해 주었고, 정적과 경직을 프로답게 잘 견뎌 냈다.

한껏 웅크린 희경의 뒤태를 몇 점 스케치한 뒤에는 마치 태아가 어미의 자궁 속에서 잠든 옆모습을 그려 나갔다.

"다음에는 제가 앞으로 돌아앉아야 하지 않을까요?"

희경은 작품의 시나리오를 다 읽은 여자처럼 훈수를 두기도 했다. 그 훈수가 정확하기까지 했다. 돌아앉아 무릎을 껴안고 고개를 숙인 희경을 그려 나갔다. 그녀는 여전히 하늘 한중간에 떠 있었다.

실오라기 하나 두르지 않은 성숙한 여인이 몸의 구석구석을 숨김없이 드러낸 채 침대 위에 앉아 있었다. 희경은 내가 여러 달 고용한 직업 모델이었다. 미술 세계에서는 고용인과 피고용인의 관계가 희미해지는 경우가 종종 있었다. 그들은 캔버스라는 바탕 위에서 선을 섞고 색을 섞고 살을 섞곤 했다.

나는 작업을 할 때 암막 커튼을 쳤다. 돌아다니는 자연광은 방해가 되었다. 움직이지 않는 빛이어야 했다. 빛이 나의 그림에 간섭하는 것이 싫었다. 일정한 양과 고정된 빛이 필요했기에 나는 조명등을 이용했다.

하늘 바탕을 그릴 때는 조도를 높였고, 희경을 그릴 때는 무대 중앙을 조준하듯 조명을 모델에게 집중시켰다. 희경의 몸에 모아진 빛은 무릎을 세우고 웅크려 앉은 다리 사이의 음부를 도드라지게 했다. 내가 그녀의 몸을 스케치하는 동안, 여러 번 희경의 음부로 눈이 갔지만 성욕이 일지는 않았다. 깊고 좁은 동굴 속으로 손가락을 넣어 쫄깃하고 오돌토돌한 주름들을 더듬고 싶다는 생각을 전혀 안 한 건 아니었다. 그 생각 끝에 페니스로 뻐근하게 힘이 쏠렸으나 작업에 집중하다 보면 이내 사그라들었다.

어느 날, 언제나처럼 희경은 세 시간 작업 끝에 돌아갈 준비를 했고 나는 팔레트와 붓을 정리했다. 내 등 뒤로 인기척이 느껴져 몸을 돌렸다가 희경과 부딪칠 뻔했다. 그녀는 알몸 그대로였다. 나는 그녀가 무엇을 요구하는지 직감으로 알아차렸다.

희경의 오른손이 내 왼쪽 어깨 위에 얹히는 것과 동시에 그녀의 왼손은 나의 오른손을 잡았다. 그러고는 두 손을 자신의 아랫도리로 가져갔다. 그녀에게 잡혀 있던 오른손은 분명 내 것이었지만, 나를 무시하고 희경의 의지에 복종했다. 그녀는 이미 준비가 끝난 상태였다. 흥건히 젖은 희경의 클리토리스가 손끝에 닿자 내 페니스가 팽창하기 시작했다. 나는 남아 있던 왼팔로 그녀의 허리를 감았다.

무엇이 나를 멈추게 했을까. 눈을 감은 채 그녀의 음부를 거칠게 희롱하다가 막 질 속으로 손가락을 넣으려던 순간에 목소리 하나가 끼어들었다. 나지막이 그러나 굉장히 단호하게 멈추라는 경고였다. 그 목소리는 희경의 것이 아니었다. 나와 희경뿐이었던 작업실이었으니 그것이 실재했을 리가 없었다. 그렇다고 그 목소리가 은채의 것도 아니었다. '멈춰!', 그 소리는 너무도 뚜렷한 환청이었다.

　여자를 찾지 않은 것이 이 년이 되어 갔다. 희경이 돌아가고 난 뒤 나는 수음을 했다. 늘 떠올리던 여자들이 나를 상대해 주었다. 소영은 잠시 뒤 릴리가 되었다가 다시 소영으로 돌아왔다가 우크라이나 여자가 되었다. 내 손동작이 빨라짐에 따라 그녀들은 제각각의 교성을 내지르며 몸을 뒤틀었다. 희경이 끼어들려는 것을 떨쳐내 버렸다. 여전히 은채는 내 상상 속에 등장하지 못했다. 이유는 나도 모르겠다.

　은채가 늦은 시간에 연락도 없이 작업실로 왔다. 그녀가 왔지만, 내게 온 사람은 다른 은채였다. 단 한 번도 본 적이 없던, 절대 봐서는 안 될 은채였다.

　나와 은채는 가끔 외식을 할 때 맥주나 와인 한두 잔을 곁들이긴 했지만, 나는 체질적으로 술을 즐기지 않았다. 술이 들어가면 몸에 작은 벌레가 기어 다니는 느낌이 들고 가려웠다. 술이 주는 뒤끝의 나른함이 싫어서이기도 했다. 우리 둘은 생일날을 제외하고 술을 마시기 위한 장소를 찾거나 시간을 탕진한 적이 거의 없었다. 술이 몸속으로 들어갔을 때, 은채는 종달새가 되었다. 종알대는 모습이 귀여웠기에 그녀가 술을 한두 잔 더 마시는 것도 내버려 두었다. 무엇보다 내가 말할 필요가 없어져서 편하기도 했다.

이기지도 못하는 술에 몸을 겨우 가눌 정도로 취해서 작업실을 찾은 은채에게 무슨 일이 생겼던 걸까. 나는 그녀의 눈에서 지금까지 보지 못했던 깊은 우울을 읽었다.

"무슨 일 있었어?"

은채는 내 말을 못 들은 것일까, 아니면 듣고도 무시해 버린 것일까, 그도 아니면 대답을 찾는 것일까. 그녀는 입을 꽉 다문 채 캔버스들만 쳐다보고 있었다.

'은채야.' 하고 내가 입을 막 떼려는 순간, 그녀가 입을 열었다.

"저 그림들, 다 찢고 싶어."

내가 잘못 들은 것이 아니었다. 은채의 입을 통해 또박또박 천천히 나온 말이었으니까. 은채가 해서는 안 될 말이었다. 그녀가 아니라 그녀 속으로 들어간 고약한 술이 하는 말이었을 거다. 그렇게 이해하고 싶었다.

"저 그림들, 다 찢어 버리고 싶어."

다시 반복되는 술들이 하는 말. 나는 그 말들의 역한 성질에 참을성을 잃고 말았다.

"만약 내 그림 하나라도 손대면…… 다신 안 봐. 널 떠날 거야."

내가 한 말이 아니었다. 나의 분노가 한 말이었다. 거기에 화답을 해온 고약한 술은 나보다 더 분노에 사로잡힌 것 같았다. 은채가 아니었다. 그녀는 어디에도 없었다.

갑자기 그녀가 싱크대 서랍을 요란스럽게 빼내서는 거기서 과도를 꺼냈다. 지금 무슨 일이 벌어지고 있는 것일까, 생각할 겨를도 없이 일어난 일이었다. 분명한 것은 최악의 상황으로 치닫는 중이라는 거였다.

나는 은채의 여린 손목을 비틀어 쥐고 과도를 뺏으려 했다. 어디서 그런 그악스러운 힘이 나왔는지 칼자루를 쥔 은채의 힘에 내가 부대낄 정도였다. 여자는 힘을 몸에서가 아니라 마음에서 만들어 내는 것 같았다.

겨우 뺏어 낸 칼을 제자리에 넣은 뒤 부들부들 떨던 은채를 바로 안아 줬어야 했다. 그러나 나는 그러질 못했다. 술에 취했으니 돌아가라는 말이 먼저 튀어나왔다. 은채를 안으려 하자 그녀는 나를 엇비껴 뒤돌아서더니 바닥에 퍼질러 앉아 소리 내어 울었다. 무엇이 그녀로 하여금 비명을 삼켜 버린 처절한 절규를 내지르게 만들었을까. 그런 그녀에게 기껏 한다는 말이 돌아가라니……

은채가 나가고 난 뒤 나는 후회했다. 바로 뒤따라 나가지 못한 소심함을 저주했다. 그녀를 바래다줬어야 옳았다. 정신을 차렸을 때에는 이미 어디에도 은채는 없었다. 후회란 천국을 바라보면서 지옥을 느끼는 것이라고 토머스 모어가 말했다지만, 그가 틀렸다. 천국은 어디에도 없다. 그저 지옥에 서서 더 혹독한 지옥을 느끼는 것이다.

　내가 주오를 만난 곳은 엘리베이터 앞이었다.

　나는 미술 재료상에서 물감들과 캔버스 두루마리 두 개를 사서 돌아오는 길이었다. 1층에서 엘리베이터를 기다리고 있다가 두루마리 하나를 놓치는 바람에 그것이 바닥으로 넘어지려 했다. 주오는 순발력이 뛰어난 편이었다. 그는 잽싸게 두루마리를 잡아 세워서는 나를 향해 휘파람을 불었다. 잘생긴 얼굴이었다.

　"제법 무겁군요. 몇 층이세요? 내가 손을 좀 보태 드리고 싶은데, 괜찮겠죠?"

　내 의향을 묻는 것이 아니라 그렇게 하겠다는 단호한 목소리였다.

　"아니…… 괜찮습니다."

　나는 타인에게 경계심을 늦춘 적이 없었던 만큼 그의 도움을 밀어냈다.

　"내가 이걸 가지고 도망가진 않을 테니 염려 마세요. 나도 여기 입주잡니다."

　과장된 느낌이 들긴 했으나 호탕하게 웃는 그가 싫지 않았다. 나는 짐을 멘 어깨뿐만 아니라 두루마리를 들고 오느라 힘을 주었던 손가락들도 얼얼하던 차에 눈 질끈 감고 그의 도움을 받아 작업실까지 재료들을 수월하게 운반했다.

나는 현관 입구에서 잠깐 고민을 했다. 그에게 고마움의 표시로 차라도 한 잔 권해야 할지, 눈 딱 감고 고맙다는 말 한마디만 던지고 문을 닫아 버려야 할지를. 하나를 고르기도 전에 주오는 열린 현관문 입구에서 고개를 빼고는 안을 살폈다.

"오호라, 화가로군요. 그럴 거라 생각했어요. 이 두루마리가 그럼 캔버스?"

"네? 아, 네."

"큰 방해가 되지 않는다면 그림 좀 볼 수 있을까요? 요즘 그림을 찾고 있거든요. 참, 내 소개도 안 하고 보여 달랄 수는 없겠죠?"

그가 건네준 명함에 같은 건물 2층의 성형외과 원장이라는 신분이 박혀 있었다.

얼떨결에 나는 몸을 비켜 그를 안으로 들였다. 주오는 벽에 세워 둔 그림들과 이젤 위에 얹힌 절반 정도 채색된 그림을 꼼꼼히 살폈다.

"대단하십니다. 그림들이 전부 다 마음에 들어요."

"고맙습니다."

"특히 색이 마음에 드네요. 내가 블루를 제일 좋아하거든요."

나는 대꾸 없이 고개만 주억거렸다.

"누드화가 전문인가요?"

"아뇨, 그렇진 않지만…… 계속 시도해 보려고 합니다."

"구름이 여자로 변하는 건가? 아니면 여자가 구름이 되어 가는 건가? 뭐 어쨌든, 그림들이 좋군요."

"고맙습니다."

"여기 이 그림들 몇 개 사고 싶은데, 파시겠습니까?"

그의 말에 나는 깜짝 놀랐다. 그의 진지한 얼굴을 보니 장난은 아닌 것 같았다.

"글쎄요…… 전시회를 위한 것들이라 아직은……."

"아, 그런가요? 그럼 전시회가 끝난 뒤에 내가 그림들을 가져가면 되겠군요. 원하신다면 계약금을 드릴 수도 있습니다. 아니, 그림값을 미리 다 드릴 수도 있고요. 다른 사람들에게 빼앗기면 곤란하니까요."

이런 행운은 흔치 않았다. 그렇다고 미리부터 흥정을 하는 것도 곤란했다. 그림값을 매기기 위해서는 미술관 관장과 상의도 해야 했다. 나는 주오에게 그런 사정을 간략하게 설명했다.

그는 그림값은 상관없다면서 아직 더 나오게 될 작품들을 볼 수 있는 기회만 달라고 했다. 방해가 안 된다면 못 할 일도 아니었기에 나는 그렇게 하겠다는 약속과 내 휴대폰 번호를 넘겨주는 것으로 그의 예기치 않았던 방문을 끝냈다.

며칠 뒤 토요일, 주오의 두 번째 방문 때는 은채가 와 있었다. 주오가 오기 전에 나는 은채에게 그와 그림에 대해 주고받았던 내용을 이야기했었다. 그녀는 강한 호기심을 드러내며 당장 주오를 만나고 싶어 했다.

"몇 점 정도 예상하시는데요?"

평소의 은채와 딴판이었다. 흥정을 하는 폼이 장사치나 다름없었다.

"뭐, 지금으로선 네댓 정도가 될 것 같은데, 나중에 완성될 그림들까지 생각하면 수가 늘어날 수도 있겠지요. 혹시 미술품 중개인이신가요?"

"아뇨, 약혼자예요."

생긋 웃는 은채의 입에서 뜻밖의 대답이 나왔다. 주오도 싱긋 웃으며 엄지손가락을 들어 보였다. 나는 두 사람이 만들어가는 분위기에 동승하지 못했다.

"그래도 그림에 대해서는 아는 편이에요. 미술품에 정해진 가격이 있을 수는 없지만, 대략 기준으로 삼는 금액이 있어요. 호당 보통 십에서 삼십만 원이라는 건 아시겠죠? 그게 이 바닥에서 통용되는 금액이에요."

은채가 당돌하게 가격을 말하는 것으로 보아 제대로 알아보긴 한 모양이었다.

"아, 그렇군요. 그럼 이 그림은 몇 호에 해당하나요?"

주오가 가리킨 그림은 구름의 형상이 희경의 뒷모습으로 온전히 탈바꿈한 것이었다. 내가 준비하는 작품들 대부분이 40호 F형이었고, 하늘과 구름만 그린 것 중에 큰 것 몇 개는 100호였다. 그림을 쳐다보는 은채의 표정이 순간 굳어졌다.

"사십 홉니다."

내가 대신 대답했다.

"그렇다면 사백에서 천이백 사이일 테고 같은 크기로 다섯 점을 산다면 이천에서 육천. 오호, 적은 액수는 아니군요."

계산이 빠른 주오에게 나는 선뜻 대답을 못 하고 있는데, 그새 화사한 표정으로 탈바꿈한 은채가 빠르게 대답을 했다.

"그렇죠. 하지만 다섯 점 이상을 구매하신다면 당연히 할인을 해 드려야죠. 이웃이잖아요."

은채의 말끝에 주오는 예의 그 호탕한 웃음을 터뜨렸다.

"좋습니다. 앞으로 더 그려 나갈 작품들이 무척 기대되는군요. 내가 제일 먼저 찜해 뒀다는 것만 잊지 말아 주세요. 이웃이니까."

"근데요, 선금을 걸고 예약하시는 게 좋을 것 같아요. 그래야 저희들도 전시회 때 작품이 예약되었다는 걸 표시할 수 있으니까요."

"참, 그렇겠군요. 정말 용의주도한 숙녀분이십니다."

주오의 말투에는 비아냥이 담겨 있었지만 은채는 아랑곳하지 않았다.

"한두 푼도 아니고, 거래라는 게 다 그렇잖아요."

은채와 주오는 저희들끼리 흥정을 주고받고는 대략 만족하는 눈치였다.

작품 수가 늘어 갈수록 작업 시간도 늘어났다. 반면 주말에 은채와 함께하는 시간은 줄어들었고 은채의 표정은 더욱 단단해졌다. 주오의 방문 시간도 짧아졌다. 가끔 작업실을 방문하는 주오의 관심은 나의 그림에서 모델, 즉 희경에게로 옮겨 탔다.

"모델이라고는 해도 여자가 발가벗고 바로 코앞에 있는데 아무 느낌이 없지는 않겠죠? 무생물처럼 대하기가 쉽진 않을 것 같은데…… 김 화백은 어때요? 모델과 염문을 뿌린 화가가 어디 한둘입니까?"

언제부턴가 주오는 나를 김 화백이라 불렀다. 그는 내 입에서 어떤 대답을 듣고 싶었던 걸까. 나는 또 어떤 대답을 해야 옳았을까. 모델과 뒹굴고 싶지만 참고 있다고 말해야 했을까. 이미 여러 번 배를 맞췄다고 거짓말을 하는 게 나았을까. 아니면 관심 밖으로 밀어냈다고 말하는 것이 좋았을까. 생각지도 못한 질문에 억지로 짜 맞춘 대답을 할 수는 없는 것. 나는 그의 얼굴을 외면한 채 피식 웃었다.

"그 웃음의 의미는 긍정으로 해석해도 된다는 뜻이겠지요?"

주오 특유의 호방한 웃음이 작업실 파란 벽들에 부딪혔다가 튕겨 나왔다.

 그가 어떤 상상을 하든지 나와는 하등 상관이 없었다. 그가 나의 그림들을 사 주기만 한다면, 그것도 한꺼번에 여러 점을 팔 수 있다면 그의 기분 하나 맞춰 주는 게 어려울 것도 없지. 큰돈 앞에서 그깟 오해쯤이야 무슨 대수라고.

 작업실 밖에서 은채를 만났다. 내 생일이었다.

 한 달 후에 있을 전시 준비로 갤러리에서 관장과 상의를 한 뒤 서둘러 길을 나섰지만 약속 시간에서 이십 분이나 늦었다. 늦은 점심과 이른 저녁 사이의 어중간한 시간이었다.

 약속 장소로 들어가기 전에 통유리창 너머로 다소곳이 앉아 있는 은채를 발견했다. 물이 반쯤 담긴 맑은 유리잔을 바라보는 그녀 모습이 정물 같았다. 왠지 미안한 마음이 들었다. 약속에 늦어서가 아니라 그동안 그녀가 품었을 슬픔에 대하여.

 나와 은채는 이탈리안 레스토랑에서 파스타와 샴페인을 주문했다.

 은채가 의자 아래에 뒀던 제법 큰 쇼핑 가방을 내게로 건네주었다. 가방 안에는 도톰한 잿빛 캐시미어 스웨터와 상자 하나가 들어 있었다. 나는 거기서 줄무늬 포장지로 싼 상자를 꺼냈다. 휴대폰 상자만 한 크기였다.

"오빠, 그건 좀 있다 풀어 봐."

"이게 뭔데?"

"미국에서 직구한 거야. 주문하고 한참 기다렸어. 생일 전에 도착하지 않을까 봐 엄청 걱정했는데, 그래도 생각보다 일찍 도착해서 다행이야."

나는 고맙다는 말과 함께 상자를 테이블 한쪽 빈 곳에 두었다.

"오빠 맘에 들었으면 좋겠는데…… 솔직히 걱정되긴 해."

내 마음에 들기를 바란다는 은채 얼굴이 상기되었다. 샴페인을 마셨기 때문만은 아닌 것 같았다. 도대체 무엇이 상자 속에 들었기에 걱정이 된다는 건지, 궁금했다.

식사를 절반가량 할 때까지 우리의 대화는 겨우 안부를 묻고 음식을 칭찬하는 것이 고작이었다. 우리 사이에 낀 사소한 소음이라곤 샴페인을 채울 때 병과 잔의 부딪침, 그리고 포크가 접시를 스칠 때 낸 마찰음이 전부였다.

알코올의 기운이 퍼진 까닭일까. 그동안 단단했던 은채의 입매가 오랜만에 풀렸다. 갤러리의 준비 상황을 물었고, 필요한 것이 있으면 언제든지 말하라는 판에 박은 얘기였지만, 그녀의 침묵에 지지러진 내 마음이 조금은 녹아내렸다.

나는 침을 삼킨 후 조용히 말을 꺼냈다. 술기운 때문은 아니었다. 은채가 결혼하자는 얘기를 꺼낸 뒤로 몇 번은 생각과 고민을 했던 문제였다. 전시회가 끝나는 대로 진지하게 생각해 보겠노라고, 내 진심이라고, 그동안 널 이해하지 못한 거, 미안하다고도 했다. 내 생활에 변화를 주고 싶은 마음이 영 없지는 않았다. 전시회를 계기로 변화를 시도해 보고 싶었다. 어차피 사랑이라는 걸 믿은 적도 없었지만, 유별난 거라고 생각했던 적도 없었다. 혼자서 하루를 이어 가며 사는 거나 둘이서 같이하는 거나 차이가 나면 얼마나 나겠나.

말을 잃은 은채는 믿기지 않는다는 표정으로 나를 물끄러미 쳐다보다가 살며시 미소만 입에 물고 고개를 숙였다. 한껏 좋아서 어쩔 줄 몰라 할 거라고 생각했는데, 의외였다. 그런 그녀가 안쓰러웠다. 그동안 혼자서 끙끙 앓았을 은채의 손을 잡아 주지 못한 나는 알았다. 내가 얼마나 못난 놈인지를. 그리고 그녀가 나에게 얼마나 과분한 여자인지를.

우리는 말없이 창 너머를 보기도 하고 공연히 실내를 두리번거리거나 비어 가는 접시를 달그락거리며 샴페인 병을 비웠다.

멋쩍어진 나는 옆으로 밀쳐 뒀던 선물 상자를 끌어당겼다. 종업원이 식탁을 정리한 뒤 테이블에 커피를 놓고 가자 나는 포장지를 뜯었다.

테이블에 양팔을 올리고 몸을 앞으로 기울이고 있던 은채가 팔을 내리고 몸을 꼿꼿이 세워 앉았다. 그녀의 상기된 얼굴에 긴장감마저 감돌았다.

긴장감이 전염된 것일까. 나는 영어로 엔크로마라 적혀 있는 상자를 선뜻 열지 못했다. 낯선 영어가 상품의 종류를 말하는 것인지 상품을 만든 회사인지 구별하기 어려웠다. 상자 속에는 안경 케이스와 영어로 된 도톰한 설명서가 들어 있었다. 케이스를 꺼내 열자 선글라스가 들어 있었다.

선글라스는 단 한 번도 써 본 적이 없었다. 은채와 프랑스 여행을 갔을 때 그녀는 강한 가을볕을 가리느라 선글라스를 착용했어도 나는 맨눈으로 다녔다. 색안경이란 내게 무용지물이었다.

그러니 생일 선물치고는 실용성이 없는 물건이었다. 선물이 내 마음에 들지 않을까 봐 은채가 걱정한 거라고 생각했고, 나는 그녀의 걱정을 걷어내 주려고 고맙다는 인사를 건넸다. 그러고는 안경을 제 케이스에 도로 넣으려는 순간, 그녀가 내 동작을 멈추게 했다.

"오빠, 그거 한번 써 봐."

"나중에 써 볼게. 여긴 실내잖아."

"뭐 어때, 실내에서도 선글라스 끼는 사람 많아. 오빠에게 잘 어울리는지 보고 싶어. 그리고…… 그 안경…… 특별한 거야."

은채가 머뭇거리며 한 마지막 말이 걸렸다. 선글라스가 특별해 봐야 메이커와 가격 차이 아닐까 싶었지만 그녀의 말과 표정으로 봐서 뭔가 다른 특별함이 있을 것 같았다. 나는 안경다리를 펼쳐 얼굴에 가져갔다.

안경을 쓰는 순간 나는 숨을 멈췄다. 도대체 내 눈앞에서 무슨 일이 벌어진 걸까. 제일 먼저 눈에 들어온 은채의 원피스를 보는 순간 하늘에서 번개가 내리쳤다. 내리친 번개는 정통으로 내 정수리에 꽂혔다.

너무 놀랐다. 놀랐다는 표현은 턱없이 모자라는 표현이지만, 나는 그것 외에 어떤 말도 찾아낼 수 없었다. 번갯불에 온몸이 덴 것 같았다. 나는 어떻게 해서라도 내게 떨어진 낙뢰를 이해하고 싶었다. 나는 몸을 뒤로 빼서 의자에 등을 바짝 붙이고는 급히 안경을 벗었다. 내 손에 들린 안경을 한참 쏘아보다가 다시 썼다.

얼굴을 들고 은채가 입은 원피스를 봤다. 내 눈이 확인한 원피스와 안경이 확인시켜 준 원피스가 달랐다. 처음 보는 색깔들, 내가 알지 못한 색깔들이 입체감을 살려 주고 있었다. 실내를 돌아보았다. 여기저기 커다란 화분에 뿌리를 내린 식물들의 잎사귀들, 저 낯선 색이 이론으로만 알고 있던 초록이었나.

통유리창 너머에 있는 바깥세상을 보았다. 거기에도 지금까지 봐온 세상 대신 낯선 물결들이 일렁이고 있었다.

안경을 거칠게 빼서 안경 렌즈를 쏘아보았다. 그렇다고 그 요물에 대한 생각을 한 건 아니었다. 지금 나에게 일어나는 일을 이해할 생각도 못 했다. 그냥 안경만 쏘아봤다.

은채가 무슨 말을 한 것 같았다. 그러나 내 귀에는 들리지 않았다. 그녀는 알고 있었다. 그녀가 알고 있었다는 걸 나는 몰랐다. 그녀는 또 무엇을 알고 있을까. 본 적도 없는 소영을, 릴리를, 우크라이나 여자를 알고 있는 건 아닐까. 내가 자칫 희경을 탐할 뻔했던 것도 알고 있을까. 그래서 그날 그때 강한 텔레파시로 '멈춰'라는 경고를 보낸 건 아니었을까.

갑자기 견딜 수 없는 모멸감이 밀려왔다. 은채가 준 것이 아니어도 나는 걷잡을 수 없는 자괴감으로 몰락했고, 어디서 시작됐는지도 모르는 배신감으로 몸을 떨었다.

은채가 손을 뻗어 내 팔을 잡으려 했을 때, 나는 나를 습격한 무지막지한 감정을 떨쳐 내기 위해 자리에서 벌떡 일어났다. 그 바람에 커피 잔이 엎어졌고, 하얀 식탁보에 짙은 얼룩이 퍼져 나갔다. 그리고 나는 그곳을 뛰쳐나갔다.

무작정 걷고 또 걸었다. 해가 서쪽으로 기울었다. 정신을 차려 보니 나는 한강변에 앉아 있었다. 내 손에는 여전히 요물이 들려 있었다.

사람들이 아름답다고 감탄을 해 대던 노을이 서쪽에서 펼쳐지고 있었다. 나는 한강과 강에 걸쳐진 다리들을 물끄러미 보다가 조심스럽게 안경을 썼다.

아, 저것이 노을이었구나.

겹겹이 층을 이룬 구름들과 하늘의 조화가 저런 색들로 어우러졌었구나. 노랗고 더 노랗고, 그보다 짙은 주홍으로 더 붉음으로 옷을 갈아입는다는 노을이 저런 것이었구나. 내가 지금까지 봐온 단조로운 키위 껍질 같은 노을은 어느새 사람들이 붉은 노을이라고 표현하던 그 붉음으로 옷을 바꿔 입었다.

한강 다리 위를 달려가는 자동차들의 브레이크 등이 점점이 켜졌다. 아, 저런 색이었구나. 저녁은 이런 모습 이런 색상으로 왔구나. 내 눈에는 그저 중첩된 시간이 아스러져 가는 하루의 끄트머리 풍경이 저녁이었고, 붓으로 덧칠할 수 없는 부당한 시간이었던 저녁이었다.

사람들은 붉은 피라고 했다. 그러나 내 눈에는 한낱 짙은 그림자와 다르지 않은 색이었다. 나는 나를 마구 찔러 대고 싶었다. 가슴을 열고 심장을 꺼내 터뜨리고 싶었다. 솟구치는 붉은 피를 흠뻑 보고 싶었다.

저녁이 얼른 지나가서 밤이 오기를 기다렸고, 밤은 빛으로 태어났던 색의 껍질들을 벗겨 냈다. 빛의 윤곽을 지우고 세상을 평면으로 만들어 가면서 어둠은 도드라졌다. 그렇게 밤은 모든 색을 원점으로 되돌려 놓았다. 빛을 삼켜 버린 세상은 짙은 무채색이 되었다. 나는 그런 밤을 좋아했었다.

안경을 재킷 주머니에 아무렇게나 쑤셔 넣고 일어섰다. 그러고는 다시 걸었다. 둥지로 돌아가고 싶지 않았다. 그곳에는 절망이 기다릴 것 같았다. 얼마나 걸었던지 장딴지가 얼얼했다. 어딘지도 모르는 골목길로 접어들어 졸고 있는 누르스름한 빛을 토해 내는 가로등 기둥에 기대섰다. 가로등이 한 움큼 던져 주는 누르스름한 빛에 겨우 힘겹게 색을 반사하는 쓰레기봉투가 눈에 들어왔다. 저 더러운 봉투 속에는 얼마나 많은 색깔들이 들어 있을까. 쓰레기가 되어 버려진 색들. 그것조차도 보지 못했던 나. 지금까지 살아온 삶이 깡그리 거짓 같았다.

빛의 교태로 태어난 색들이 과연 진실일까.

맨눈으로 봐온 세상과 색맹용 안경으로 바뀐 세상 중에 어느 것이 진실일까.

내 눈에서 맥없이 흘러내린 한 줄기 액체는 눈물이 아니었다.

내 입에서 흘러나오는 소리는 흐느낌이 아니었다.

나는 사실과 진실 사이에 걸쳐진 줄에 걸려 넘어지면서 오지게 나뒹굴었다.

흘러내린 건 피였고, 흘러나온 소리는 욕이었다.

희경

—

가벼운 사랑

사랑은 가볍다.

가벼운 건 쉽다. 고로 사랑은 쉽다. 그 가볍고 쉬운 걸 나는 갖지 못했다.

만약 기적이 일어난다면, 신이 내 손에 지우개를 쥐어 준다면, 그래서 과거의 어느 한 부분을 지울 수 있다면, 지우고 새로 쓸 수 있다면, 그런 말도 안 되는 기적이 혹시라도 일어난다면, 나는 어디를 지울까.

둘째 동생의 사채 빚을 갚느라 내 허리가 휘어질 판이다. 이 고통이 시작되기 전을 지우고 싶다. 아니다. 이 고통의 뿌리가 된 사건을 지우고 싶다. 아니다. 더 깊이 내려가서 송 과장과의 만남을 지워 버리면 인생이 꼬이지 않았을지도 모르겠다. 아무리 지우고 없애도 달라질 것은 없을지도 모른다. 타고난 운명이라면 내가 무슨 짓을 하고 발악을 해도 벗어날 수 없는 거다.

나는 누드모델이다.

나의 작업은 온몸으로 표현하는 종합예술이다. 화가와 조각가를 위하여, 행위 예술가와 사진가를 위해 없어서는 안 될 존재다. 빛의 강약에 따라 내가 갈아입는 투명한 의상의 관능적 실루엣은 변화무쌍하게 완성된다.

나는 임시로 급조한 좁은 간이 탈의실에서 거추장스러운 옷을 벗는다. 세상에서 가장 가볍고 자유로우며 아름다운 옷으로 갈아입는 일은 언제나 설렌다. 알몸이라는 옷은 신과 부모와 나의 합작품이다. 그중에서도 최적의 몸을 유지하기 위해 노력을 쏟아부은 나의 공이 가장 크다. 투명한 옷으로 갈아입으면 세상의 그 어떤 것도 부럽지 않다. 탈의실 커튼을 젖히고 나오는 순간, 타인의 시선에서 예술가의 시선으로 렌즈를 갈아 끼운 사람들 앞에서 나는 그들의 중심이 된다.

나는 영원한 사랑을 믿지 않는다. 그런 사랑을 꿈꾸는 사람들이 있다는 게 그저 신기할 따름이다. 동료나 후배가 내 앞에서 사랑이 어쩌고저쩌고, 아가페니 에로스니 하는 소리를 하면, 헛소리 집어치우라고 한다. 순정이란 배반당하기 십상이다.

사랑은 지나가는 감정이고 상대를 제대로 알려면 섹스까지 해 봐야 된다고 누누이 말해 준다. 섹스까지 하고 나면 그 전의 모습이나 약속들이 얼마나 허무맹랑했는지가 증명된다.

이런 충고에도 등신처럼 또 사랑을 믿는다. 사랑이라는 달콤한 솜사탕을. 한 줌도 안 되는 설탕을 구름처럼 부풀렸을 뿐인데. 그러니 알지 말고 깨달아야 한다.

창조의 신은 모든 신들 가운데 에로스를 맨 처음으로 만들었다고 한다. 여성을 유혹할 자유를 남자에게서 빼앗지 말라고 프랑스의 유명한 여배우가 말했다지 않는가. 극단적 페미니스트는 게거품을 물겠지만, 나는 그 여배우의 명언에 대찬성이다. 아무리 떠들어도 여자와 남자는 생물학으로는 같은 인간 속에 해당하지만 다른 종이다. 그들을 지배하는 호르몬이 그것을 증명한다.

사람들의 삶을 엿보면 겉으로는 무척 다양한 것 같아도, 실상은 모두가 비슷비슷하고 닮았다. 특별한 삶인 것 같지만 결국 별다르지 않다. 그러니 세상에 특별한 사랑도 없다.

나도 한때는 사랑을 믿고 싶었고, 사랑은 쉽사리 얻지 못할지라도 최후까지 남겨 두고자 했던 희망 사항이었다. 이 년 전 있었던 사건은 남겨 두었던 희망이 얼마나 초라하고 믿을 수 없는 것인지를 증명해 주었다. 희망이 산산조각 나는 것은 한순간이었다.

잊고 싶었고, 거의 잊어 가고 있었는데 우연히 미국에서 귀국한 민 화백을 만나 그에게서 윤의 소식을 들었다. 윤이 돌아왔다는 것을 듣는 순간, 너덜너덜한 기억들이 동시에 마구

잡이로 튀어나왔다. 이 년 전 그때, 넝마 조각처럼 가리가리 찢긴 나를 보았다. 어쩌면 그것이 나의 정신세계를 적나라하게 보여 준 참모습이었는지도 몰랐다. 그때 일을 거의 잊었다고 생각했던 건 착각이었다. 절대 잊히지 않을 일이었고 다만 외면했던 것뿐이었다.

남동생을 대신하여 이 년째 이자 비싼 사채를 갚느라 몸으로 맘으로 하던 고생이 더 힘들게 느껴졌다. 지긋지긋하게 길었던 이 년의 시간이 기억 속으로 영영 가라앉기를 바랐건만, 기억 밖으로 튕겨 나오고 말았다.

모델이란 직업을 세분화하면 꽤나 천차만별이다.

모델이라고 하면 제일 먼저 떠오르는 것이 패션쇼 런웨이에서 특유의 워킹과 무표정한 얼굴로 디자이너의 작품을 선보이는 모델일 것이다. 패션모델이 되려면 조건이 까다롭고 큰 무대에 서기까지는 뼈를 깎는 노력과 운도 한몫을 해 줘야 한다. 그런 모델들은 세계적인 유명 잡지의 의상 화보에서도 자주 만날 수 있다. 화장품 광고를 위해 얼굴, 특히 피부가 중요한 모델이 있다. 포토샵이라는 기술의 혜택을 차치하고라도 주로 인기 절정의 연예인들이 화장품 광고를 장식한다. 패션과 화장품, 이 두 종류가 모델의 대명사 격에 속한다. 건강한 모발과 긴 머리채만 필요한 모델이 있는가 하면, 손톱만 필요한 모델, 늘씬한 다리나 또 다른 신체의 일부만 상품화시키는 모델 등등.

상품을 소비자에게 홍보하는 방법도 여러 가지겠지만, 광고라는 최적의 마케팅에서 약방의 감초 격인 것이 바로 모델이다. 특별한 조건을 갖춰야 하는 모델도 있지만, 누구라도 모델이 될 자격은 있다. 그러므로 인물이 항상 중요한 것도 아니고 키가 커야 한다는 조건과 상관없는 분야도 널렸다.

모델이 다 똑같은 대우를 받는 것은 아니다. 어느 직업이나 마찬가지겠지만, 이 직업에도 소위 등급이라는 것이 있고, 경력도 무시할 수 없다. 그것보다 더 중요한 것은 끊임없는 자기 관리다. 노력과 투자에 따라 모델의 생명을 끝내느냐 연장하느냐를 결정짓는다.

나는 사진가와 화가들을 위해 일한다. 조금 더 솔직히 말하면, 그들을 위해서라기보다 나 자신을 위해 일한다. 돈을 벌수 있기 때문에 이 일을 시작했고, 시간이 흐를수록 천직이라는 생각이 들었다. 지금은 사진가들과 화가들 사이에서 노련하다는 말을 듣는 정도가 되었다. 십육 년의 이력이 만든 결과다. 내 얼굴은 남들이 말하는 미인의 조건을 갖추지 못했다. 아예 평범하다고 하는 편이 맞는다. 그런 평범함이 오히려 누드모델을 지속하기에 최적의 조건이 되었다.

대학 진학을 못 한 사람들이 가장 많이 하는 변명은, 가정 형편이 어려워서 포기할 수밖에 없었다는 거다. 나도 대외적으로는 그렇게 말한다. 남도의 작은 섬 가난한 집안 출신에다가 밑으로 둘 있는 남동생들에게 양보했다고 말하면 다들 그러려니 한다. 하긴 절반은 진실이다. 그러나 나는 성적이 좋지 못했던 것도 부인하지 않는다.

섬에서 밭농사를 지으며 작은 어장을 관리하는 부모님은 맏딸을 희생시켜 가며 다른 자식들을 공부시켜야 할 정도로 주머니 사정이 나쁘지는 않았다. 그렇다고 결코 넉넉한 살림이랄 수도 없었다. 나는 섬에서 초등학교를 졸업하고 중고등학교는 뭍으로 나와 자취 생활을 하면서 다녔다. 고등학교를 졸업하면서 자취방을 동생들에게 물려주고 서울로 상경하기까지의 십구 년 인생은 아무리 뒤져 봐도 특별난 것이 없었다. 모나지도 티 나지도 않았던 세월이었다.

나는 호주로부터 가죽을 수입하는 서울의 한 무역 회사에 들어갔다. 사장이 고등학교 담임의 사촌 동생이어서 수월하게 취업할 수 있었다. 나는 운이 좋았고, 시작이 순조로웠기에 내 앞날도 쭉 이렇게 이어지길 바랐다. 착실히 일을 배우고 월급을 저축해서 두어 해 뒤에는 방송통신대학이나 사이버대학에 등록하여 공부도 새로 할 계획이었다. 언젠가는 연애를 하고 늦기 전에 결혼도 하겠다는 평범하고 조촐한 꿈에

만족했다.

나는 취직한 무역 회사에서 송 과장을 만났다. 결혼 이 년 차인 송 과장은 촌뜨기나 다름없던 나의 서울 생활을 돕겠다고 나섰다. 오빠가 없던 나에게 만약 오빠가 있다면 송 과장처럼 해 주었을 성싶게 그는 여러 가지로 배려와 충고를 아끼지 않았다. 일이 늦게 끝나는 날이면 송 과장은 사무실에서 나의 자취방이 있는 흑석동까지 만만찮은 거리를 바래다주는 수고도 마다하지 않았다. 그것이 함정이라는 것을 그때는 추호도 의심하지 않았다.

어느 날 퇴근 후, 송 과장이 회사에서 자취방까지 바래다주는 중간에 곱창구이를 맛있게 하는 집이 있다고 나를 안내했다.

"와이프랑 별거 중이야."

그 말을 할 때의 송 과장은 세상에서 가장 불행한 사람에게나 어울릴 법한 표정을 지었다.

"어머나, 왜요? 아직 결혼한 지 이 년밖에 안 됐다면서요?"

"와이프랑은 친구 소개로 만났다가 겨우 석 달 정도 사귀고 바로 결혼했어. 그때는 콩깍지가 씌어 아무것도 보이는 게 없었지. 근데…… 막상 결혼을 하고 보니 하나둘 보이기 시작하더라고. 서로 많은 게 달랐고, 그 다른 걸 받아들일 수 없다 보니 단점이 되어 버리더라고. 결혼은 인륜지대사라는 말을 그 당시엔 생각하고 자시고 할 기분이 아니었거든. 서둘러서는 절대 안 되는 게 결혼인데."

그렇게 말하고 송 과장은 소주를 단숨에 들이켰다. 반면 나는 아무 말도 못 하고 불판 위의 곱창만 뒤적거렸다.

"단점들이 보이기 시작하자 걷잡을 수 없더군. 물론 와이프도 마찬가지였을 거야. 얼굴만 마주치면 싸우게 되고, 그 단점들이 더 크게 부풀기만 하고. 결국 와이프는 자기 친정이 있는 미국으로 돌아갔어."

미국이라……. 아, 멀다. 미국과의 물리적 거리를 생각해 봤을 뿐 대꾸할 말이 없던 나는 고개만 끄덕거렸다.

"이해하려고 노력도 해 봤지만, 성격이 너무 다르니 다 물거품이 되고 말더군. 이혼을 생각하고 있어."

그날 이후 송 과장의 친근함이 다르게 느껴졌다. 그가 유부남이지만 개의치 않았다. 그의 불행이 아프다는 생각만 했다. 스무 살의 나는 서른여섯의 송 과장에게 무방비였다.

주말이면 둘이서 영화를 보고, 남이섬까지 드라이브를 가는가 하면 서울 외곽에 있는 나이트클럽에도 갔다. 우리 둘의 거리가 급속도로 가까워졌고, 그가 나의 손을 잡거나 어깨에 팔을 둘러도 거부감이 없었다.

송 과장이 나를 그의 아파트로 초대했다. 나는 망설였다. 그가 혼자 지내고 있는 공간이 궁금했으나 아직 이혼한 것도 아니고, 그의 아내가 쓰던 물건들이 고스란히 있는 집을 방문한다는 건 왠지 꺼림칙했다. 그러나 나는 그의 완강함에 두 손을 들고 말았다.

널찍한 아파트 내부는 고급스럽고 깔끔했다. 그가 잠자는 침실을 구경하라며 안방 문을 열었다. 아! 작은 탄성이 절로 나왔다. 그곳은 내가 꿈에서나 그려 보던 별천지였다. 공주방에나 있을 것 같은 흰색의 커다란 침대, 그 네 개의 기둥에는 레이스 커튼이 곱게 묶여 있고 광택이 은은하게 흐르는 실크 재질의 침구들이 내 눈을 어지럽혔다. 저 침대는 송 과장과 그의 아내가 미국으로 떠나기 전까지 함께 누웠던 자리이며, 둘의 관계가 험악해지기 전까지 사랑을 나누었을 네모난 놀이터였다. 거기에서 내가 공주 같은 잠옷을 입고 누워 있는 상상을 했다. 나는 화들짝 놀라 잠시 머리를 어지럽힌 망령을 밀어냈다. 사람은 모름지기 제 분수에 맞게 살아야 한다고 입버릇처럼 말하던 아버지가 생각났다.

"아, 부럽다. 나도 저런 침대에서 자 보고 싶어요."

허무맹랑한 상상이 들킬까 봐 얼른 둘러댄 나의 말이 송 과장에게 빌미를 주고 말았다는 걸 그 순간에는 몰랐다.

"당연하지. 희경이 너도 저런 침대에서 잘 수 있어."

송 과장의 숨결이 거칠었다. 손길은 더 거칠었다. 재래시장의 옷 가게에서 사 입은 투피스는 수선집에 맡겨야 할 정도가 되어 버렸다. 남녀 간의 정사가 어떤 모양새로 이루어지는가는 대충 알고 있었지만, 체험한 적이 없었던 나는 당황스럽고 부끄러울 뿐이었다. 그리고 아팠다. 다행히 아픔은 오래가지 않았다.

이후 송 과장은 그의 집으로 나를 두 번 더 데려갔다. 나는 현란한 그의 손길을 피하지 않았다. 그가 이끄는 대로 나의 몸을 맡겼다. 별천지에 그대로 파묻혀 지내고 싶었다.

몸을 섞은 사이가 되어서일까, 나는 송 과장에게 몸뿐만이 아니라 마음도 온전히 빼앗겼다. 그와 함께 있으면 그냥 좋았다. 그의 서글서글한 눈매며 재치와 유머가 넘쳐 나오는, 나의 깊은 속살까지 살뜰하게 애무해 주던 그의 입을 보고 있노라면 세상이 어떻게 돌아가든 시간이 어디로 줄줄 새어 나가든 관심이 없었다.

첫 경험 이후 한 달이 지난 때부터 송 과장은 아파트 대신 모텔로 나를 이끌었다. 그의 집에 동생이 당분간 와 있기로 했단다. 차라리 모텔이 편안했다. 그의 아파트에 있으면 왠지 불안했다. 내 마음 밑바닥에는 부도덕한 느낌이 늘 깔려 있었다.

달콤한 꿈같던 시간들이 한순간 쓰디쓴 현실로 돌아온 것은 송 과장을 만난 지 반년이 다 되어서였다.

사장은 호주 출장이 잦았다. 호주에서 가죽을 수입하니 당연한 일이었고, 또 그곳에 유학 중인 딸과 아내가 있었다. 무역 회사에 입사한 뒤로 내가 사장을 본 것은 다 합쳐도 열 번이 넘지 않을 정도였다.

"어이, 축하해. 득남했다면서?"

사장실로 세관신고서를 들고 들어가던 송 과장에게 사장이 우렁우렁한 목소리로 던진 말이었다. 그 말이 열려 있던 문 밖으로 여과 없이 그대로 흘러나왔다. 흠칫 놀란 송 과장은 뒤를 돌아보았지만, 나는 사무실 대형 캐비닛을 열고 그 안에 쌓여 있던 양가죽의 재고를 체크하느라 그 소리를 또렷하게 듣지는 못했다. 그렇다고 아예 못 들은 것도 아니었기에 한동안 엉킨 실타래를 삼킨 듯 소화가 되지 않았다.

마음이 뒤숭숭해진 나는 며칠 뒤 경리 일을 보는 미스 김에게 물었다.

"언니, 송 과장님 부인이 미국에 가셨다던데……."

"응, 맞아. 근데 얼마 전에 돌아오셨어."

"왜요?"

"왜긴 왜야, 애 낳으러 갔다가 애 낳았으니 돌아온 거지."

"애? 그럼…… 아기 낳으러 간 거였어요?"

"그렇다니까. 송 과장님 와이프가 미국에서 살다가 왔거든. 부잣집 딸이래. 송 과장님이 결혼을 잘 한 거지, 뭐. 얼굴이 좀 되잖아. 말도 청산유수지 목소리도 사람을 살살 녹이고 말야."

미스 김은 '부잣집 딸이래'라는 부분부터 목소리를 최대한

낮췄다.

이게 무슨 소린가. 나의 머릿속이 하얘졌다. 송 과장의 아내는 이혼 전 별거가 아니라 출산을 위해 친정이 있는 미국에 갔었다는 소리였다.

"희경이도 조심해. 송 과장님이 울린 여자가 한둘이 아니라는 소문이 있으니까."

이건 또 무슨 소린가. 지금까지 그의 온기와 배려가 거짓이었단 소린가. 나 또한 그가 울렸다는 한둘이 아닌 여자에 속한 걸까. 나의 내부에서 무수히 많은 유리그릇들이 쨍그랑대며 부딪치다 금이 가고 깨어졌다. 설마, 그럴 리가. 난 아닐 거야. 송 과장이 얼마나 따뜻했었는지, 그가 얼마나 자상했었는지, 하나에서 열까지 다 챙겨 주던 남잔데. 좋은 기억밖에 없는데. 그와 몸을 섞을 때 무수히 내뱉던 사랑한다는 말이 거짓이었다고는 의심할 수가 없는데.

겨울바람이 매섭게 불던 날, 나는 병원을 찾았다. 마취 주사가 몸속으로 퍼지는 느낌이 이런 거구나, 하는 생각이 채 끝나기도 전에 나의 세상이 암전되었다. 그대로 영영 깨어나지 않기를 바랐지만, 수치심을 잘근잘근 씹으며 병원 문을 나섰다. 아랫배에 남아 있는 묵직한 통증이 저주스러웠다. 나는 난생처음 송 과장이라는 남자에게 수줍어하며 다리를 벌렸었다. 이제 산부인과 남자 의사에게 또 가랑이를 벌리고 치부를 고스란히 보여 줄 수밖에 없는 신세라니…….

풋풋한 스무 살에 인생의 절정이 끝나 버린 여자의 마음에 나 불 듯한 바람으로 가슴이 시렸다. 너무 추웠다. 그대로 한 강물로 뛰어들고 싶었다. 화끈거리는 얼굴로 병원을 찾기 전에 한강물로 뛰어들었어야 옳았는지도 몰랐다. 섬에 있는 부모님과 자취방을 물려받아 공부하는 두 동생에게 죽을죄를 지은 것 같았다. 어찌 감히 이 낯짝을 하고 식구들의 얼굴을 볼 수 있을까, 무서웠다.

"정말, 미안해. 일부러 그랬던 건 절대 아냐. 널 사랑했어. 믿어 줘. 이혼까지 생각했던 것도 참말이고. 하지만 와이프가 아이를 핑계로 결혼 생활을 계속하겠다고 하니 어쩔 수 없잖아."

송 과장은 그렇게 말했었다.

"저…… 임신한 것 같아요."

나는 떨어뜨렸던 고개를 들었다. 그러고는 그의 얼굴을 보는 순간 그 말만은 하지 말았어야 했다고 바로 후회했다. 그의 얼굴은 둔기로 뒤통수를 맞았을 때나 어울리는 표정이었다. 생리가 멎은 지 두 달이 지나 약국에서 임신 테스트 시약을 사서 확인했었다. 아마도 그때 내 얼굴은 내 앞에 앉은 송 과장과 다를 바 없었을 거다.

난감한 표정을 지우지도 않은 채 그는 지갑에서 수표 한 장을 꺼내 나의 핸드백 속으로 쑤셔 넣으며 말했다.

"아직 병원 가서 확인한 건 아니지? 그럼 우선 병원 가서 정확한지 아닌지 검사부터 하고, 혹시라도 그렇다면 얼른 정리하도록 해. 돈이 더 필요하면 말하고."

나는 아무런 대꾸도 원망도 하지 않았다. 내가 미웠을 뿐이었다. 어리석음이 한스러웠다. 어른들이 하는 말이 생각났다. 서울에서는 눈 뜨고도 코를 베인다고 했다. 나는 눈 뜨고도 가슴이 옴팍 도려내어졌다.

그는 여성편력이 있는 흔해빠진 남자였고, 나는 그런 남자에게 빠져 앞가림도 못 한 바보였다. 그런 생각을 하니 헛헛한 웃음만 나왔다. 내가 살아가면서 그를 잊을 날이 올까. 그는 나의 첫정을 농락한 남자였다. 첫정을 거짓말쟁이 유부남과 불륜으로 시작하다니, 나는 어리석은 여자인지 몰라도 당신은 저질이야. 누가 더 나쁜 건지는 모르겠지만, 세상은 저질보다 어리석은 자에게 돌을 던지기도 하지. 어쩌겠어, 눈 찔끔 감고 그냥 가는 거야. 하혈이 멈추기를 바라며 그런 생각을 했다.

나는 회사를 관뒀다. 사장에게는 아버지 건강이 나빠져서 섬으로 돌아간다고 둘러댔다. 송 과장의 수표는 백만 원짜리였다. 받을 수밖에 없었다. 나는 궁핍했으니까. 기술도 전문지식도 없는 고졸에게 인심 쓰는 회사는 없었다. 그럴듯한 일자리를 찾는 건 사치였다. 나는 구인 광고란을 뒤적이다 종업원을 구한다는 카페를 하나 찾아냈다. 허름한 자취방이라도 서울은 지방에 비해 턱없이 비쌌고, 아들 둘 뒷바라지로 빠듯하게 살아가는 부모에게 손을 내밀 철딱서니도 아니었다.

나는 카페에서 여섯 시간을 일하고 편의점에서 다섯 시간을 일했다. 하루 열한 시간의 노동으로 몸을 혹사시켜도 저축할 여유는 없었다. 암담했다. 평범했던 꿈마저 삽시간에 사라졌다.

노동의 시간은 더디게 가더니 한 덩어리의 시간은 시시한 잡지를 넘기듯 후딱후딱 넘어갔다. 그즈음, 카페를 몇 번 다녀간 희끗희끗한 턱수염을 기른 사진가가 내 인생을 또 한 번 바꿀 제의를 해 왔다. 그는 내게 모델을 해 보라고 권했다. 나의 얼굴과 체형은 사진가들이 선호하는 타입이라 했다.

내가 알고 있는 모델이란 텔레비전에 나오는 화려한 이미지들이거나 미용실에 쌓여 있던 잡지에나 등장하는 특별한 사람들이었다. 세상에는 그 외에도 다양한 모델이 있다는 것을 생각조차 해 본 적이 없었다.

아, 이게 꿈은 아니겠지. 나도 모델이 될 수 있을까. 사진가들이 선호하는 타입이라니. 게다가 시간당 수입이 하루 열한 시간의 노동에 견줄 바가 아니었다. 지금이 아니면 다시 오지 않을 기회이며, 어떻게든 움켜잡아야 하는 희망이었다. 나는 암전되었던 세상에 다시금 빛을 선사해 주는 사진가에게 감사했다.

양이라고 자신을 소개한 사진가의 작업실을 찾은 나는 간단한 프로필 사진을 찍었다. 수영복 차림으로 조명 아래 서서 피사체가 되어 사진가의 요구대로 앞 옆 뒤를 골고루 찍는 작업이었다. 수영복 차림이라 해도 거의 반라의 모습이나 마찬가진데, 남자 앞에 선다는 것이 선뜻 마음 내키는 일은 아니었다. 나는 탈의실에서 손바닥만 한 비키니 수영복을 들고 망설였다. 그래, 저 사람은 남자가 아니라 예술가야. 모델이 되는 게 어디 쉬운 일이겠어. 그렇게 마음을 다잡고 나니 이까짓 것 싶었다.

반듯하게 서서 앞으로 옆으로 뒤로, 의자를 놓고 앉아 앞으로 뒤로 옆으로, 바닥에 앉아서 또 여러 방향으로 양 작가가 요구한 대로 몸을 돌렸다. 불편한 자세도 있었지만, 그렇게 한 시간 이상 시간이 지남에 따라 나는 내가 거의 반라라는 것을 잊어 갔다. 점점 몸은 가뿐해졌고, 그가 요구하는 다양한 자세에 거부감이 사라졌다.

"좋아, 아주 좋아. 합격이야. 훌륭한 모델이 될 것 같군."

그의 한마디에 나는 어깻죽지에서 날개가 돋는 기분이었다. 이리하여 나는 모델로의 데뷔 심사 첫 단계를 통과했다.

양 작가는 그쪽 세계에서는 명망 있는 사람이었다. 문제는 손바닥만 한 비키니 수영복까지 홀딱 벗어야 한다는 거였다. 그것이 직업 모델이 될 수 있는 자질을 점검하는 최종 단계였다.

"처음엔 좀 부끄럽다는 생각이 들 수 있어. 다들 처음엔 그랬어. 그렇지만 그 처음, 즉 한 번이 중요해. 그 한 번을 용감하게 치르고 나면 그다음부터 수치심 따위는 사라지는 거야. 사람들 앞에 발가벗었다는 생각을 지우고 사람들 앞에서 너만이 가진 가장 아름다운 옷을 입었다고 생각해."

너는 사람 앞에 서는 것이 아니라 카메라 앞에 서는 거다, 누드모델이란 예술가와 관객들 사이에 예술적 공감대를 이어주는 중요한 가교 역할을 하는 사람이다, 너로 인해 예술이 탄생하는 거다, 그러므로 부끄러워할 일이 절대 아니다, 자신감을 가져라, 라는 양 작가의 긴 설교를 듣기까지 나는 머릿속을 종횡무진으로 가로지르는 갈등에 모델을 포기해야 하나 마나 고민했었다. 마침내 그의 설득이 내 고민을 걷어차 버렸다.

그리하여 나는 손바닥만 한 작은 거추장스러운 껍질을 벗어던지고 양 작가 앞에 섰다. 그런데, 입으나 마나 한 조각을 벗었을 뿐인데 왜 그렇게 추웠을까.

"좋았어. 그 자세 그대로 있으면서 고개는 최대한 뒤로 젖혀 봐."

양 작가는 조명등을 이리저리 옮겨 가며 나를 향해 셔터를 바쁘게 눌렀고, 내 몸을 비스듬히 돌려세우고는 또 여러 번 셔터를 눌렀다.

"이제부터 자신의 몸을 사랑하도록 해. 이 일에 자부심을 가져, 알았지?"

앞으로 뒤로 앉았다 일어섰다 누웠다가 다시 구부리기를 반복하는 동안 추위는 어느새 사라지고 나의 몸에서 땀이 났다. 불순물이 모두 몸 밖으로 빠져나가는 느낌이었다. 나는 다시 태어났다. 한 세계에서 다른 세계로 옮겨 가는 일은 황홀한 현기증이었다.

양 작가와 몇 차례 작업을 한 뒤로 나는 그의 손을 거부하지 않게 되었다. 내 몸을 훑어가던 그의 손이 나의 아랫도리를 스칠 때는 짜릿한 전율로 몸을 떨었다. 머리보다 몸이 먼저 반응하는 데에는 속수무책이었다. 그가 이끄는 대로 스튜디오 한쪽의 휴식 공간에서 몇 차례의 육체관계를 가졌다. 작업을 끝낸 뒤의 섹스는 감미로웠다. 금단의 열매를 먹은 대가는 또 한 번의 낙태로 이어졌다.

그러나 스튜디오에서 옷을 벗는 것과 달리 생면부지의 의사 앞에서 아랫도리를 벗는 것은 달랐다. 가랑이 사이로 긁어내는 핏덩이는 수치심보다 훨씬 강한 죄책감으로 검붉게 흘러내렸다. 다시는, 다시는 반복되는 일이 없을 것이라고 이를 악물었으나 내가 할 수 있는 거라고는 피임약을 먹는 것이 전부였다.

이후 양 작가의 소개로 여러 명의 사진가를 만났다. 그들의 스튜디오를 돌며 누드모델로 서게 된 뒤로 옷을 벗는다는 것은 아침이면 눈을 뜨고 배고프면 밥을 먹고 목마르면 물을 마시는 것처럼 생명을 이어 나가기 위한 본능이 되어 갔다.

사진가들의 모임에서 모델 몇몇을 소개받았다. 그중에 나보다 열 살 위인 주희를 알게 되면서 또 다른 삶을 체험하게 되었다. 주희는 노련했고 자유로웠다. 콧날이 오뚝하고 눈매가 서글서글하며 입이 큰 여자였다. 여자인 내가 봐도 매력적이었다. 사진가들 사이에서 인기가 높은 그녀에게는 걸리적거릴 것이 없었다. 그녀의 주선으로 야외 그룹 사진 실사에 나가게 되었다. 스튜디오 작업보다 수입이 훨씬 좋았다.

한꺼번에 스무 명이 넘는 사진가들 앞에서 누드모델이 되는 건 처음이라 나는 조금 당황했던 것 같다. 주희는 간이 탈의실 속에서 스스럼없이 옷을 벗었고 가벼운 스트레칭으로 몸을 풀었다. 나는 그녀 곁에서 선뜻 옷을 벗지 못하고 주뼛거렸다.

"촌스럽게 왜 그래?"

한 꺼풀씩 느릿느릿 옷을 벗는 나의 등을 툭 치며 주희가 핀잔을 주었다.

"이렇게 많은 사람들 앞에는 처음 서 보거든요."

"한 명이든 백 명이든 다 같은 거야. 어차피 우리는 피사체일 뿐이야."

그렇다. 한 사람이든 백이든 많은 사진가들 앞에서 나는 벗은 여자가 아니라 옷이라는 허물을 벗고 투명한 옷으로 갈아입은 피사체인 것이다. 나는 그 순간 그 장소에 모인 사진가들에게 없어서는 안 될 존재였다. 그런 생각을 하니 두려울 것도 수치스러울 것도 없었다.

나는 주희의 소개로 민 화백이라는 화가를 만나 그의 누드화 모델이 되었다. 민 화백의 주선으로 미술 대학 두 곳에서 누드 크로키 모델 자리를 얻었다. 점점 일의 범위가 넓어져 갔다.

마침내 반지하 자취방을 벗어나 주희가 살고 있는 오피스텔로 짐을 옮겼다. 오픈된 다락 같은 느낌의 복층이었으나 짐이랄 것도 없는 내가 쓰기에는 부족함이 없는 공간이었다. 월세는 주희가 전적으로 부담하고 관리비와 공과금 그리고 식비를 반반씩 내는 좋은 조건으로 주희는 나를 맞아 주었다. 그녀의 배려가 고마웠다. 천장이 낮아 침대 대신 매트리스만 깔려 있는 복층 공간은 편했고 나에게 안성맞춤이었다.

그녀를 따라 헬스클럽에서 운동을 하고 요가를 시작했으며 몸 관리를 위한 투자를 제외하고는 지출을 최대한 줄였다. 나는 악착같이 돈을 벌어 모으기로 했다. 두 남동생의 학비를 부모에게 몽땅 부담시킬 수 없었다.

고졸에 특별난 기술도 없으며 누드모델의 조건을 갖추었다 해도 얼굴 뜯어먹고 살 처지가 못 되는 나 같은 사람은 돈의 힘에 의탁할 수밖에 없다. 돈이 모이면 작은 가게라도 차릴 수 있을 것이고, 그러다 괜찮은 사람 만나면 결혼해서 평탄하게 살아가는 길이 가장 무탈한 삶이라 생각했다. 그때까지만 해도 누드모델을 오래 할 생각은 없었다.

주희에게는 남자가 많았다. 오피스텔로 찾아와서 잠깐 놀고 가거나 가끔은 자고 가는 남자도 있었다. 위층에서 난간 너머로 아래층의 사정을 훤히 볼 수 있는 구조이기 때문에 나와 그녀 사이에 화장실을 제외하면 비밀을 숨겨 둘 곳은 없었다. 교외에서 사진 촬영을 하거나 미술 대학에서 일하고 돌아오는 날은 피곤하여 일찍 잠자리에 들기 일쑤였다. 피부를 위해서도 잠은 필수였다.

하루는 잠결에 신음 소리를 듣고 깼다. 꿈이었을까. 그러나 그 소리는 아래층에서 들려왔다. 자잘한 불빛이 위층까지 흩어져 올라왔다. 나는 매트리스에서 내려와 무릎걸음으로 난간까지 가서 아래층을 내려다보다가 화들짝 놀라고 말았다.

주희와 눈이 마주쳤다. 주희의 자세는 내가 기억하고 있는 자세였다. 그녀는 발가벗고 누워 있는 남자 위에 올라타서 한껏 고개를 젖히고 있었기 때문에 내가 난간 아래를 내려다봤을 때 우리는 정면으로 바라보는 모양새가 되었던 것이다.

나는 얼른 몸을 숨겨 주희의 눈으로부터 달아나려 했으나 그대로 얼어붙어 버렸다. 그 자세로 꼼짝을 못 하고 난간 아래로 계속 그들을 훔쳐보는 꼴이 되었다. 영화에서나 봤을 뿐 타인의 정사를 보는 건 처음이었다.

더욱 놀라운 것은 남자 위에서 주희가 배시시 웃으며 내려오라고 손짓을 했다. 그 손짓을 본 사람은 나만이 아니었다. 주희 밑에 누워 있던 남자가 고개를 젖혀 나를 올려다봤다. 그러고는 이를 내보이며 씩 웃었다. 나는 그제야 불에 덴 듯 몸을 뒤로 빼고는 매트리스로 기어 올라가 머리끝까지 이불을 끌어당겼다.

그날 내가 목격한 충격은 다른 충격을 위한 전야제일 뿐이었다.

"널 데뷔시킨 사람이 양 작가라며? 그 사람, 실력은 좋긴 한데 한 가지 버릇이 있어. 양 작가의 스튜디오를 거쳐 간 모델 중에 그 사람이랑 안 잔 여자는 없어."

"언니도 양 작가님과 작업한 적 있어요?"

"당근이지. 나도 양 작가를 통해 데뷔한 거나 마찬가지야. 그땐 내가 숫처녀였는데, 그 인간이 따먹었지 뭐야. 그 덕분에 인생의 재미를 발견했다고 봐야지."

"인생의 재미?"

"이 바보야, 재깍재깍 좀 알아들어라. 인생의 재미, 그게 바로 섹스라는 거야."

"아, 섹스."

"난 섹스를 좋아해. 그 맛을 알고 나면 인생이 달라져. 게다가 작년부터 새로운 재미를 찾았다는 거 아니겠니. 말하자면 극락게임이야."

극락게임이라니, 주희는 갈수록 애매모호한 말만 해 댔다.

"너도 알게 될 거야. 내가 알게 해 줄게."

"그게 뭔데요?"

"너 불감증은 아니지? 섹스할 때 오르가슴 느껴?"

주희는 내게 바로 알려 줄 마음이 없었던지 뜬금없는 질문을 했다.

"뭐…… 가끔은…….."

"너, 중절 수술 받아 봤지? 몇 번이야?"

주희는 거침없고 노골적인 질문을 던져 댔다. 나는 적이 당황했지만 그녀가 끌고 가는 대화에 빨려 들고 말았다. 그리하여 무덤까지 가져가자던 나의 수치스러운 과거사를 실토하고 말았다.

주희의 충고는 간단했다. 몸 상하는 짓은 하지 말라는 거였다. 그리고 절대 사랑을 믿지 말라는 거였다. 아무리 달콤한 사탕도 녹아 없어지기 마련이라고 했다. 게다가 사랑은 단단한 눈깔사탕이 아니라 제일 흔해빠지고 가벼운 박하사탕이라고 했다. 박하사탕을 오래 빨아 먹는 사람은 없다, 입 안에 들어가면 몇 번 굴리다가 와자작 씹어서 박살 나는 거라고 했다.

주희는 프리섹스를 즐기는 여자였으며, 또한 양성애자였다. 성에 대한 해박한 지식은 전문가 뺨칠 정도였다. 그녀가 하는 기상천외한 이야기를 듣다 보면 저절로 허리 아래가 움찔움찔하다가 젖어 들곤 했다. 그녀는 종종 오피스텔로 남자를 데려왔지만 여자는 데려온 적이 없었다. 그녀가 동성 애인의 집으로 찾아간다고 했다. 성이라는 은밀한 사생활은 주희의 입에 오르는 순간 다수가 공유하는 도마 위의 참치 같았다. 그것도 내밀함을 벗어 버린 생선의 살점을 부위별로 낱낱이 회를 떠서 돌아가며 맛을 보고 품평회를 하는 것 같았다. 나는 서서히 주희의 생활 방식에 젖어 들었고 그녀의 충고를 기꺼이 받아들였다.

나는 산부인과를 다시 찾아가서 다리를 벌렸다. 치욕적인 기억을 밀어내고 피임용 루프를 삽입했다. 그동안 세 번의 낙태를 했고, 수치심 때문에 매번 다른 산부인과를 찾아갔었다. 다시는 이 짓을 반복할 생각이 없었다.

미술대학이나 문화센터 또는 학원에서 누드 크로키 모델로 서는 일은 쉽지 않았다. 근육을 적절하게 사용하는 것과 두세 시간 동안 시간을 여러 단위로 쪼개서 다양한 자세를 취하는 동작은 결코 만만치가 않았다.

1분, 2분, 3분, 5분, 10분, 20분 단위로 자세를 바꾸고 부동의 정물이 된다는 것은 근육에 많은 피로를 안겨 주었다. 모델 초기에는 초짜의 티를 내느라 실수도 많았다. 미대 교수나학원 강사들의 요구를 좇는 데에 급급하여 시간이 어떻게 갔는지, 내가 어떤 포즈를 취했는지 기억도 나지 않았다. 작업을 마쳤을 때는 온몸이 경직되어 최소한 이틀 이상 근육을 푸느라 고생했었다. 근육의 피로를 줄이는 방법은 역시 운동이최고의 해결책이었다.

시간과 경험에 적응하지 못할 일은 없었다. 그들이 요구하는 사항은 점점 줄어들었고, 내가 연출하는 대로 자세를 맡기는 경우가 더 많아졌으며, 그럴 때마다 그들은 아낌없는 칭찬을 해 댔다. 포즈를 취할 때는 오직 내가 만들어 낸 자세에만정신을 집중했다. 나는 하나의 오브제에 지나지 않았다. 미술교실에서 '나'라는 존재는 제거되고 없었다. 머릿속을 완전히비우고 시간을 몸으로 느끼며 프로그래밍되어 있는 다음 자세를 준비했다.

화가나 조각가의 모델이 되는 것은 힘든 작업이었다. 하루종일 고정된 포즈를 취하거나, 한 포즈를 여러 날에 걸쳐 작업할 때에는 무료함을 달래기 위해 상상과 공상의 세계를 만들어 내지 않으면 안 되었다. 생각 없이 있다가 까무룩 밀려오는 졸음으로 몸이 흐트러지는 경우가 있었다. 그때는 어김없이 눈살을 찌푸린 예술가들의 얼굴과 마주쳤다. 중간중간 휴식을 취하기는 해도 장시간의 고정된 자세는 근육뿐만 아니라 정신적인 피로까지 누적시켰다.

　나는 화가가 주문한 포즈를 오래 유지하는 방법으로 머릿속에 집을 지었다. 계절은 따사로운 봄이거나 신선한 초가을이었다. 아이비로 뒤덮인 붉은 벽돌 이층집은 네 식구가 살기에 안성맞춤이었다. 그 집 마당 가장자리에는 열매가 익어 가는 과실수들이 그늘을 만들어 주었고, 화단에는 붓꽃이나 나리 달리아 같은 꽃들이 고운 빛을 뽐내며 키 재기를 했다. 작은 연못에는 거기에 어울리는 작은 물고기 대여섯 마리가 유유히 헤엄쳐 다녔다. 가끔은 개나 고양이도 등장했다. 화가들의 캔버스에 단골로 등장하는 정원이 내 것이었다.

　남자는 키가 큰 편이고 호리호리한 체구지만 어깨는 넓었고 약간 긴 고수머리를 하고 있었다. 그 남자가 나를 향해 돌아본 적은 없었다. 상상 속에서 나는 남자의 얼굴을 만들어 내지는 못했기 때문이다. 그래도 그는 내 남자였고 과실을 따기 위해 조잘거리며 발돋움을 하는 두 아이는 나의 자식들이었다. 딸 하나 아들 하나일 때도 있었고 어떤 때는 딸만 둘이기도 했다. 어쨌든 내 머리에 집을 짓고 사는 우리는 행복했다. 그런 생각을 반복하다 보면 그것은 상상이 아니라 예정된 미래가 되어 있었다. 나는 미래를 향해 한 걸음씩 나아갔다.

더러는 행위예술가들의 모델이 되어 보디페인팅을 했다. 처음에는 붓의 종류에 따라 따갑고 간지러워서 몸을 움찔거렸다가 색이 번지는 바람에 핀잔을 듣긴 했지만, 재미도 있었다.

쉬운 일이 어디 있을까만, 여러 일 중에서 내 적성에는 사진 모델이 제일 나았다. 다양한 포즈를 매끄럽게 이어가다 보면 오히려 근육이 더 유연해지는 느낌이 들었다. 모델 일을 시작했을 무렵에는 작가들이 요구하는 자세만 취하다가 차츰 일의 속성을 익혀 가면서 나름대로 모양과 선을 만들 수 있었다. 대부분은 사진가가 요구하는 포즈를 취하지만 노련한 모델은 스스로 포즈를 연출하기도 한다. 시간이 갈수록 나는 카메라의 프레임 속에서 내가 어떤 형태로 보이게 될지를 정확하게 그려 낼 수 있었고, 작품이 되는 법을 터득하게 되었다.

이 지난한 과정에서 가장 큰 도움을 준 사람이 주희였다. 그리고 내 인생에 지대한 영향을 준 사람 역시 그녀였다. 그녀는 내가 모델이라는 직업에 소명감을 갖게 만들었을 뿐만 아니라 섹스에 대한 나의 관념을 완전히 바꿔 놓았다.

주희에게 애인이라는 개념은 남달랐다. 사랑하는 사람이 애인이 아니라 섹스를 공유한 사람이 애인이었다. 먼저 속궁

합을 맞춰 봐서 괜찮으면 애인이 되었다. 그녀는 치근덕대는 순정파를 멀리했다. 그런 남자는 올무 같아서 싫다고 했다. 그런 부류는 상대방을 자신의 틀 속에 가두려 하고, 자신만이 유일한 섹스 상대이기를 바라기 때문에 아무리 잘생기고 가진 게 많아도 멀리해야 할 대상이었다.

다시 말해, 함께 즐기다가 헤어질 때는 쿨하게 손 흔들 수 있는 사이여야 했다. 경우에 따라서 애인이 하나 이상일 때도 있었다. 내가 납득할 수 없다 하여 따지거나 관여할 문제가 아니었기에 그들만의 사랑 방식에 신경을 끄든지 이해하든지 하면 되는 거였다. 나는 이해하는 쪽을 택했다. 그러자 호기심이 슬금슬금 발동하더니 결국에는 그들의 극락게임에 동참하게 되었다.

어느 날, 나는 주희를 따라 돈 많은 신예 사진가의 스튜디오를 찾았다. 그 사진가도 주희의 애인이었다. 주희의 애인인 사진가는 서울 강남 노른자위에 스튜디오를 가지고 있었다. 스튜디오는 특이한 구조로 꾸며진 신세계로 입구에서부터 깔끔하고 고급스러운 인상을 주는 곳이었다. 지하실로 내려가니 세 개의 문이 있었다. 하나는 로커가 설치된 탈의실이었다. 그 안쪽에 네 개의 샤워실이 있었다. 다른 하나는 화장실이었는데, 대리석과 유리와 꽃으로 장식되어 마치 귀빈을 맞는 응접실 같았다.

마지막 남은 문이 열렸을 때 나는 놀라고 말았다. 그 방은 꽤 넓었으며 사방이 온통 거울로 되어 있고 바닥은 투명한 아크릴판으로 깔려 있었다. 거대한 쇼룸이나 무대 같은 느낌이 들었지만, 내부를 장식하고 있는 것들을 봐서는 특별한 일이 벌어지는 장소의 냄새가 났다. 원형 미러볼이 천장 중앙에 있고, 그 바로 아래에는 특수 제작한 것 같은 둥근 매트리스가 있었다. 또한 그 매트리스를 기준으로 여섯 개의 매트리스가 방사형으로 놓여 있었다. 바닥으로 벽으로 이중 삼중 반사된 내가 수십 명으로 보였다.

"우린 여기를 거울방이라고 해. 굉장하지 않아?"

거울방으로 나를 이끌고 간 주희의 말이었다.

"어쩜……. 여기서 촬영을 해요?"

"촬영도 하고 더 재미있는 놀이도 하고 그래."

"재미있는 놀이라니, 그게 뭔데요?"

"너도 같이 놀래? 우린 여기에서 극락게임을 해. 환상적이지 않니?"

"저도 끼워 줄 거예요?"

"오늘은 게임이 없고, 토요일 저녁에 있으니까 그때 나랑 다시 오자."

거울방은 주희가 예전에 말했던 극락게임이 이루어지는 공간이었다. 어떤 룰의 게임인지 궁금했지만, 내가 아무리 물어

봐도 주희는 웃기만 할 뿐 그날 직접 보라는 말 외에는 입을 다물었다. 장소가 스튜디오였기에 나는 그곳에서 좀 특별한 사진을 촬영하는 것일 테고, 그것을 그들만의 언어로 극락게임이라 할 거라고 막연히 생각했다.

마침내 토요일 저녁이 왔다.

탈의실에서 옷을 벗은 전라의 여자들이 거울방으로 들어왔다. 여자들은 모두 탄탄한 육체를 드러낸 채 하나둘씩 입장했다. 모두 여섯 명이었다. 나이는 알 수 없었지만 대략 서른 전후 같았다. 그녀들이 나처럼 누드모델인지 아닌지는 알 수 없었다. 둘은 모델이 아닐 확률이 높아 보였다. 한 명은 젖가슴이 너무 컸고, 다른 하나는 몸이 너무 말랐다.

젖가슴이 너무 크거나 반대로 빈약하거나 또는 몸이 너무 말랐으면 누드모델 선별 과정에서 제외되는 경우가 많았다. 취향은 제각각이어서 큰 가슴과 소녀 같은 민가슴을 선호하는 사진가나 화가가 있는가 하면, 봉두난발형 음모나 털 한 오라기 없는 매끈한 불두덩을 원하는 예술가도 있기는 하다. 그러나 그것은 특별한 경우다.

거울방으로 들어온 여자들은 하나같이 눈 쪽을 가리는 독특한 가면을 쓰고 있었다. 여섯 명이 쓴 여섯 개의 실리콘 가면은 색깔이 달랐고 알록달록 반짝이가 붙어 있어 마치 영화에서 봤던 가장무도회를 연상시켰다. 가면을 쓴 그녀들의 얼굴에서 특이한 점을 찾기는 쉽지 않았다. 그녀들을 구분할 수 있는 것은 키와 벗은 몸이었다.

그녀들 중에서 주희를 찾아내기란 어려웠다. 현란한 미러볼 때문에라도 구분하기가 쉽지 않았다. 그곳에 들어온 여자들은 마치 약속이라도 한 것처럼 엇비슷한 머리 모양을 하고 있었다. 몸이 마른 여자만 짧은 커트 머리를 했고 다섯은 어깨 아래로 조금 내려간, 당시에 유행하던 스타일의 생머리였다. 심지어 여섯 모두가 병원 입원 환자들처럼 하얀 띠를 손목에 두르고 있었다. 여자들은 알아서 침대 하나씩을 차지하고 올라갔다.

나는 옷을 입은 채로 중앙에 놓인 둥근 매트리스에 걸터앉았다. 나중에 알았지만 그 매트리스는 게임 도중에 휴식이 필요한 사람이 쉬는 곳이었다.

잠시 뒤, 남자 여섯이 들어왔다. 놀랍게도 그들 역시 실리콘 가면을 쓰고 몸에는 실오라기 하나 걸치지 않았다. 그들도 여자들처럼 손목에 하얀 띠를 두르고 있었다. 여자들보다 남자들의 몸은 여러 유형이었다. 마른 편인 사람이 있는가 하면 살집이 제법 붙은 남자도 있고 키가 큰가 하면 작은 사람도 있었다. 여자들보다 연령대도 폭이 넓은 느낌이었다. 거울방으로 들어온 남자들은 자리가 미리 정해져 있기라도 한 듯 한 사람씩 침대를 찾아갔다.

여자들과 남자들의 공통점은 모두가 알몸이고 가면을 썼으며 팔목에 흰 띠를 두르고 있다는 거였다. 이것도 나중에야 알았지만, 흰 띠는 로커 번호표였다.

드디어 얼굴 절반을 가린 채 허물을 벗어 버린 육체들의 난무가 펼쳐졌다. 나는 마치 여러 대의 모니터로 포르노 영상을 보는 기분이었다. 게다가 그들의 섹스를 감상하며 최고의 커플을 뽑는 심사위원이 된 느낌이었다. 내 눈앞에서 기상천외한 놀이, 즉 극락게임이 시작되었다. 나는 그 방에서 게임에 제외된 유일한 이물질이었다. 이런 장소가 있고 이런 사람들이 있다는 것에 큰 충격을 받았다. 그럼에도 자리를 박차고 달아날 수 없었다. 호기심 때문이 아니었다. 야릇한 떨림이 온몸을 휘감으며 나를 그 자리에 붙박여 두었다. 뭔가가 내 몸을 옥죄어 왔다. 아랫배를 쑤시는가 하면, 젖가슴을 누르다가 자궁 속에서 저릿한 욕정이 슬그머니 기어 나와 몸 구석구석으로 퍼져 나갔다.

사방의 거울이 열두 명의 남녀를 반사시키는 바람에 방 안은 수십 명이 엉켜 난교를 벌이는 대회장이 되었다. 여섯 개의 침대에서 서로 파트너를 바꿔 가며 다양한 체위로 한 덩어리가 된 남녀들이 내지르는 교성으로 귀가 먹먹해졌다. 언제부터였을까. 나도 거추장스러운 허물을 하나씩 벗어 던지고 원형 매트리스에 누워 버렸다. 나는 그들의 행위를 훔쳐보면서 짝이 없는 내 몸을 주무르고 찌르고 짓눌렀다. 그러다가 누구인지도 모르는 남자를 껴안았다. 그날 저녁, 남자 둘이 나를 거쳐 갔다.

거울방에서의 세 시간이 흘렀다. 불이 꺼졌다. 얼마의 시간이 지났을까, 다시 미러볼에 불이 들어왔다. 극락게임이 끝났다는 신호였다. 자리에 그대로 널브러져 있는 사람이 있는가 하면 침대에 걸터앉아 있거나 서서 아직 식지 않은 페니스를 흔드는 남자도 있었다. 어떤 여자는 엎드려 누운 채 흐느끼고 있었고, 방을 나가는 사람도 있었다. 시트마다 열두 명의 분비물로 흥건히 젖어 있었다.

극락게임은 격주로 토요일 저녁에 열렸다. 세 시간의 섹스 타임을 위해 일정한 참가비를 내야 했는데 결코 적은 액수는 아니었다.

"오늘 어땠어?"

주희는 마치 자신은 그곳에 없었던 사람처럼 생동맞게 물어 왔다. 그녀의 질문 요점을 파악하지 못했다. 내가 그룹 섹스를 어떻게 생각하는지, 아니면 내가 얼떨결에 해 버린 섹스가 어떠했는지, 아니면 둘 다를 물어 온 것일 수도 있었다.

"뭐, 그냥……."

"그냥이라니? 세상에서 제일 애매하고 성의 없는 대답이 그냥이야. 그래도 느낌이 있었을 것 아냐. 처음이었으니 더 강렬한 뭔가가 있었을 것 같은데. 그렇지?"

맞다, 강렬했다. 그것이 모든 느낌을 합친 답이었다.

"언니, 그 사람들은 어떤 사람들이에요?"

"보통 사람들이야. 주변에서 언제라도 마주칠 수 있는 그런 사람들. 자영업자에 교수도 있고 예술 하는 사람들, 은행원, 공무원, 의사에 변호사 그리고 대학원생도 와. 유부녀도 있고. 재밌지?"

"그 사람들은 어떻게 알고 와요?"

"알음알음으로 온다고 보면 돼. 오고 싶다고 아무나 올 수 있는 곳은 아냐. 보다시피 여섯 커플만 받잖아. 생각보다 여기 오고 싶어 하는 사람이 많아. 그래서 순번을 기다려야 해."

"서로들 아는 관계예요?"

"몰라. 서로 신분을 노출하지 않거든. 강 작가만 알아."

주희가 말하는 강 작가는 그녀의 애인이자 스튜디오의 주인이었다.

"나이들은 어떻게 돼요?"

"뭐…… 젊게는 이십 대 초반에서 많게는 오십 대 후반까지 다양해. 삼십 중반에서 사십 초반 사이가 제일 많은 것 같더라고."

"오십 후반이 여섯 여자를 상대할 수 있다면, 대단한 정력

192 파란 방

가네요.”

그렇게 말해 놓고 나는 키득거렸다.

그러자 주희도 따라 낄낄거리며 웃었다.

“전에 한번은 중늙은이 하나가 왔는데, 글쎄 비아그라를 먹고 온 거야. 거기가 게임 시작하기도 전에 바짝 열이 올라 있더라고. 끝났을 땐 얼굴이 시뻘겋고 호흡곤란까지 일으켜서 기절을 하는 바람에 구급차에 실려 갈 뻔했다니까.”

“어머, 그래서 어떻게 됐어요?”

“다행히 그곳에 의사가 하나 있었던 거야. 나중에 깨어났는데 그때까지도 물건이 안 죽고 빳빳하게 서 있더라니까. 그 뒤로 나이를 까다롭게 따지긴 해. 솔직히 말해서 사십 대 후반도 많은 나이지, 뭐. 그 나이면 세 시간에 여섯을 상대하긴 무리지.”

“나이 제한을 두는 게 낫지 않나요?”

“그러고는 싶은데 직업 빵빵하고 돈 많은 고객을 거절하기가 쉽지 않은가 봐.”

“여자는요?”

“마흔 넘은 여자는 잘 안 받으려고 해. 남자 고객들이 안 좋아해. 자기들은 나이를 먹어도 싱싱한 여자를 찾거든. 요즘은 마흔 살 훌쩍 넘어도 미스 같아 보이는 여자들이 있긴 하지만, 그래도 티가 나.”

극락게임의 참가자들은 아무런 이해관계가 없는 사람들이었다.

머리가 복잡했다. 거울방에서 내 배를 타고 넘은 남자가 둘이었다. 그때까지 육체관계를 가졌던 남자들은 모두 아는 사람들이었다. 일면식도 없는 사람에게 몸을 허락하고 같이 나뒹굴었다는 게 믿기지 않았지만, 그 일은 실제로 일어났고, 오르가슴까지 느꼈다는 건 어떻게 설명할 수 있을까. 내가 그들을 거부하지 않은 건 어떤 연유일까. 내 속에 음란한 색정이 얼마나 숨어 있는 것일까. 인간의 성이 생식만을 위한 것이라면 신은 애초부터 쾌락이니 환락이니 열락을 얼버무려 인간에게 오르가슴을 선사하지 말았어야 했다.

성이란 육체와 정신의 결합이라고도 한다. 얼핏 들어 보면 맞는 소리 같다. 되씹어 보니 낡은 구닥다리 사고방식이다. 섹스와 사랑을 연결 짓던 구시대의 윤리와 도덕에는 맞아떨어질지 몰라도 요즘에는 콧방귀 뀔 소리다. 윤리와 도덕이 진화하는 동안 섹스와 사랑도 마찬가지로 진화했다. 다만 섹스가 사랑과 윤리와 도덕의 속도를 훨씬 앞질렀다. 거의 환상적이다.

나는 섹스와 사랑의 공통점은 목마름이라고 생각한다. 갈증은 적당히 해소하면 탈이 안 생기는 법이다. 갈증을 제대로 풀지 못하니 불상사가 생긴다. 사랑이 먼저냐 섹스가 먼저냐를 따지는 건 촌스럽다. 성행위란 육체의 욕구에 본능이 취하는 정직한 쾌락이다. 목마른 자에게 물을 주는 것처럼 자연스러운 행위다.

섹스를 통해 친밀과 유대감을 공유하고 나아가 사랑을 확인한다거나 둘이 하나가 된다는 건 소위 전문가라고 하는 사람들의 말장난이다. 그런 감정들은 지속력을 보장받기가 어렵다. 논리와 생리가 나란히 갈 수 없는 까닭이다. 사타구니에서 시작된 떨림이 뇌의 떨림으로 전이되는 과정을 즐길 수만 있어도 성은 제구실을 다한 셈이다. 섹스와 사랑을 한 묶음으로 엮고 싶어 하는 사람은 섹스의 즐거움을 제대로 느껴 보지 못한 불감증 환자일 확률이 높다.

섹스를 사랑의 곁가지로 생각할지, 사랑의 완성이라고 볼지, 둘은 별개의 관계라고 여길지는 각자 알아서 판단할 문제다만, 나는 별개라는 쪽에 망설임 없이 손을 번쩍 들 것이다. 사랑하니까 섹스를 하는 것도, 섹스를 했으니까 사랑하는 것도 아니란 말이다. 섹스에도 에티켓이라는 게 있다. 그것만 잊지 않으면 된다.

나는 극락게임에서 깨달은 것이 있었는데, 그것은 바로 섹스가 강한 전염력을 가졌다는 거였다.

그날의 강렬한 이미지가 한동안 내 머릿속에서 어지러이 돌아다녔다. 주희는 거울방에서 행해지는 극락게임은 평범하고 건강한 육체들이 일상의 스트레스를 해소하는 잠깐의 일탈이라고 했다. 게임을 통해 애욕을 푸는 것은 건강한 놀이라고 했다. 그들은 결코 자신들의 성행위가 문란하다거나 음란하다고 생각지 않을 뿐만 아니라 거기에서 필요한 희열을 얻고 무거운 어깨를 털어 낸다고 했다. 그러고는 일상으로 복귀하여 여느 사람들처럼 살아가는 것. 그 이상도 이하도 아니란다. 그곳에서 행해지는 일련의 행위는 그곳에서 시작하고 거기에서 끝나며, 어떤 형식으로든 노출되는 일이 없다고 했다. 목적은 하나, 오로지 섹스 그 자체에 만족할 뿐이란다. 그날의 경험은 나에게 신선한 충격이었을 뿐만 아니라 섹스에 대한 인식의 전환점이 되었다.

거울방에서 처음으로 그룹 섹스를 경험한 이후 꼬박 한 달이 지난 뒤, 나는 극락게임에 정식으로 합류했다.

극락게임을 하는 동안 눈 주변을 가린다는 건 괜찮은 아이디어였다. 비록 조명을 낮춘 미러볼일망정 볼 수 있는 건 다 보였고, 관계 도중에 상대의 얼굴에서 읽어야 하는 그 낯섦을 감당하기가 쉽지는 않았으리라. 반쪽짜리 가면은 오히려 성적 자극제 구실을 했고 흥분을 유발하는 불씨 역할을 톡톡히 했다.

처음 거울방을 찾았을 때 보지 못하고 느끼지 못했던 것들이 두 번째에는 보였고 느껴졌다. 각 침대 옆에는 협탁이 있었고, 그 위에는 생수와 이온 음료 그리고 티슈와 납작한 콘돔 상자가 놓여 있었다. 눈에 보이지는 않지만 환기팬이 돌아가는 소리가 희미하게 들렸다.

내가 올라가 앉은 침대로 모든 것이 평균치에 달하는 남자가 다가왔다. 키며 몸집도 평균, 얼굴 절반을 가렸어도 대충 삼십 대 후반으로 느껴지는 나이도 평균, 하다못해 벌써 발기된 성기까지 그랬다. 조명이 조금 더 낮아지는 것으로 게임은 시작되었다.

어색한 순간은 길지 않았다. 눈을 감으면 실체는 사라지고 나를 휘감는 것은 오로지 감각뿐이었다. 조금 덥다고 느낄 즈음엔 내 몸속으로 밀려들어와 출렁이는 파도에 집중했다. 점점 높아지는 너울에 나를 맡긴 채 몸이 떠오를 때엔 열락에 닿을 것 같은 짜릿함으로 벅찬 숨을 깊이 들이마셨고, 아래로 곤두박질칠 때에는 찌릿한 어지럼증에 이를 악물고 소리를 뱉어 냈다. 뜨거웠다. 화끈거렸고 저렸으며 간지러웠고 따가웠다. 출렁이는가 하면 뻑뻑했다. 여섯 마리의 구렁이들이 혀를 날름거리며 내 몸을 희롱했다. 나도 그들을 짓누르고 휘감고 이빨로 찍었다.

번들거리며 냄새를 풍기는 열두 마리의 구렁이들이 칭칭 감겨 서로 갈갈갈 쉭쉭쉭 소리를 내질렀다. 방 안을 떠도는 냄새를 환풍기가 바로바로 깔끔하게 처리하기에는 역부족이었다. 열두 마리 구렁이가 피워 올리는 페로몬 냄새에 땀 냄새와 날름거리는 혀 사이로 뿜어져 나오는 단내가 뒤엉켰다. 환기팬은 그나마 힘겹게 냄새를 걷어 갔지만 소리를 빨아들이지는 못했다. 열두 덩어리가 내는 마찰음은 질퍽거렸고 교성도 가지각색이었다.

모든 것이 평균치였던 남자는 어느새 다른 자리로 옮겨 갔다. 그 자리에 길쭉한 남자가 찾아왔나 싶으면 어느새 또 짧고 굵직하게 변해 있었다. 그 뒤를 이어 골고루 평균에 속하면서 성기가 왼쪽으로 휜 남자가 찾아왔다. 사람이 몸으로 표현할 수 있는 온갖 체위들이 극락게임에서 실연되었다. 왼쪽으로 휜 남자가 또 다른 몸을 찾아 떠나가자 길쭉하면서 굵고 딱딱한, 소위 대물이 나를 찾아왔다.

시간은 가고 있는지 의심스러웠다. 도대체 얼마의 시간이 흘렀을까. 거울방 중간에 놓인 원형 매트리스 위에 대자로 누운 남자가 보였다. 오른쪽 침대에는 가랑이를 벌리고 다리를 쳐든 채 시트를 쥐어뜯으며 흐느껴 우는 여자와 그 가랑이 사이에 머리가 끼어 헐떡거리는 남자가 있었다. 내 침대를 다녀간 짧고 굵은 남자일 거라고 생각했다. 그는 유독 오럴 섹스에 열을 올렸다. 왼쪽에는 널브러진 남자 위에 여자가 앉아 있었다. 그녀는 고개를 한껏 뒤로 젖히고 자기 젖가슴을 떠받친 채 맷돌을 돌리듯 몸을 천천히 돌리고 있었다.

배는 고팠고 아랫도리는 얼얼했다. 이제 이 게임이 끝나기를 바랐다. 내가 물티슈로 손을 뻗기도 전에 길쭉하면서 굵고 딱딱한 대물은 콘돔을 벗겨 낸 성기를 내 입 속으로 밀어 넣었다. 그러고는 그악스럽게 잡은 내 머리통을 앞뒤로 움직이게 했다. 고무와 다른 여자의 침과 정액이 굳은 욕정의 냄새는 역겨웠다. 욕지기가 올라오려고 했고 입 안에 그득히 고인 침을 뱉고 싶었다. 그 순간 거울방이 깜깜해졌다. 나는 남자를 밀어냈다. 남자는 축축하고 미끄덩한 성기를 내 젖가슴 사이에 문질렀다. 게임이 끝났다.

나는 그날로 극락게임을 접었다. 신세계를 경험해 보는 건 한두 번으로 충분했다. 참가비라는 명목의 돈을 지불해 가면서까지 열락을 재탕하고 싶은 마음이 없었다. 누군가에게는 푼돈일 수 있어도 나에게는 거액이었다. 악착같이 벌어서 아파트도 장만하고, 나이 들어서 모델 일을 할 수 없게 될 경우를 대비해야 했다. 아무리 자기 관리가 뛰어나다 해도 누드모델의 생명력은 다른 여타의 직업에 비해 무척 짧았다. 몸을 제외하면 가진 것이 없는 내가 그나마 가질 수 있는 것은 돈뿐이었다.

극락게임에 가졌던 호기심은 충분히 채워졌고, 세 시간 만에 사그라들었다. 게임 뒤에 찾아든 허무가 굉장히 낯설었다. 섹스를 끝낸 뒤에 한 번도 느껴 보지 못했던 감정이었다. 마라톤 코스를 백 미터 달리기 속력으로 내달린 기분이었다. 호감과 유혹이 생략된 짝짓기는 지금까지 내가 해 오던 섹스와는 다른 뒷맛을 남겼다.

쾌락의 종류도 여럿인 만큼 내가 선호하는 것이 있다는 걸 깨달았다. 경험에 비추어 봤을 때, 발화 지점이 일치하는 것이야말로 최상의 희열과 충만감을 안겨 주었다. 서로의 눈을 보고 미소를 교환하는 것, 비록 진실이 아니어도 지금까지 만난 상대 중에 당신과의 섹스가 최고라는 칭찬을 아끼지 않는 것, 한 번으로 끝나는 섹스가 될망정 둘 사이에는 그런 친밀감이 필요했다.

남자의 몸이 생각나면, 다시 말해 섹스가 하고 싶을 때면 신호를 보내면 되었다. 응답은 바로바로 왔다. 주변에 널린 게 남자였다. 사진가와 화가, 조각가에 미대 교수며 문화센터와 학원 강사까지 상대는 얼마든지 있었다. 내가 원할 때 그들도 원하고, 그들이 원할 때 나도 원하면 성가시게 밀고 당길 필요가 없었다. 그들의 축축한 침은 마를 날이 없었고, 나는 고갈되지 않는 옹달샘을 가진 여자였다. 나는 언제라도 그들과 서로의 단물을 탐할 수 있었다.

언제부턴가 극락게임에 열을 올리던 주희가 재미를 잃고 시들해졌다. 집에 남자를 데리고 오는 횟수도 줄어들었다. 대신 그녀의 새 애인이 뜸하게 찾아왔다. 여자였다. 그 여자에게 특별한 감정이 생겼다고 했다.

"남자랑 키스할 때와 여자랑 할 때, 느낌이 달라."

우리 둘 다 일이 없던 어느 날, 오피스텔로 배달시킨 생선
회 초밥을 먹으며 주희가 말했다.

"어떻게 다른데요?"

주희는 내 물음에 대답 대신 초밥에서 연어회 조각만 집어
입에 넣고는 눈을 감았다. 잠시 뒤 눈을 뜬 주희는 입을 오물
거리며 말했다.

"이 연어 같아, 여자는."

나는 주희가 좀 전에 했던 것처럼 밥 덩어리는 두고 연어회
만 집어 입에 넣었다. 연어 살점 아래로 천천히 혀를 굴렸다.
말캉하고 부드러웠다. 기억을 더듬어 그동안 함께했던 남자
들의 입술과 혀를 떠올렸다.

"남자는 광어 같아. 탄력은 있지만 연어에 비하면 덜 부드
럽고 유연성도 떨어져."

주희는 젓가락으로 광어회 초밥을 가리켰다. 나는 밥은 두
고 광어회 조각만 집어 입에 넣고 눈을 감았다. 나는 연어의
부드러움보다 광어의 졸깃함이 더 마음에 들었다.

마흔이 넘은 주희는 유방암으로 한쪽 젖가슴을 잃었다.

인생의 재미와 행복의 절반은 섹스라고 외치던 그녀에게

유방암은 치명적이었다. 더 이상 누드모델이 될 수 없었던 그녀는 모든 일을 접고 고향으로 내려가 분식집을 차리겠다고 했다.

그녀의 많고 많았던 애인들은 아무도 병문안을 오지 않았다. 오직 한 사람, 마지막까지 남아 있던 애인만이 주희를 지극 정성으로 간호했다. 그러고는 주희를 따라 그녀의 고향으로 함께 갔다. 나는 떠나는 두 여자가 역사 깊은 지방 도시의 융통성 없고 고리타분한 눈들로부터 상처받지 않기를 바랐다.

주희가 떠났다는 것 외에 내 생활에는 변화가 없었다. 늘 그렇듯 나는 몸을 벗고 다른 몸으로 갈아입었다. 몸을 갈아입는다는 건 성스러운 행위다. 무게와 질감이 제아무리 얇고 화려하며 부드러운 옷이어도 내가 새로 갈아입는 옷에 견줄 수 없다. 알몸은 숭고한 의상이다. 육체 하나로 펼치는 퍼포먼스는 모든 예술 중에서 가장 예술적이다. 나는 드디어 누드모델계에서 상위 라인에 내 이름을 올려놓았다. 나의 가치는 내가 올리는 것. 그만큼 나는 노력했고 노련해졌다.

시간이 갈수록 섹스는 삶에 없어서는 안 될 윤활유였다. 그만큼 나는 물오른 여자가 되어 갔다.

카메라 앞에 서면 빛의 농담에 따라 내 육체는 관능의 실루엣을 변화무쌍하게 연출해 냈다. 차르르르 찰칵찰칵 빠르게 누르는 셔터 소리의 리듬과 플래시가 터지면서 나를 찌르는 빛의 화살은 황홀했다. 특히 실력이 뛰어난 사진가와 일을 할 때면, 그의 손에서 탄생하는 소리와 빛의 세례에 내 안의 것들이 출렁거렸다. 세포 하나하나를 꿈틀거리게 만들었다. 소리와 빛만으로 내 몸이 뜨겁게 달궈지는 순간이었고 낯설게 찾아온 신선한 오르가슴이었다. 내가 거기에 도달했다는 걸 유능한 사진가는 바로 알아챘다. 그럴 때는 작업을 멈췄다. 벅차오른 몸을 열기도 전에 투명한 열정 한 줄기가 허벅지를 타고 흘러내렸다.

스튜디오에서건 야외 출사지에서건 장소는 중요하지 않았다. 뇌와 음부에서 동시에 시작된 흥분이 핏줄을 타고 온몸으로 번져 나가는 데에는 몇 초도 걸리지 않았다. 꽉 조인 코르셋의 잠금 고리들이 뜯어져 나가고 억압되었던 살갗들이 한순간에 팽창되면 이런 느낌일까.

섹스의 서막이 거칠게 열리는 경우도 있었으나 그건 남자들이 막무가내식으로 밀고 들어오는 걸 거절하지 못했을 때였다. 전희가 빠진 교합은 시시했다. 나는 섹스의 맛을 알게 된 뒤로 남자를 리드했다. 그것이 훨씬 자극적이었고 남자들도 흔쾌히 따라왔다.

나는 애널 섹스를 좋아하지 않는다. 후배위로 할 때 갑자기 항문으로 성기를 밀어 넣는 남자가 간혹 있었다. 통증과 쾌감이 나란히 밀려왔지만 언제나 통증이 선행되었고 뒤로 밀려

난 쾌감은 약했다. 반면에 오럴 섹스는 즐기는 편이다. 남자가 혀끝으로 나의 숨은 입술들을 희롱하고 혀뿌리까지 내밀어 항문 입구부터 클리토리스까지 천천히 핥을 때는 온몸이 파르르 떨리고 목이 뒤로 꺾여 숨이 멎을 것 같았다. 나는 입술이 두툼한 남자에게서 더 강한 성적 매력을 느꼈다. 남자의 축축한 입술과 혀가 내 입에서 목을 거쳐 빗장뼈를 지나 젖가슴에 닿았다. 젖꼭지를 뜯어낼 것처럼 빨더니 다시 아래로 주르르 배꼽까지 핥어 내려갔다. 그동안 내 몸에는 자잘한 경련이 일었다. 남자의 입술이 불두덩을 지나 샘물이 잘바닥거리는 옹달샘에 당도하여 혀를 놀릴 때는 자지러질 것 같았다. 수백 개의 손이 한꺼번에 온몸을 간지럽혔고, 클리토리스에서 머리 꼭대기까지 찌릿한 전류가 빠르게 오르내렸다.

나는 누워 있는 남자의 몸 위로 올라가 몸을 틀었다. 그러고는 얼굴을 남자의 무성한 음모에 묻고 깊이 숨을 들이켰다. 싱싱한 흙냄새가 나는 남자가 있는가 하면, 소나무 냄새가 나는 남자도 있었다. 한 손으로는 음낭을 부드럽게 어루만지고 다른 손은 허벅지 안쪽을 쓸어 주며 성기 뿌리에서부터 귀두까지 흘러내린 아이스크림처럼 핥았다. 가끔 음낭 이쪽저쪽을 물고 알사탕 두 알을 혀로 굴리거나 치구를 살짝 깨물어 주면 남자가 신음을 뱉어 냈다. 그러다가 다시 귀두부터 야금야금 먹어 치우듯 입 안을 가득 채웠다가 게워 내기를 반복하며 되새김질했다. 막대사탕을 먹을 때처럼 귀두를 애무해 주면 남자들은 하나같이 흡족해했다.

요철을 맞물릴 때는 천천히 삽입하도록 유도하다가 중간 정도 들어온 뒤에는 손에 힘을 주어 남자의 엉덩이를 세게 당겼다. 몸 밖에서 무르익은 쾌감이 내 몸속으로 울컥 들어와 합쳐지는 찰나, 머리에서 발끝까지 고압전류가 흘렀다. 그 짧디짧은 시간에 이루 말로 표현할 수 없는 벅찬 감동이 밀려왔고, 나는 숨이 멎었다. 컨디션이 좋거나 상대가 섹스를 제대로 즐길 줄 아는 남자라면 흥분은 진하고 오래갔다. 최고의 요리사가 내놓는 별 다섯 개짜리 요리보다 더 맛있는 섹스를 맛봤다. 샘이 넘쳐 옹달샘 주변은 질척거렸고, 나는 몽롱하고 아뜩한 블랙홀로 빨려 들었다.

강하게 더 강하게, 부드럽게 더 부드럽게, 빠르게 더 빠르게, 그리고 천천히 오르내리고 파고들고 누르고 깨물며 서로의 체액을 비벼 대면서 깊고 뜨거운 쾌감을 즐겼다. 참을 수 없는 폭발에 몸을 부르르 떨 때까지. 체온에 섞인 교성에서 곶감 냄새가 날 때쯤에는 피날레가 가까웠다는 걸 느꼈다.

섹스는 한 사람과 일 회로 끝나기도 하고, 몇 차례로 이어지는 경우도 있었다. 나에게 경우의 수가 여럿인 것처럼 그들도 선택할 수 있는 여자는 얼마든지 있었다. 잘못 선택하여 찐득하게 달라붙거나 수모를 당하는 경우가 없진 않지만, 선수는 선수를 알아보는 법이다.

윤이 연락을 해 왔다.

나는 민 화백의 모델이었던 때가 있었다. 그가 더 이상 나를 그리지 않을 때에도 가끔 화실을 찾곤 했었다. 어수선한 화실이었지만 왠지 그곳에 가면 마음이 편했다. 민 화백은 말수는 적었으나 마음이 무척 푸근한 양반이었다.

그의 화실에서 윤을 만났다. 윤은 멀쑥하니 키가 컸고 민 화백보다 더 말수가 적은 얌전한 남자였다. 나는 조용한 남자에게 호감을 느꼈고 그것을 보여 주려 애썼지만 진전이 없었다. 그는 내 눈을 피했고, 커피를 타서 건네면 겨우 고맙다는 짤막한 인사만 전할 뿐 묵묵히 자신의 그림에만 집중했다. 내가 건넨 명함도 시큰둥하니 일별만 하고는 호주머니에 쑤셔 넣었다. 저러다 버리겠구나 싶었다.

민 화백이 미국으로 떠나기 전까지 화실에서 윤을 여러 번 봤지만 그는 한결같았다. 마치 입을 봉하고 표정을 감추라는 지령이라도 받은 사람 같았다. 어떤 때는 민 화백과 윤, 그 둘 다 화실에 팽개쳐진 정물처럼 보였다. 그 둘의 대화라는 것도 주어와 술어가 없이 토막토막 툭 던져 놓고는 받든지 말든지 신경도 안 쓰는 꼬챙이 같았다. 나는 두 사람의 나른한 팬터마임을 즐기다 오곤 했었다.

나는 나에게 관심을 보이지 않는 남자를 마음에 담아 두지 않았다. 윤에게 꺼내 보인 나의 관심과 호감을 진즉에 거두었다. 아는 사람, 길 가다가 마주치면 안면이 있는 사람으로 기억에 넣어 두었다. 그것이 벌써 오 년 전의 일이었다. 그렇게 희미하게 남아 있던 윤이 전화를 해 왔다. 그는 내 명함을 간직하고 있었던 거다.

그가 나를 원했다. 내 몸을 그리고 싶다는 제안을 해온 것이다. 한창 사진 촬영에 매달려 있던 때였고 윤의 작업은 몇 달이 걸리는 일이었다. 그럼에도 불구하고 나는 흔쾌히 승낙했다. 왠지 그래야 할 것 같았고, 윤에게 맞춰 다른 스케줄을 조정했다. 피해 갈 수 없는 운명은 늘 이런 식으로 느닷없이 찾아왔다.

윤은 오피스텔에 있는 자신의 거처를 작업실로 쓰고 있었다. 거기에 발을 들여놓는 순간 내 입에서 탄성이 흘러나왔다. 온통 파란색이 넘쳐 나는 방이었다.

그는 첫 전시회의 주제와 거기에 전시할 작품들에 대해 설명했다. 그의 말을 들으면서 나는 생각했다. 예전에 내가 알던 윤과 지금의 그가 과연 같은 사람일까. 비록 설명은 간략했으나 완전한 문장을 풀칠해 가며 이어가는 그가 신기했다. 우리는 간단한 계약서를 작성했고, 그날부터 나는 윤이 고용한 모델이 되었다.

나는 일주일에 사흘씩 윤의 작업실로 갔다. 그가 채색 작업에만 전념할 때는 일주일을 건너뛰기도 했다.

　파란 하늘에서 구름이 하나의 작은 점으로 태어났다. 그 구름이 점점 커져 가면서 여인으로 변해 간다는 설정이 마음에 들었다. 뜬구름 같은 여자, 구름처럼 변화무쌍한 여자, 윤의 화폭에서 여자는 그런 존재라는 느낌이 들었다. 그리고 그 여자는 나였다. 파란 방은 높다란 하늘이었고, 파란 하늘은 커다란 방이었다. 소파베드를 펼치고 그 위에 하얀색 시트를 깔아 놓은 곳이 내 무대였다. 나는 그곳에서 미동도 없이 등을 돌리고 앉아 있노라면 생각들이 구름처럼 일었다가 사라지곤 했다. 윤이 그려 내는 구름이 진짜 나라는 생각이 들었다.

　내가 다시 태어난다면, 다시 또 누드모델을 할까. 내 일을 좋아한다고는 하지만, 선택의 여지가 없이 시작한 일이었다. 평범하게 살다가 평범한 남자를 만나 평범한 가정을 꾸리며 사는 것도 괜찮지 않을까. 그렇다고 지금 내가 특별한 삶을 살고 있다는 생각은 들지 않았다. 평범한 삶의 범위를 생각해 본 적이 없으니 특별한 삶인들 알 리 없지.

　파란 방에 들어와서 옷을 벗고 깨끗한 시트 위에 앉아 있노라면 마음이 편안해졌다. 새하얀 시트는 내가 마음껏 상상을 펼쳐 그림을 그릴 수 있는, 언제라도 지우고 다시 그릴 수 있는 대형 도화지였다.

쾌청한 파란 하늘에 떠 있는 구름에 앉으면 이런 기분일까. 밖에 소낙비가 내리는 날도, 한껏 흐려 칙칙한 날씨에도 윤의 작업실은 언제나 맑고 높은 초가을 하늘이 펼쳐져 있었다. 마음이 차분해졌다.

도화지 위로 남자를 일으켜 세우고 아이들과 정원 그리고 고양이와 강아지도 데리고 나왔다. 아이비가 뒤덮인 붉은 벽돌 이층집을 뚝딱 만들어 냈다. 작은 연못은 조금 더 커졌고 물고기도 더 늘었다. 윤의 작업실에 올 때마다 나는 행복한 아내이자 엄마가 되었다.

어느 하루 문득 내 상상 속 집에서 함께 사는 남자와 윤이 오버랩되었다. 둘의 뒷모습이 거의 흡사했다. 그렇다고 얼굴 없는 상상 속 남자에게 윤의 얼굴을 그려 넣을 생각은 없었다. 그는 늘 윤곽 없는 남자로 남아 있다가 어느 날 명료한 얼굴을 갖게 될 것이었다.

나는 나에게 관심을 주지 않는 남자는 빨리 포기했다. 매력이 넘쳐흘러도, 안기고 싶은 유혹이 강해도 남자가 원하지 않으면 단박에 단념했다. 섹스는 욕구와 타이밍이 들어맞아야 최상의 하모니를 끌어낼 수 있기 때문이다. 누드모델을 해 오던 십사 년의 시간 동안 나를 거절한 남자는 몇 되지 않았다. 윤은 몇 안 되는 남자 중의 하나였다.

주오를 만났다.

그와의 첫 만남은 흔해빠진 우연이었다. 세상의 무수한 만남이 그런 우연으로 시작된다는 걸 생각하면 유별날 것 하나 없었다. 그때까지 살아온 인생 위에 올려놓으면 겨우 점으로 찍힐 시간밖에 안 됐지만, 그럼에도 그와의 만남은 특별했다.

그날, 나는 오후 세 시가 못 되어 윤의 작업실이 있는 오피스텔 건물에 도착했다. 지하 주차장으로 차를 몰고 내려가서 오른쪽 화살표 방향으로 커브를 도는 순간 반대쪽에서 오던 차와 부딪치고 말았다. 나는 차에서 내려 내 것과 상대방의 차가 입은 찰과상을 가늠했다. 뒤이어 깔끔하고 세련된 차림새의 남자가 차에서 내렸다. 얼핏 보았으나 어림짐작으로 평균 신장을 조금 웃도는 마흔 안팎의 남자였다.

나의 차는 앞 범퍼의 왼쪽이 살짝 찌그러져 있었다. 상대방은 고급 외제 중형차였고, 그 차도 앞 범퍼 왼쪽에 약간 긁힌 흔적이 눈에 띄었다. 누구의 과실이 더 큰지를 따져야겠는데, 주차장 코너 자리에서 발생한 사고는 처음인지라 난감했다. 무엇보다 상대방 남자의 차는 은색 윤이 좔좔 흐르는 비싼 외제차였고, 나는 소형 중고차였다.

갑자기 머리가 복잡해지고 눈앞이 아찔했다. 오 년 전에 구입한 중고 소형차지만, 지금까지 경미한 접촉 사고 한 건 외에는 탈이 없던 애마였다.

"이거 죄송하게 됐습니다. 차가 들어오는 걸 못 봤습니다."

남자가 먼저 사과를 했다. 이럴 때는 목소리가 크면 이긴다고 하던데, 나는 그러고 싶지는 않았다.

"아니에요. 저도 차가 나오는 걸 못 봤어요. 근데 이런 경우 어떻게 처리하는 게 좋을지 모르겠네요. 보험회사에 연락해야 할까요?"

나는 최대한 다소곳한 음성으로 물었고, 남자는 서로의 차 범퍼를 확인하고는 나긋한 목소리로 대답했다.

"이 정도 스크래치라면 보험회사보다 자가 수리가 나을 겁니다."

"아, 그런가요? 그러면…… 대략 얼마 정도 들까요?"

역시 돈이 문제였다. 쓸데없는 낭비를 줄이며 악착같이 벌었건만, 쓸데없는 지출이 생겨 화가 치밀었으나 내색할 수는 없었다.

"제 차는 제가 알아서 하면 되는데, 그 차는 어쩌죠? 특별히 가는 카센터가 있습니까? 그렇지 않다면 제가 아는 곳에 맡겨서 말끔히 수리해 드리겠습니다."

세상에나, 친절하기도 하지. 쌍방 과실이건만 그가 자신의 부주의라면서 내 똥차의 수리비까지 부담하겠다고 하니 마다할 이유는 없었다. 나는 그의 친절에 손을 들었다. 차만 고급스러운 것이 아니라 차의 주인도 내가 지금까지 만나고 경험한 남자들과 비교했을 때 고품격이었다. 얼토당토않게 고급 외제차를 타면서 자신의 인격도 그와 같으리라 착각하는 인간들이 널린 세상이니까.

이런 우연으로 나는 주오와 인연을 맺게 되었다. 그는 수술 후 늦은 점심을 먹으러 가는 길이었고, 윤과 같은 건물 2층의 성형외과 의사였다.

윤의 작업실에서 세 시간을 보낸 뒤 옆 건물에 있는 카페에서 약속한 대로 주오를 만났다. 카센터에 맡긴 차는 다음 날 찾을 수 있다 하여 그의 차를 얻어 타고 내 거처인 다세대주택으로 돌아왔다.

주희가 그녀의 애인을 데리고 고향으로 내려갈 무렵, 나는 복층 오피스텔을 나와 서울 변두리의 평수 작은 연립주택으로 옮겨 갔었다. 그 당시에도 벌이가 괜찮았고 저축한 돈도 있어 웬만한 오피스텔을 단독으로 쓸 수는 있었다. 그러나 나는 집에 돈을 들이고 싶지 않았다. 집은 깨끗하고 편안하면 그걸로 충분했다. 그 뒤로도 악착같이 저축한 돈에 대출금을 더하여 신도시에 있는 스물여덟 평짜리 신축 아파트를 샀다. 비록 전세를 끼고 샀지만 언젠가는 그 아파트로 들어가서 살 날을 꿈꾸고 있었다.

접촉 사고 이후 나와 주오의 만남은 잦아졌고, 그와 나 사이에 흐르는 공기의 밀도는 촘촘해져 갔다.

"지난번에 바래다준 곳이 집이라는 건 알겠는데, 일은 오피스텔에서 하나 보죠?"

나는 그가 내 직업을 궁금해한다는 걸 알았다.

"네. 지금은 주로 거기서 일하고 있어요."

"무슨 일을 하는지 물어봐도 될까요?"

후훗, 짧은 웃음 뒤에 왜 그랬을까. 나는 나답지 않게 거짓말을 하고 말았다. 단 한 번도 그런 적이, 그래야 할 필요가 없었는데.

"그림 그리는 친구가 거기에 살아요. 같이 작업을 하다 보니 자주 가게 됐고요."

"아, 그럼 화가?"

"뭐랄까, 그 비슷한……."

"오, 대단합니다. 언제 희경 씨 작품을 구경할 수 있겠죠?"

주오는 집요했고 나는 난처했으며 처음부터 솔직하게 누드모델이라고 말하지 않은 걸 후회했다. 누드모델을 막 시작하던 당시를 제외하면 내 직업을 부끄럽게 생각했던 적이 없었다. 그런데…… 과연 그랬을까.

"그냥 초보라고 해 둘게요. 그림을 좋아할 뿐이에요."

끝내 나는 거짓말로 일관했다. 아마도 그와의 인연이 길지 않을 거라는 예감 때문이었는지도 모르겠다. 그러면서도 주오에게 점점 빠져드는 건 무슨 까닭이었을까.

우리는 일주일에 한 번 카페에서 만나던 것을 세 번째 만남 이후부터 두 번으로 늘렸고, 장소는 카페에서 레스토랑으로 바뀌었다. 주오를 만나면 난데없이 긴장되고 마음이 설렜다. 누군가를 만나서 몸보다 마음이 설레는 것은 너무도 오랜만에 갖는 감정이었다. 이런 감정을 느꼈던 것이 언제였던가. 십 년 하고도 몇 년이 더 흘렀다는 게 믿기지 않았다.

송 과장과의 인연은 바람직하지 못했고 혼탁했다. 그런 것도 첫사랑이라니. 그를 사랑했던 반년의 시간, 행복했었다고 생각했던 순간들을 애써 기억으로부터 추방했다. 대신 난생 처음으로 산부인과 병원 문을 밀고 들어가던 때를 떠올랐다. 두렵고 수치스러웠던, 온몸에 금속성 소름이 돋던 그때를 떠올리며 진저리 쳤다. 그러고 보니 나는 송 과장 이후로 사랑이니 연애니 이별 따위의 제대로 된 달콤한 시간과 씁쓸한 기억을 갖지 못했다. 내 기억 속에는 그런 인연을 만들어 보려는 노력조차 해 본 적이 없었다.

십여 년을 모델로 일해 왔고, 돈을 벌고 저축하고 나를 관리하는 일에만 집중했다. 일로 만난 사람들과의 일회성 연애와 육체관계에 대충 만족했다. 그런 만남은 헤어짐도 자연스러웠고 아쉬울 것도 없었다. 미련 남을 게 없는 관계란 얼마나 깔끔한가. 그러니 기억에 가둬 둘 일이 없었다. 스쳐 간 남자들이 모두 몇이었는지 헤아려 보는 것은 무의미했다. 얼굴보다 그들의 맨몸과 특별했던 섹스가 더 기억에 남았다. 하나든 열이든 백이든 내겐 그들의 이름도 얼굴도 중요하지 않았다. 그들에게 건네받은 명함이면 됐다. 언제라도 일을 줄 수 있는 사람이면 그만이었다. 섹스는 디저트처럼 선택 사항이었다. 아마도 모델 초기에 주희를 만나면서부터 굳어진 생각이지 싶다. 사랑은 가볍고 쉬운, 그래서 시시한 감정 소모일 뿐이라는 생각이 내 속에 깊이 뿌리를 내렸다.

그랬는데, 주오를 만나면서 나는 의심했다. 내가 살아온 시간과 관계들에 대하여. 얽매이지 않고 자유분방한 연애를 지향한다고는 했지만, 그게 과연 나의 본심이었을까. 일부러 사랑을 무시하고 외면한 건 아니었을까. 상처받을까 봐 지레 겁을 먹었던 건 아니었을까.

주오는 내가 만나 오던 사람들과 많은 것이 달랐고 낯설었다. 나는 갈수록 그에게 빠져들었고, 가까이 다가가고 싶었다. 그가 무자식에 아내가 있다는 건 알았지만, 그 외의 사생활에는 자물쇠를 채웠다. 나는 그의 눈빛을 읽어 낼 수도, 그가 그려 내는 표정을 제대로 읽을 수도 없었다. 그의 웃음이 진짜 웃음인지 심각한 표정은 본심인지 알 길이 없었다. 왠지 그랬다.

내가 함께 작업한 예술가들은 대부분 자신들의 감정에 솔직했다. 너무 솔직해서 탈이라고 생각될 정도로 노골적인 사람도 있었다. 그들은 싫다 좋다가 분명했으며, 숨김이 없었다. 감정의 기복이 심한 편이었지만, 나도 이 바닥에서 이골이 난 사람이라 초창기 때처럼 상처를 받는 일은 거의 없었다. 지금은 그들의 감정을 낱낱이 읽을 수 있다. 그러나 주오는 달랐다. 도무지 그의 감정을 읽어 내기가 어려웠다.

나는 주오의 몸이 궁금했다. 이 남자는 어떻게 여자를 만지고 느낄지 궁금했다. 나는 여러 밤을 뒤척였다. 그러고는 주오에게 안기는 상상을 했다. 감은 눈에서부터 코와 입과 목으로, 가슴과 배꼽을 거쳐 거웃과 성기까지 꼼꼼하게 애무하고 싶었다. 그의 발가락 하나하나를 입에 넣고 간지럼을 태우고 싶었다. 그가 참지 못해 나를 거칠게 짓눌러 주기를 바랐다.

그를 만난 뒤로 나는 남자와 몸을 섞지 않았다. 그때까지 없던 일이었다. 대개 남자 쪽에서 유혹을 해 왔고 나는 상대를 선택했다. 호감 가는 남자가 먼저 손을 내밀지 않으면 내가 앞서서 유혹하는 때도 있었다. 윤에게는 보기 좋게 거절당했지만 말이다. 주오는 나를 유혹하지 않았다. 나도 그를 유혹하지 못했다. 아니, 할 수가 없었다. 그에게서 접근을 쉽게 허락하지 않는 단호함을 느꼈다.

전에는 섹스를 갈망했어도 남자를 그리워하지는 않았다.

원하는 것은 언제나 가까이 있었다. 주오를 만난 뒤로 나는 섹스와 남자를 동시에 갈망하게 되었다. 그리고 둘 다를 얻지 못해 조바심이 났다. 그것은 제법 괴로운 일이었다.

가을이 꽤나 무르익어 가던 저녁, 나와 주오는 드라이브 삼아 자유로를 달렸다. 차 앞 유리창으로 안겨 드는 노을이 어찌나 곱던지 내 가슴까지 붉게 물들었다. 헤이리에서 우리는 천장이 높고 운치 있는 레스토랑에서 프랑스 요리를 먹으며 와인을 마셨다.

"성형외과 의사들은 여자들을 보는 시각이 좀 다를 것 같아요. 예를 들면 미의 기준이 일반인과 다르지 않을까 하는데, 어떤가요?"

"똑같아요. 일반인들과 다를 게 없어요. 다만 나의 경우는 직업으로서의 기준과 개인의 기준이 다를 뿐."

"그래요? 그럼 개인의 기준은 어떤 건가요?"

"생김새보다는 매력을 중요하게 생각하죠."

"매력이라……. 저는 매력이 있나요?"

"솔직하게 말해도 될까요?"

말을 하면서 주오는 자못 심각한 표정을 지었다. 그의 입에서 어떤 말이 나올지 꽤 긴장되었다. 나는 대답 대신 고개를 끄덕였다.

"꽤 매력적입니다."

아, 내가 가장 듣고 싶었던 말이 한 치의 망설임도 없이 그의 매력적인 입술 사이에서 흘러나왔다. 나는 잔을 들어 와인을 한 모금 물고 마른 입을 살짝 축였다.

"원한다면 드리고 싶네요."

그에게 전염이 되었을까, 나 역시 망설이지 않고 그의 말을 받았다. 붉은 와인 탓이 아니었다. 자유로를 달려오는 동안 나를 붉게 물들였던 노을 탓이었다. 주오는 와인잔을 들어 내 잔에 부딪치며 읽어 내기 어려운 미소를 지었다. 나는 대화의 방향을 과감하게 틀었다. 내가 튼 방향은 유혹이었다.

"제가 어떻게 사는지 안 궁금하세요?"

"구경시켜 줄 건가요?"

내가 먼저 손을 내밀었지만 그에게도 나와 같은 마음이 있었던 거다. 그러니 내 손을 덥석 잡은 것이고, 어쩌면 내가 유혹해 주기를 기다렸는지도 몰랐다. 내가 조금만 더 참았더라면 그가 나를 유혹했을지도 몰랐다. 조금 더 참았더라면. 그래도 후회는 하지 않는다. 어쨌든 나는 그의 여자가 될 준비가 끝났으니까.

그는 대리운전기사를 불렀다. 우리는 차 뒷좌석에 앉았고 나는 주오가 자기 허벅지 위에 얌전히 올려놓은 그의 손가락을 살폈다. 수술하는 남자의 손이 참 섬세하다고 생각했다. 그의 손등 위에 내 손을 살며시 올렸다. 잠시 뒤 엄지에서 약

지까지 그의 손가락 하나하나를 살며시 부드럽게 어루만졌다. 나에게 손을 맡긴 그는 좌석에 기댄 채 눈을 감고 있었다.

내가 세 들어 사는 연립주택은 작은 공간임에도 있을 건 다 있었다. 주오는 2인용 식탁 의자에 상의를 걸쳐 두고 화장실로 들어갔다. 나는 방으로 들어가 배꼽이 드러나는 탱크톱과 짧은 반바지로 갈아입고 나왔다.

원두커피를 두 잔 내려 식탁에 올렸다. 주오의 시선이 내 가슴을 몇 번 스쳐 갔다. 그는 탱크톱 밖으로 선명하게 도드라진 젖꼭지를 의식한 것이 분명했다. 나는 이 남자와 최고의 밤을 보내고 싶었다. 여러 날 뒤척이며 상상했던 섹스로 최상의 쾌락과 희열을 그와 함께 나누고 싶었다.

나는 자리에서 일어나 주오에게 다가가서 그의 숱 많은 머리카락 속으로 손가락을 넣었다. 그가 살짝 고개를 뒤로 젖혔다. 나는 손톱으로 그의 두피를 가볍게 자극한 뒤 손을 빼서 얼굴 옆선과 목덜미까지 손끝으로 훑어 내려갔다. 그러고는 앉아 있는 주오 위에 다리를 벌리고 마주 앉았다. 그가 얼굴을 내 가슴에 묻고 심호흡을 할 때 나는 그의 목을 껴안았다. 어느새 샘물이 팬티 아랫부분을 적셨다. 언제라도 예고 없이 주오가 들이닥쳐도 나는 그를 맞을 준비가 되어 있었다.

나는 아랫도리 중앙을 주오의 성기가 있는 곳으로 바짝 붙였다. 그러고는 그 자세 그대로 탱크톱을 벗었다. 그는 내 젖가슴을 쥐어짜듯이 손아귀에 넣더니 이빨로 젖꼭지를 아프게 깨물었다. 그가 내 몸에 상처를 입힌다고 해도 상관없었다. 여러 날 일을 못 해도 괜찮을 것 같았다. 온몸이 극도로 흥분하여 조그마한 자극이라도 더해지면 폭발할지도 몰랐다. 얼른 내 몸속 깊이 그를 채우고 싶었다. 잔잔한 파도가 너울이 되고 다시 거센 풍랑으로 변하여 나를 집어삼켜 주길 원했다.

나는 엉덩이를 조금 들고 한 손을 주오의 성기 쪽으로 가져갔다. 순간 생각지도 상상조차도 못했던 일이 발생했다. 주오가 벌떡 의자에서 일어났다. 그 바람에 넘어질 뻔했던 나는 다행히 식탁을 붙들고 균형을 잡았지만, 주오가 앉았던 의자는 뒤로 나자빠졌다.

"미안해요. 정말 미안해요."

주오는 의자를 일으켜 세우고 바닥에 널브러진 상의를 주우며 사과했다. 우리 앞에 놓인 상황을 이해하기까지 나는 내가 할 수 있는 말을 찾지 못했다.

"미안해요. 지금은 내가 마음의 준비가 안 된 것 같아요."

다시 또 미안하다는 주오에게 나는 억지로 미소를 지어 보였고, 어깨를 추켜올리며 괜찮다는 제스처를 취했다.

마음의 준비를 하고 섹스를 하는 남자라니, 처음이었다. 맛있는 음식을 입에 넣어 줘도 못 먹는, 자기 것이 아니면 안 먹는 도덕적인 남자. 그런 남자는 아주 드물지만 어쨌든 세상에는 존재하니까. 그럴수록 나는 주오에게 더 깊은 매력을 느꼈다. 그를 갖고 싶었다. 그가 준비되었을 때, 둘이 함께할 아름다운 열락의 세계를 위해 나는 그를 놓아주었다. 그날이 곧 올 것이라 믿으며.

주오가 돌아가고 주방을 정리하다가 싱크대와 쓰레기통 사이에 박혀 있는 소형 USB를 발견했다. 아마도 의자가 넘어지고 그의 옷이 떨어질 때 호주머니에서 튕겨 나온 것 같았다. 다음에 돌려주려고 핸드백에 넣으려는데 호기심이 고개를 쳐들더니 그 속을 들여다보게 만들었다.

그 뒤, 나는 내 눈을 의심하게 만드는 낯선 것들로 아연실색하고 말았다. 기상천외한 영상들을 보자니 몸에 소름이 돋고 떨렸다.

일주일이 지나 주오를 만났다. 주오는 우리 사이에 그 어떤 일도 일어나지 않았다는 듯 태연했다. 그러고는 혹시 자기의 USB를 봤는지 재차 물어 왔다. 며칠 전에도 그는 휴대전화로 똑같이 물었고, 나도 태연하게 그가 돌아간 뒤 아무것도 발견한 게 없었다는, 그 뒤로도 집 안을 이 잡듯 뒤졌으나 역시 그의 USB는 나오지 않았다는 거짓말을 했다.

내가 그다지 예민한 인간이 아님에도 누군가가 나를 엿보고 있다는 걸 느낄 정도라면 염탐꾼이 어설프거나 내가 나도 모르는 사이에 예민해진 거다. 몇 번인가 그런 낌새를 느낀 끝에 나를 몰래 살피던 염탐꾼을 만날 뻔했다.

윤의 작업실을 나와 주오와 약속한 장소로 가려고 엘리베이터 앞에 막 도착했을 때, 휴대폰이 울렸다. 오랜만에 걸려온 둘째 남동생의 전화였다. 따라오는 발소리가 멎었지만 거기에 신경 쓸 짬이 없었다.

지방에서 대학을 나와 이태를 백수로 지내다가 겨우 자동차 대리점 영업사원으로 들어간 둘째 남동생이 교통사고를 냈단다. 응급실로 이송된 피해자는 사흘 뒤에 숨졌다. 합의금이 턱없이 모자라 돈을 맞춰 달라는 다급한 전화였다. 그나마 다행인 것은, 죽은 사람에게는 안된 소리지만 상대방에게도 과실이 인정되어 12대 중과실을 피했다는 거였다.

이 한 통의 전화로 나는 염탐꾼을 밝혀내려던 생각을 깡그리 잊어버렸다.

아파트를 장만하느라 전세를 안고 대출까지 받아 매달 빡빡하게 빚을 갚아 나가는 처지에 은행에서 돈을 융통한다는 건 사실상 불가능했다. 주변에 아는 사람이 많은들 돈거래를 할 정도로 신뢰를 쌓은 관계도 아니었다. 설령 돈을 빌린다고 해도 일이백만 원이면 모를까 삼천만 원이라는 돈은 언감생심 꿈도 꿀 수 없는 거액이었다.

여러 해 전에 첫째 남동생을 장가보내느라 어장을 정리한

후 밭농사와 내가 다달이 보내는 용돈으로 부모님은 생계를 이어 가는 처지였으니 그런 거액이 있을 리 만무했다. 게다가 평소에도 몸이 약했던 엄마가 막내아들 문제로 몸져누웠다는 소식까지 날아들었다. 공무원이 된 첫째 남동생은 어린 두 자녀를 둔 가장으로 생활이 빠듯했다. 하늘 아래 내가 아니면 돈 나올 구멍이 없었다.

나는 여태껏 없으면 없는 대로, 있을 때도 없을 때를 생각해서 아껴 가며 살아왔다. 아쉬워도 어디에 하소연하거나 손을 내밀어 본 적이 없었다. 내가 그렇게 살아서인지 누군가가 내게 돈을 빌려 간 적도 없었다. 궁여지책으로 몇 번 잠자리를 같이 했던 잘나가는 사진가의 스튜디오를 찾아갔으나 입이 떨어지지 않았다. 그렇다고 안 지 얼마 되지도 않는 주오에게 말하기는 죽기보다 싫었다.

이틀 밤을 까칠하게 보냈다. 뾰족한 수를 찾지 못한 나는 하마터면 동생에게 합의금 대신 법적으로 죗값을 치르라는 말을 입 밖으로 뱉을 뻔했다. 겨우 장만한 아파트를 팔까도 생각했지만, 동생과 원수처럼 등 돌리고 살망정 그것만큼은 하고 싶지 않았다. 그건 내가 누드모델로 살아온 증거였다. 그런 와중에 낯선 거래가 행운의 티켓을 들고 난데없이 찾아왔다. 거래의 민낯은 낯설 뿐만 아니라 검었으며 유혹적이었다. 메피스토펠레스에게 영혼을 파는 인간은 언제나 수두룩했고,

나라고 예외는 아니었다. 발등에 불이 떨어졌는데 미망에 빠지지 않을 사람이 얼마나 될까. 물에 빠진 사람은 지푸라기라도 잡고 싶은 거고 벼랑 끝에 매달린 자는 풀뿌리라도 잡고 싶은 심정이다. 분별력을 잃는 것은 순식간이었고 냉정성을 잃는 것도 한순간이었다.

염탐꾼은 여자였고 거래를 제안한 사람이었으며, 윤의 여자였다. 지난번 동생의 전화를 받느라 깡그리 잊고 있었는데 며칠 뒤에 같은 층에서 엘리베이터를 기다리다가 곁에 선 여자에게서 낯설지 않은 우연을 느꼈다.

엘리베이터 안에 붙어 있는 거울 앞에 서서 손가락으로 머리카락을 정리하는 척하며 염탐꾼을 쳐다봤다. 계속 나를 힐끗거리며 훔쳐보던 여자와 눈이 마주쳤다. 당황하는 모습이 역력했다. 그 정도 담력으로 나를 훔쳐봤나 싶어 가소로웠다. 꽉 다문 그녀의 입술에 적대감이 잔뜩 묻어 있었다.

"뭐가 그렇게 두려운 거죠?"

나는 주오와 만나던 오피스텔 옆 빌딩 카페에서 윤의 여자에게 물었다.

"그냥 싫어요. 그뿐이에요. 당신은 이해하기 어렵겠지만요."

맞다. 나는 그녀를 이해하기 어려웠다. 설명을 제대로 하지 않는 사람을 누가 이해하겠는가. 그녀는 이해하지도 못할 사람을 만나 뭘 어쩌겠다는 것도 없이 막무가내로 떼쓰는 아이 같았다. 그녀에게서 풍겨 나오는 이미지 그대로였다. 곱게 자라 세상 물정 모르는 온실 속 화초 같은, 딱 그만큼이었다.

"내가 당신의 남자를 어떻게 할까 봐 그런 거라면 그건 걱정하지 않아도 돼요."

"난 오빠가 누드화 그리는 게 끔찍이 싫어요."

그녀는 내가 아니라 누드화가 싫은 거라고 했다. 이거나 그거나 같은 것 아니었나. 에둘러 말할 필요도 없는 것을 참 힘들게 말한다 싶었다. 자기가 누드화가 싫은 걸 날더러 어쩌라고.

"누드화를 그리는 게 싫다면 그건 나한테 말할 게 아니라 김 화백님에게 직접 얘기해야죠."

입을 꽉 다물고 있는 윤의 여자를 보고 있자니 짜증이 났다. 남자 하나에게 인생을 걸고 사는 여자는 언제나 시시했다. 그때 얼핏 든 생각이 있었다. 윤과 담판을 지어야 할 문제를 두고 그동안 왜 나를 염탐했을까. 나는 그녀가 정작 하고 싶은 말의 핵심을 숨기고 있다는 느낌이 들었다. 어쨌든 나는 남녀 간의 사랑싸움에 끼고 싶은 생각은 추호도 없었다. 얼른 이 자리를 물리고 나는 돈을 구하러 다녀야 할 처지였다. 그녀가 시시콜콜 묻기 전에 내가 선수를 치는 게 낫다는 생각이 들었다. 그래서 귀찮고 짜증 나는 윤의 여자를 얼른 털어 내기로 했다. 내가 윤을 어떻게 알게 되었는지, 그와 어떻게 작업을 해 왔는지, 심지어 그를 유혹하려다 실패한 것까지 낱낱이 얘기해 줬다. 나는 이야기를 마친 뒤 그녀를 안심시켜 주려고 포근한 미소까지 지어 보였다.

그랬더니 어라, 윤의 여자는 안심은 고사하고 얼굴이 더 굳어졌다. 그녀가 이를 악물고 있다는 걸 알 수 있었다. 저러다 이가 부러지거나 턱관절이 고장 날 것 같다는 생각을 하는데 그녀가 엄청난 폭탄을 터뜨렸다.

"필요한 돈, 내가 드릴게요. 삼천만 원, 맞나요?"

망치로 머리를 얻어맞은 기분이었다. 내 몸의 피가 싸늘하게 식는 느낌이 들었다. 검은 거래가 고개를 쳐든 순간이었다. 지난번 그녀는 나와 둘째 남동생의 전화를 엿들은 거였다. 나는 그녀에게 왜냐고도 묻지 못했다. 윤의 여자는 어느새 내 미소를 훔쳐 가서 자기 입에 걸었다. 그러고는 자신감 넘치는 한마디를 날렸다.

"돈을 드리는 대신, 한 가지 부탁이 있어요."

나는 윤의 작업실 문 앞에서 심호흡을 했다.

휴대폰에 저장해 둔 도어록 번호를 엘리베이터 안에서 몇 번 확인했지만, 초인종을 눌렀다. 한 번, 두 번, 그리고 기다렸다.

나는 번호를 누르고 현관문을 열었다. 윤이 없는 작업실은 굉장히 낯설었다. 내가 늘 눕거나 앉거나 했던 침대는 모양을 바꿔 소파가 되어 있었다. 그것조차 낯선 풍경이었다. 완성되어 벽에 기대 세워 둔 캔버스들과 두 개의 이젤 위에서 유화 물감이 말라 가는 그림 두 점이 눈에 들어왔다.

윤과의 작업은 벌써 열흘 전에 마쳤다. 마치 잘 짜인 각본처럼 그날 윤의 여자를 만났었다. 그날 이후 모델이 필요 없는 화가는 자신만의 파란 세계를 완성해 냈다. 벽에 세워 둔 크고 작은 캔버스들이 아무렇게나 포개져 있는 것이 아니라는 걸 나는 알았다. 그의 그림에는 순서가 있었고 그 순서대로 세워져 있었다. 캔버스를 들춰 가며 그림을 하나씩 감상했다. 그림들 속에서 내가 숨 쉬고 있었다. 구름 같은 나를 보고 있자 갑자기 서늘한 기운이 몸에 휘감기더니 가슴 한복판으로 자잘하지만 날카로운 통증이 찾아왔다. 반대로 손바닥에는 땀이 고였다.

나는 불법 장기매매라도 하겠다는 둘째 남동생을 진정시킨 뒤, 곧 돈이 생길 테니 우선 급한 대로 사채를 빌려 쓰라 했다. 윤의 여자로부터 검은 거래를 제안받고 여러 날 고민을 거듭한 결과 나는 그녀가 내민 손을 잡고 말았다. 내가 빠져나갈 비상구는 거기, 한 곳뿐이었다.

그러나 그림들 앞에서 나는 나를 찢어발길 수가 없었다. 돈 때문에 윤의 인생을 짓밟을 수 없었다. 그가 심혈을 기울여 완성한 작품들은 물건이 아니라 그의 숨결이며 피라는 걸 나는 알았다.

　이러지도 저러지도 못한 채 캔버스 하나하나를 들춰 보다가 순간 나는 한 그림 앞에서 숨이 멎었다. 동시에 내 아랫도리가 전기에 감전이라도 된 듯 찌릿했다. 내가 무릎을 세운 채 다리를 벌리고 앉아 있는 누드화였다. 음부가 섬세하고 적나라하게 열려 있는 그림이었다. 원색 대신 무채색으로 그려져 있어 야하다는 생각은 일절 들지 않았고 오히려 신비스럽고 환상적인 느낌이 드는 그림이었는데. 그런데 그 중요한 부분이 날카로운 것에 찢겨 있었다. 언제 누가 그랬을까. 왜 그랬을까. 지금 여기서 그것을 안들 내가 뭘 어쩔 수 있는 일도 아닌데……

　나에게는 생각할 시간이 없었다. 당장이라도 문이 벌컥 열리고 집주인이 들이닥칠지도 몰랐다. 내가 선택할 수 있는 건 둘 중 하나였다. 곧바로 윤의 작업실에서 나가든지, 그게 아니라면 눈 꼭 감고 거래를 완성하는 거였다.

　그때 둘째 남동생과 엄마의 얼굴이 떠올랐다. 나는 윤의 첫 그림이자 파란 방의 시발점인 캔버스 앞에 무릎을 꿇고 앉았다. 미끈거리는 손바닥을 겉옷에 대충 문지르고 핸드백에서 준비해 온 대형 커터 칼을 꺼냈다. 그러고는 캔버스 정중앙에 깊숙이 꽂았다.

그때, 초인종이 울렸다. 나는 반사적으로 벌떡 일어났다. 얼마나 놀랐던지 순간 정신이 아뜩했다. 그 와중에도 머리는 재빠르게 돌아갔다. 윤이 초인종을 누를 리는 없을 것이므로 택배 기사이거나, 가스 점검이나 뭐 그런 용무로 온 사람일지도 모른다. 반응이 없으면 돌아가겠지 싶었다.

 그랬는데, 잠시 뒤 도어록의 번호를 누르는 소리가 들렸다. 심장이 그대로 멎는 것 같았다. 숨을 곳도 없었다. 짧은 순간이었지만, 세상이 그대로 멈추거나 끝나길 바랐다.

 문을 열고 들어온 사람은 주오였다.

 일순간 내 머릿속은 하얘졌고 다리에서 모든 힘이 빠져나갔다. 내 손에 쥐여 있던 칼이 떨어지는 것도 몰랐다. 나는 휘청이다가 침대가 변신한 소파에 철퍼덕 앉고 말았다. 나를 쳐다보는 그도 놀라기는 마찬가지였다. 도대체 두 남자는 어떤 사이이기에, 얼마나 가까운 사이이기에, 주오는 윤의 작업실 비밀번호까지 알고 있는 것일까.

 그렇다면 주오는 나를 처음 만난 날부터 알고 있었는지도 모른다. 그와 윤이 어떤 관계이든 내가 누드모델이라는 것, 내가 거짓말한 것까지 알고 있었으면서 시치미를 떼고 있었던 거다. 그동안 그가 나를 만난 이유도 내가 매력적이어서가 아니라 가지고 놀기에 쉬운 상대라고 생각했을 거다. 내 집에서 나를 거부한 것도 이유가 있었던 거다. 그는 나와 몸을 섞을 생각이 없었던 남자다. 그는 나를 조롱했던 것뿐이었다. 그가 내 집에서 떨어뜨린 물건 속에 든 주오는 색광이나 다름없었는데. 생각이 거기에 미치자 차갑고 날카로운 소름이 온몸에 돋았다. 차라리 주오가 아니라 이 자리에 나타난 사람이 윤이었더라면 나는 덜 당황했을까.

핸드백에 넣어 둔 휴대폰이 진동했다.

주오는 내가 찢으려 했던 그림을 보고 희미하게 웃었고, 나는 그를 노려봤다. 나의 휴대폰은 멈추는가 싶더니 또 쉬지 않고 나만큼이나 떨어 댔다. 나는 아랫입술을 꽉 깨물고 정신을 수습했다. 심호흡을 하고 소파에서 일어났다.

휴대폰 전원을 끄고 도로 핸드백 속에 넣은 뒤, 작은 물건 하나를 꺼내 주오에게 내밀었다.

"아주 재밌더군요. 구경 잘 했어요."

주오의 얼굴이 일그러졌다.

나는 조금 전에 주오가 짓던 것과 닮았을 희미한 웃음을 흘리며 그가 주방에 떨어뜨리고 간 USB를 건넸다.

잔인한 사랑

사랑은 난폭하다.

난폭함도 사랑의 얼굴을 하고 있다. 길들여지지 않는 난폭함이 없듯 길들이지 못할 사랑도 없다.

만약 기적이 일어난다면, 신이 내 손에 지우개를 쥐여 준다면, 그래서 과거의 어느 한 부분을 지울 수 있다면, 지우고 새로 쓸 수 있다면, 그런 말도 안 되는 기적이 혹시라도 일어난다면, 나는 어디를 지울까.

불행이라 생각했던 순간들이 한둘이 아닌데 어디를 지울까. 그 모든 불행을 자초한 사건은 단 하나. 그 하나가 내 인생을 송두리째 바꿔 버렸다. 그 순간을 증오한다. 중학교 2학년이었던 그날, 아버지의 뾰족한 고드름 같은 눈빛과 쩌렁쩌렁한 목소리를 들어야 했던 그 시점을 지우고 싶다. 구멍이 나도록 세게 문질러 지우고 싶다.

거기를 지우고 새로 쓸 수 있다면 나는 성격도 달라졌을 것이며 남들처럼 달콤한 연애를 했을 것이고 결혼해서 아이도 가졌을 거라고 생각한다. 그러다가 웃고 말았다. 그것은 망상일 뿐이니까.

나는 아내를 죽이고 싶었다.

그녀의 입에서 이혼이라는 단어가 튀어나오던 날, 나는 살의로 온몸이 타들어 가는 것 같았다. 잘못한 쪽은 그녀인데 왜 내가 이런 수모를 당해야 하나. 우발적 살인을 정당화시킬 생각은 없다만, 이해는 충분히 되고도 남았다.

아내의 창백한 목덜미를 지그시 누르고 싶었다. 그녀의 눈을 똑바로 쳐다보면서 숨이 서서히 끊어지는 것을, 살려 달라고 애원하는 것을 상상했었다. 사랑하는 여자가 내 앞에서 죽어 가는 것이 그녀를 빼앗기는 것보다 낫다. 하지만 그것으로 끝나는 것이 아니었기에, 아직은 포기할 수 없는 삶이 있었기에 나는 아내를 달랬다. 가소로웠지만 그럴 수밖에 없었다.

내 직업, 내 주변 사람들, 내가 쌓아 놓은 것들, 그것들을 외면할 수는 없었다. 비록 지금까지 쌓아 놓은 게 사상누각일지라도 말이다. 내 주변의 인간들 태반이 위정자 떨거지와 양심을 팔아먹고 위선과 허위 뒤에 숨은 가식 덩어리라고 해도 말이다. 어쨌든 사상누각은 나의 지지대이며 나를 둘러싼 인간들은 내 허무한 삶에 필요 불가결한 들러리다.

참, 정정해야겠다. 내가 아내를 사랑하는 여자라고 표현한 것은 실수다. 나는 아내를 사랑하지 않는다. 잠시나마 좋아했으나 그것을 사랑이라고 하는 건 무리다. 지금까지 사랑 때문에 감정과 시간을 낭비한 적은 내 기억에 없다. 우연을 낚아챈다는 것은 선택을 위해 쌍방이 저울질해야 하는 감정과 시간의 소모를 최소화시켜 준다. 우연을 붙잡는다는 것은, 선택되는 것이 아니라 선택한다는 뜻이다. 불필요한 시간을 단축시킬 수 있는 건 아무나 할 수 있는 일이 아니다.

나에게 선택되고 싶어 안달 난 여자들을 뿌리치고 나는 지금의 아내가 된 여자를 택했다. 여러모로 모자람이 많은 여자였지만, 그 부분은 내가 충분히 채워 줄 수 있었으니까. 예를 들면, 경제적인 빈약함이나 그녀의 가족들이 가지고 있는 헐거움 같은 것들 말이다.

결혼을 한 뒤로 나는 아내에게 헌신했다. 지금까지 그녀가 가져 보지 못한 것들을 안겨 주었다. 아내가 가져 보지 못한 것은 내가 생각했던 것보다 꽤 많았다. 그녀에게 필요한 것, 그녀를 위해 할 수 있는 것, 해 주고 싶은 것을 목록으로 만들어도 몇 페이지는 되었을 거다. 나의 아내로 살아가는 여자에게 그녀의 친구들이 부러워할 정도로 지극 정성을 다했다. 나는 황무지나 다름없는 곳에 핀 볼품없는 들꽃을 최적의 환경을 제공해 주는 나의 온실로 옮겨 왔다.

나는 아내를 죽이지 않았다. 대신 그녀가 죗값을 치르며 살도록 만들고 싶었다.

나를 못난 놈 취급하던 부모. 가끔은 그런 부모를 저주했다. 그렇다고 나는 그들에게 살인자가 된 자식을 둔 부모라는 독주를 내밀 정도로 몹쓸 놈은 아니다. 따지고 보면 그들은 그저 겁 많은 노인에 불과했다. 그들은 잃을 것을 너무 많이 쌓아 놓고 살았다. 어쩌면 나로 인해, 나보다는 내가 저지른 일로 인해 스스로 목숨을 끊을 수 있는 노인에 지나지 않았다. 그들을 비련의 주인공으로 만들어 줄 생각은 추호도 없었다.

나는 모든 의혹을 도려내고 아내를 주저앉히기로 했다. 그 대신 아내에게 작은 상처를 내는 걸로 그녀를 용서했다. 내가 그녀를 버리지 않는 한 평생 나를 떠날 수 없도록 그녀에게 메스를 댔다. 그나마 마음에 드는 방법이었다. 아내가 내 여자가 될 수 없다면, 그 누구의 여자도 될 수 없다.

나는 1cc 주사기의 검은색 밀봉 캡을 벗겼다. 인슐린 주삿바늘보다 더 가는 니들 31 게이지의 주삿바늘이 침대 옆 테이블 위에 있던 스탠드 불빛을 반사했다. 잠든 아내의 하얀 팔을 들어 올려 내 허벅지에 올렸다. 방 안이 밝지는 않았으나 아내의 팔에 선명하게 드러난 눈부신 정맥들을 알아볼 수 있었다. 그러고는 그녀의 팔 안쪽 혈관에 주사기를 천천히 꽂았다. 가는 주사기 안으로 서서히 검붉은 피가 채워졌다.

의료용 겸자로 잠든 아내의 눈꺼풀을 벌려 고정시킨 뒤에 주사기를 가까이 가져갔다. 안구 각막에 닿은 날카롭고 가는 바늘이 미세하게 떨렸다. 나는 힘을 주어 바늘을 유리체로 채워져 있는 곳까지 밀어 넣었다. 바늘 끝에서부터 시작되어 손끝으로 팔과 어깨를 거쳐 머리까지 전해지는 형언할 수 없는 쾌감, 이런 것이 가히 오르가슴이 아닐까. 플런저를 천천히, 아주 천천히 눌러 주사기 속에 든 아내의 피를 유리체로 흘려보냈다. 젤리 속으로 마블링처럼 스며드는 그녀의 혈액은 얼마나 아름다울까 상상하면서.

아내는 고통을 전혀 느끼지 못할 테다. 충분히 마취를 해 줬으니까. 게다가 이 정도로 가는 바늘은 흔적을 남기지 않을 것이기에 아내의 실명은 설명되지 않는 원인 불명으로 기록될 것이다.

사랑하는 상대에게 상처를 주는 것은 질투라는 감정을 통해 드러내는 야만성이라고 말하는 학자도 있다만, 천만에! 나의 행위는 야만성이 아니라 응징이었다. 그녀는 자신의 행동에 대한 응분의 대가를 받은 것뿐이다. 그것으로 족했다. 그녀는 남은 생을 나에게 의지할 수밖에 없을 것이다. 이혼이란 단어를 입 밖에 꺼낸 것을 후회하고 반성하면서. 시력을 상실한 아내는 화초가 될 것이었다. 내가 빛을 쪼여 주고 물을 주지 않으면 단박에 시들어 버릴 온실 속의 유일한 화초.

이렇게 황망한 꿈을 두 번씩이나 꾼다는 것이 그저 신기했다. 실제로 아내를 상대로 꿈속에서 했던 시술을 테스트해 보고 싶을 정도였다.

아내에게 남자가 생겼다는 걸 직감했을 때, 나는 증거를 찾기 위해 질 낮은 행동을 하는 대신 바로 아내를 앞에 앉히고 추궁했다. 아내는 펄쩍 뛰며 부정했지만, 강한 부정은 곧 긍정이라는 것을 어리석은 아내는 몰랐다. 오히려 그녀의 변명이 나의 심증을 굳혔다.

나는 집안의 맹렬한 반대에도 불구하고 내가 선택한 여자를 아내로 삼았다. 의사 집안이라며 주변으로부터 존경과 시샘을 받고 자란 나에게 떨어진 철퇴는 제법 충격적이었다. 나는 내 여자를 위해 철퇴를 감수했다. 집안을 등진 대가는 혹독했으나 내 여자를 지켰고, 내 힘으로 이뤄 나갔다. 못난 놈이 데려오는 여자도 꼭 저 같다는 소리가 뒤통수에 날아와 꽂혔을 때, 결심을 했다. 형도 누나도 못 낳는 아들을 내가 낳아서 안겨 주겠다고.

아버지는 유명한 학술지에 이름이 자주 오르내릴 정도로 명망을 누리는 심장 전문의였다. 딸만 둘 낳고 생산을 중단한 형역시 아버지의 뒤를 따라 심장혈관센터에 발을 들였고, 매형은 노발리스 차기 센터장에 이름이 거론될 정도의 위치에 있었다. 누나는 대학병원 산부인과에서 불임으로 눈물 흘리는 여자들의 고통을 해산시켜 주고 있었다. 정작 자신의 잉태하지 못하는 허한 자궁은 속수무책이었다.

이런 가족의 이력에는 자부심과 근엄함이 장신구로 붙어 있다. 따라서 거기에 흠집이 생기는 것을 감당할 인내심이나 면역력 따위는 일절 없다. 형과 누나의 빈정거림보다 특히 아버지의 반대는 포세이돈의 분노보다 컸고, 거기에 반항하는 나는 쪽배나 다름없었다. 아버지의 그림자 뒤로 몸을 숨긴 어머니는 변함없이 비겁했다.

아내의 집안은 사돈의 팔촌까지 뒤져 봐도 딱히 내세울 것이 없었다. 그녀는 가까스로 서울 사대문 안에 있는 대학을 나와 변변찮은 중소기업에 취직해서는 월급의 절반가량을 식구들에게 내어 주고 자신은 친구 집에 방 하나 얻어 사는 처량한 신세였다. 그나마 다행스럽게도 학구열 하나는 있었던지 나를 만날 당시에는 파트타임으로 일하며 대학원에 다니고 있었다.

그녀는 내가 근무하던 병원에 상담하러 온 겁 많은 친구를 따라왔다. 그때 나는 경력을 쌓기 위해 선배의 병원에서 월급을 받고 일하던 때였다. 수술 후에 있을지도 모를 부작용부터 걱정하며 호들갑을 떨어 대는 겁먹은 혈색 좋은 친구와 달리 아내는 차분하고 창백했다. 그녀는 내가 알뜰하게 해 주는 설명에 수술할 당사자보다 더 열심히 귀 기울였고 연신 고개를 끄덕였다. 나중에야 알게 되었지만, 아내는 원래 혈색이 없고 상대가 말할 때 자주 고개를 끄덕이는 것이 버릇이었다.

그녀를 본 순간 왜 그랬을까. 아랫배에 뻐근한 힘이 차는가 싶더니 이내 페니스까지 내달렸다. 지금까지 개인적으로든 업무상으로든 많은 여자를 만나 왔지만, 이런 말초적 자극을 느끼는 경우는 극히 드물었다. 야릇하게 파고든 흥분 때문에 자칫 말이 꼬일 뻔하여 헛기침을 다 했다. 짧은 순간이었으나 나에게 찾아든 반응이 황당했다.

황당함에 뒤이어 전공을 성형외과로 선택했을 때 나를 같잖게 내려다보던 아버지의 얼굴이 퍼뜩 스쳐 갔다. 형이나 누나에 비해 성적이 부진했던 나는 겨우 의과대학에 합격했고, 학교를 다니는 동안에도 두각을 드러내지 못했다. 아버지를 떠올리자 그녀에게 느꼈던 뻐근한 감정이 이내 사그라졌다. 이런 식으로 아버지가 도움이 될 줄은 몰랐다. 상당히 드문 일이었다.

잘난 가족들에 대한 상대적 열등감이었을까. 그들에게 예속되어 살아온 삶 자체가 피해의식으로 똘똘 뭉쳐진 모순이었을까. 나는 나보다 여러 가지로 뒤떨어지는 인간들과 어울렸다. 그들은 일찍부터 처세술을 터득했는지 나를 적당히 치켜세울 줄 알았고, 나는 그들 속에서 느긋한 우월감을 즐겼다.

처음 본 여자에게 느꼈던 자극과 흥분을 잃고 싶지 않았다. 밋밋할 정도로 평범한 그녀에게 내 마음을 뺏겼다. 나는 동물적인 본능으로 알았다. 순진하고 착하기까지 한 그녀가 나의 동반자가 될 거라는 것을.

아내의 얼굴은 평범하다는 표현이 가장 잘 어울렸지만 하나씩 뜯어보면 매력이 있었다. 얼굴을 뜯어고쳐 주는 일을 하지만 나는 성형하지 않은 자연 그대로의 인물을 선호한다. 특히 아내의 코는 예쁘다고 할 수 있을 만큼 콧날이 반듯하고 적당한 높이였다. 화장술을 보태면 미인으로 보일 수 있는 얼굴이었다. 여자는 태어나는 것이 아니라 만들어진다는 말이 있는데, 만고의 진리다.

내가 아내를 선택한 결정적인 이유는 그녀에게서 상큼한 향내를 맡았기 때문이다. 몸에서 나는 냄새가 아니라 몸속에서부터 풍겨 나오는 맑은 냄새. 되바라지지 않고 조용하면서도 솔직한 냄새였다. 그 향기에 취해 나의 팬티는 일 원짜리 주화만큼 젖었다.

아내의 친구는 코 성형을 했다. 나는 형식적인 수술 동의서에 보호자 자격으로 아내의 인적 사항을 적게 했고, 나와 그녀 사이의 거리를 빠르게 가늠했다.

나를 못난 놈 취급하는 식구들에게 결혼이라는 최후의 일격을 가하고 그 무리에서 떨어져 나왔다. 그 결과, 나는 부모에게서 한 푼의 보조금도 받지 못한 채 선배의 병원에서 죽어라 일했다. 선배가 세미나다 뭐다 하면서 병원을 나에게 거의 맡기다시피 하고는 싸돌아다닐 때도, 두세 건의 수술로 녹초가 되었을 때도, 일주일에 한 번 있는 야간 수술까지 자청해서 했다. 일한 대가는 스스로 챙겨야 하는 거다. 개인 병원을 개업할 때 선배의 단골들은 기꺼이 나의 고객이 되어 주었다. 그렇게 번 돈으로 아파트를 장만하고 아내의 몸을 명품으로 감아 주었다. 그녀의 못난 형제들에게 그럴듯한 일자리를 알선했고, 장인의 농사에 적잖은 돈을 퍼부었다.

그랬는데, 아내는 내가 아닌 다른 남자에게 곁을 내주었다. 그녀는 무료함을 달래러 백화점 문화센터에서 취미로 기타를 배웠다. 초급 과정을 시작으로 어느덧 중급의 실력을 쌓았다. 사진 속 아내 옆에 바짝 붙어 있던 반지르르한 놈팡이가 아내를 유혹했다. 아내는 그를 가리켜 단순히 기타를 가르치는 강사라고 했다. 3개월 주기의 학기가 끝난 기념으로 쫑파티를 한답시고 강사와 수강생들이 함께 점심을 먹고 사진을 찍었단다. 단체가 공유하는 SNS로 사진을 보내 줘서 그대로 휴대폰에 간직되어 있는 것뿐이라고 그녀는 변명했다. 여러 차례의 통화 내역도 그런 까닭이라고 둘러댔다.

누구라도 아내의 휴대폰에 저장된 사진을 보면 그 놈팡이가 제비라는 것을 한눈에 알 수 있을 거다. 그와 바짝 붙어서 활짝 웃고 있는 아내. 그녀가 나에게 웃는 모습을 보여 준 지가 언제였는지 기억도 나지 않았다.

그것만으로도 기함할 노릇인데 그녀는 이혼을 원했다. 더는 나와 같이 살 자신이 없다고 했다. 형이 못 낳는 아들을 내가 낳아서 안겨 주겠다고 큰소리친 것이 무색하게 우리 부부에게는 자식이 없었다. 아내는 우리 사이에 아이가 없는 것이 전적으로 자신의 탓인 것처럼 미안해했다. 거기에서 멈춰야 했다. 어리석은 여자는 자신의 범위를 벗어나는 실수를 저질렀다. 제까짓 게 이혼을 함부로 입에 올리다니.

"당신을 놓아 드릴 테니 이제라도 좋은 여자 만나서 아이도 낳고……. 당신이 행복했으면 좋겠어요."

아내가 감히 나를 놓아주겠다는 말을 했다. 가소로웠다. 딴 남자와 눈을 맞추고는 아이 핑계를 대며 달아나려 하다니. 우리는 단 한 번도 부부 싸움을 한 적이 없었다. 앞으로도 없을 것이다. 꽉 쥔 나의 오른손이 저절로 가슴께로 올라갔다. 나는 분노를 다스릴 줄 아는 인간이다. 화가 날수록 냉정하고 침착해지는 건 분명 장점이다. 그것을 잘 아는 아내는 내 앞에서 한껏 주눅이 들었다. 나는 오른손을 내리며 상상했다. 아내의 코뼈가 무너지는 것을.

"제법 건방져졌군. 당신을 선택한 사람은 나야. 그러니 놓아주는 것도 내가 하는 거야."

"죄송해요. 제가 말을 잘못했어요. 맞아요, 제가 아니라 당신이 저를 놓아주는 거네요."

"그래서 놓아 달라?"

한참을 머뭇거리던 아내는 모깃소리보다 작게 '네.'라고 대답했다.

"후회할 텐데."

"그래도……. 전 더 이상 자신이 없어요."

"분명하게 말해 봐. 당신이 진짜 원하는 게 뭔지."

"……이혼해 주세요."

"이혼? 지금 이혼이라고 했나?"

대답 없는 아내는 고개를 떨구었다.

"당신 식구들 먹고살라고 사 준 시골 땅과 허물어져 가는 집을 새로 지어 준 것, 손위 처남에게 사업하라고 투자한 게 얼마라고 생각해?"

꿀 먹은 벙어리가 된 아내는 고개를 더욱 아래로 숙였다.

"내가 자선사업가 노릇이나 하는 사람인가?"

나는 아내에게 돈이라는 날카로운 메스를 살짝 댔다. 내가 예상한 대로 그것은 그녀에게 치명적이었다. 손위 처남은 내가 투자한 걸 다 말아먹고 알코올 중독자가 되어 시골 처갓집에 처박힌 신세였다.

"내가 지금까지 퍼부은 걸 다 갚으면 당신이 원하는 걸 재고해 보지."

결혼한 지 오 년째 되던 해의 일이었고, 다시 오 년이 지났다. 아내는 여전히 내 곁에서 화초의 역할을 수행하고 있다. 그사이 나는 아내의 눈꺼풀을 열고 주삿바늘을 꽂는 꿈을 두 번이나 꾸었다.

세월 참 시시하게 흘러간다고 생각할 즈음에 희경이 나타났다. 아파트 평수를 넓혀 가고 새로 차를 뽑아서 얻는 즐거움도 잠시였다. 다람쥐 쳇바퀴 같은 삶이 무료함과 곪아 터질 것 같은 불안감으로 나를 위협해 왔다. 그 무렵 나타난 희경은 폐차를 시키면 딱 좋을 코딱지만 한 차로 뽑은 지 넉 달도 채 안 된 나의 독일산 세단에 머리를 디밀며 나타났다. 그녀의 겁대가리 없는 행동에 화가 났지만 나는 참았다. 상큼한 냄새 때문이었다. 몸 깊숙한 곳에서 나는 향기였다. 예전에 아내에게서 맡았던 것과는 또 다른 솔직함. 거기에는 자유라는 호기심이 하나 더 묻어 있었다. 나는 희경을 선택했다. 그녀는 수월하게 내 손에 잡혔다. 내가 잡았다기보다는 그녀 스스로가 내 손안으로 들어온 셈이었다. 그녀의 갈망이 보였다.

아내를 처음 만났을 때, 내가 내민 손을 그녀는 쉬 잡지 못하고 오랫동안 머뭇거리며 고민했다. 그 점이 나를 더 감질나게 만들었다. 중매쟁이를 통해 하루가 멀다 하고 들어오던 맞선 자리에 나온 여자들은 어떻게 해서든 내 마음을 움직여 보려고 갖은 애교를 부리고 아양을 떨어 댔다. 내 전공을 늘 못마땅하게 여기는 부모와는 반대로 마담뚜들에게 성형외과의는 값어치가 상당히 높은 귀한 고객이었다.

반면에 아내는 나에게서 벗어나려고 발버둥 쳤다. 그녀와 나의 거리는 너무 멀고 그 사이는 진공상태여서 숨쉬기가 어렵다고 했다. 내가 가족이라는 높고 단단한 담장을 타 넘고 나온 뒤에야 그녀는 나를 받아들였다. 내가 불어넣어 주는 산소를 마시자 파리한 얼굴에 생기가 돌기 시작했다.

그러나 아내의 입에서 이혼이란 말이 나오고부터 그녀는 빠르게 혈색을 잃더니 나와 결혼하기 전의 창백함으로 되돌아갔다. 그녀는 아끼던 기타를 버렸다. 그러고는 한동안 광합성을 하지 못한 식물처럼 말라 갔다. 어느 날부터 아내는 성당에 나가기 시작하더니 영세를 받았고, 교인들과 어울려 자원봉사에 참여했다. 유명 브랜드 의상뿐만 아니라 명품 가방에 구두며 심지어 보석까지 일절 몸에 걸치지 않았다. 나는 그녀의 일과를 가정부에게 보고받았다. 성당을 나가고 자원봉사를 하러 다닌 뒤부터 아내는 얼굴에 차츰 생기를 덧칠해 가고 있었고, 반대로 나는 살아 내야 하는 시간이 시시해져 갔다.

그러다 만난 희경으로 인해 나는 다시금 삶에 신선한 활력과 재미를 소환해 냈다. 그것도 벌써 이 년 전의 일이었다니, 할 수만 있다면 무심히 흘러가는 세월의 아킬레스를 끊어 버리고 싶었다.

이 년 전에 일어났던 사건은 며칠짜리 가십거리로 오피스텔 사람들의 입방아에 오르내렸다. 7층에 살던 화가가 전시를 앞둔 상황에서 사라져 버렸고 그의 그림들이 모두 파괴된 사건이었다.

나는 그 외자 이름의 화가를 알고 있었다. 윤이 왜, 어디로 사라졌는지, 그의 그림들은 왜 갈가리 찢겨 있는지를 조사한답시고 경찰들이 뻔질나게 그의 작업실을 오갔다. 그 일로 나는 번거롭게 경찰서까지 가서 시답잖은 질문들에 대답을 해야 했다. 성가시게 나를 찾아오는 형사나 의심의 눈초리를 날려 대는 은채라는 여자 때문에 몹시 불쾌했지만, 두어 달 뒤에 화가의 형이라는 작자가 경찰서에 연락을 해 오면서 그 사건은 일단락되었다. 어쨌든 화가가 미국에 있다고 하니 경찰이 더 이상 나설 일은 없었다. 그러자 오피스텔은 다시 잠잠해졌다.

그랬었는데, 기억 밖으로 추방시킨 윤이 오피스텔에 모습을 드러냈다는 소문이 나돌았다. 심부름을 보냈던 간호사가 건물 관리사무실을 다녀오더니 소문이 사실이라며 심부름 갔던 일보다 윤이 돌아왔다는 소식부터 전했다. 그러고는 관리실 직원에게서 들었다며 여기저기 나발을 불고 다녔다.

어제 오랜만에 들른 서점에서 은채를 만났다. 지금도 윤의 약혼녀인지는 모르겠다만, 그녀를 모른 척하고 그냥 지나칠까 하다가 혹시 나를 먼저 봤을 수도 있겠다 싶어 마음을 돌렸다. 윤이 돌아왔다는 걸 알고 있는지 궁금하기도 했다. 어쩌면 두 사람은 이미 재회를 했을 수도 있었다. 그러나 내 말이 끝나기도 전에 안색이 어두워지는 은채를 보니 금시초문이었나 보다. 그녀에게서 이 년 전과 똑같은 표정을 보았다.

윤이 사라지고 나흘 뒤, 나는 경찰의 부름을 받고 화가의 작업실로 올라갔다. 거기에는 먼저 온 희경과 은채가 있었다. 윤은 사라지면서 작업실의 문을 왜 활짝 열어 뒀을까. 경황이 없었을까. 아니면 자신의 실종을 알리고 싶었던 것일까. 그가 남긴 메시지는 무엇이었을까. 활짝 열린 작업실 앞을 오가던 이웃 주민들은 관리실에 그 사실을 알렸고, 관리실 소장은 윤과 연락이 되지 않자 경찰에 신고했다. 경찰은 윤의 고향집 가족에게 연락을 취했지만 그의 행방은 오리무중이었다.

어떤 우연은 마치 사전에 조작된 것처럼 느껴질 때가 있다. 그때가 그랬다. 하필 오피스텔 무인 카메라 작동이 고장 나서 약 스물네 시간 동안 먹통이었다. 까닭에 카메라는 윤이 사라지는 것을 잡지 못했다. 이렇게 기막힌 타이밍이 있다니.

윤과 연락이 닿지 않자 은채는 오피스텔로 찾아갔다가 거기서 넝마 조각 같은 윤의 캔버스들과 형사를 만났다. 당황한 은채의 입에서 희경의 이름이 나왔고, 형사에게 불려 간 희경의 입에서 내 이름이 나왔다.

이후 형사 앞에 나란히 선 우리 셋은 코미디 배우가 되었다. 관객은 웃어도 우리는 결코 웃으면 안 될 상황이 벌어졌다. 은채는 희경을 쳐다봤다. 희경은 고개를 가로저었다. 그런 뒤 희경은 나를 쳐다봤다. 나도 희경이 했던 것과 똑같이 고개를 가로저었다. 그러고는 은채를 보았다. 역시 은채도 고개를 설레설레 흔들며 세상이 끝난 것 같은 암울한 표정을 지었다.

그때 짓던 표정을 그대로 재현한 은채를 서점에서 또 보고 말았다. 먼저 알은체하고 말을 꺼낸 걸 후회했다. 나는 다시는 그녀를 만나고 싶지 않았다. 이 년이라는 시간이 기억에 무엇을 남겼을까. 쓸쓸하고 추한 그림자 하나가 길게 드리워져 있을 뿐이었다. 그것들은 절대 추억이 될 수 없는 환멸이었다.

"요즘 세상에도 숫처녀 찾는 얼뜨기가 있다며? 차라리 하늘에서 별을 따라고 해라."

"시집갈 때 처녀막을 혼수에 넣어 가던 시절이 막을 내린 지가 언젠데."

"근데 말야, 무식하게 이름이 이쁜이수술이 뭐냐?"

"야, 여자들 거기가 이쁜이 아니냐. 그러니 이쁜이수술이라고 하는 거야. 이쁜이수술만 있는 줄 아냐? 황후수술에 지렁이수술도 있고 양귀비수술도 있다. 알겠냐? 구멍 하나에도 수술 종류가 무지 많고 또 기능이 다 달라."

"지랄도 풍년이라더니…… 그거 해서 지들 남편한테 준대? 딴 새끼한테 대주려고 하는 거 아냐. 에라이, 미친년들."

"여자를 욕하기 전에 사내새끼들부터 욕하라고. 가운뎃다리 부실한 새끼들이 지 거 작은 건 생각도 안 하고 여편네 질이 늘어났다고 타박한다더라. 그러고는 이쁜이수술 하라고 부추긴다잖아. 제 새끼 낳아 주다가 늘어진 건데. 미친 건 년이 아니라 놈이지."

"넌 욕할 자격 없어. 그런 놈들 덕분에 떼돈 벌잖아."

"하긴, 그러네."

"허구한 날 수술한다고 여자들 가랑이 사이에 머리 처박고 있으면 기분이 어때?"

"야, 말을 마라. 이젠 지겹다, 지겨워."

"정작 이쁜이수술은 주오가 하는 게 이쁜이수술이지. 호박을 수박으로 만들어 주잖아. 뵈지도 않는 질이 예뻐 봤자 얼마나 예쁘다고. 또 늘어질 거면서."

"수술로 제아무리 쫀쫀하게 만들어도 명기가 되진 않지. 명기는 타고나는 거야."

산부인과 개업의인 K와 수도권 검찰청에 있는 J, 그리고 대학 교수인 딥 스로트의 알코올성 대화는 취기가 더해 갈수록 여자의 질에서 명기로 옮아가더니 더욱 질펀해졌다.

서울 외곽 도시에서 개업한 K는 불법 낙태로 돈을 벌어 왔다. 그는 가까운 동료 하나가 재수 사납게 불법 낙태로 걸려 들자 방향을 바꿨다. 그러고는 질 성형, 일명 이쁜이수술을 대대적으로 홍보하여 돈을 긁어모았다. 중년 여성들이 K의 주 고객이었다. 결혼한 여성들은 늘어난 질을 축소시킨다며 앞다투어 남자 의사 코앞에 가랑이를 쩍 벌렸다. 그녀들은 한 치의 부끄럼도 없이 음부를 까뒤집었고, 20여 분 뒤에 가지게 될 좁고 쪼글쪼글 탄력 있는 터널을 상상하며 수술대에 누웠다. 결혼을 앞둔 여성들도 제법 산부인과를 찾는다고 했다. 그녀들은 소음순이나 대음순의 모양을 바로잡는 성형술을 받거나, 개중에는 색이 짙은 음순을 표백하러 병원을 찾아들었다. 더러는 혼전에 딴 놈들과 실컷 놀다가 순진한 남자 만나 결혼하게 된 경우도 있단다.

늘어나는 고객 덕분에 K는 갈수록 신수가 훤해졌다. 이 녀석은 십 대 때부터 말라깽이였던 몸이라 평생 살집은 안 붙을 거라고들 말했었는데, 언제부턴가 보기 좋게 몸집이 불어나 있었다. K는 3년 만에 변두리에서 서울 부촌 강남으로 병원을 이전하여 더 많은 돈을 긁어 댔다. 우리 모임에서 가장 형편이 달렸던 그는 내가 제일 점수를 후하게 주는 녀석이었다.

K는 자수성가형 인물이었다. 명석한 두뇌를 가졌으나 가난한 녀석들은 돈 앞에서만큼은 맥을 못 춘다. K도 예외는 아니었다. 그렇다고 맹목적이거나 비굴하지는 않았다. 녀석은 영리했다. 오로지 내 앞에서만 고개를 숙였다. K는 고교 시절 우수한 성적으로 일류 대학에 갈 수 있었음에도 장학금을 택하여 한 단계 아래 대학을 지망했었다. 우리 모임에는 어울릴 수 없는 조건이었지만 멤버를 선별하는 사람은 나였다.

사람들은 돈이 얼마나 무서운지를 모른다. 돈이 왜 무섭냐면 말이다, 돈은 감정이 없기 때문이다. 좋게 말하면 냉정하고 공정한 녀석이지. 한편으로는 아주 잔인한 놈이다. 배려나 인권 따위를 몰라. 돈은 그냥 살아 있는 저울 같은 거다. 그래서 힘이 있다. 그 힘을 가지는 것이 강자다. K는 돈이 무서운 줄을 알았고, 돈을 섬길 줄도 알았다. 그 덕분에 그는 강자의 자리에 명패를 올릴 수 있었다.

그런 그가 돈 자랑을 하고 싶었던지 한턱 쏜다며 고등학교 동창 몇몇을 고급 룸살롱으로 불러냈다. 평소에는 내가 술값이나 밥값을 책임졌지만, 인심 한번 쓰겠다는데 말릴 까닭은 없었다. 얻어먹는 데에 이골이 난 녀석들도 양심이 영 없지는 않아서 드물게 이런 자리를 만들기도 했다. 내가 사 주는 30년산 밸런타인 대신 21년산이었지만 K로서는 출혈이 꽤 컸을 거다.

몸에 딱 붙는 짧디짧은 원피스를 입고 공장에서 찍어낸 인형같이 생긴 호스티스가 J의 옆에 앉아서 그의 입에 열대과일을 쑤셔 넣었다. 그는 여자를 옆구리에 바짝 낀 채 젖가슴을 조몰락거리다가 순식간에 여자의 허벅지 사이로 손을 넣었다.

"야, 너도 이쁜이수술 해야 되지 않냐? 이놈 저놈한테 대주느라 여기가 얼마나 헐었는지 확인 좀 해 보자."

"어머머, 왜 이러세요."

J의 손길에 화들짝 놀란 척은 했어도 호스티스는 몸을 비틀며 간드러지게 웃었다. 천박한 웃음에 감춰진 놀람은 시늉이었을 뿐, 그러고는 위조된 아양을 섞어 한마디 덧붙였다.

"오빠, 여기서 이러면 안 돼. 나중에, 알았죠?"

오빠라니, 지랄 같은 년. 너희 작은삼촌뻘이다. 너희에겐 세상 남자가 오빠 아니면 사장님이지. 네가 아무리 인형같이 꾸몄어도 내 눈은 못 속이지. 눈에 코에 턱까지 칼질하지 않은 곳이 없구나.

"당근이지. 오늘 이 오빠가 널 홍콩으로 보내 줄게. 몇 번 가고 싶냐?"

J는 오빠로 낙찰된 호칭에 헤벌쭉 입을 벌렸다. 미친 새끼, 집에서는 세우지도 못하는 물건이 잘도 서겠다. 저런 속물 때문에 법 알기를 개똥으로 아는 인간이 득시글거리는 거다. 나

는 속으로 비웃으며 입으로는 흐물흐물 웃었다.

위스키를 온더록스로 마시던 우리 넷 중에 술이 제일 약한 딥 스로트는 그날따라 고귀한 밸런타인을 모독해 가며 폭탄주를 만들고는 쉴 새 없이 입 안으로 들이부었다. 최근에 이혼한 그는 평론가이자 대학에서 학생들에게 영문학을 가르치는 교수였다. 친구들이 단체로 공유하는 SNS에서 '딥 스로트'라는 아이디를 쓰는 그는 애칭에 충실했다. 그는 교수들이며 문학인들의 시시콜콜한 비리들을 까발리는 것으로 우리들에게 재미를 퍼 날랐다. 아이디가 가진 또 다른 뜻에도 충실하여 포르노 사진이나 영상을 심심찮게 옮겨 나르는 감초 구실까지 톡톡히 해 줘서 인기가 많았다.

딥 스로트의 이혼 뒤끝에는 학교에서 퇴출될 위기라는 최악의 상황이 놓여 있었다. 평소에 입심 좋던 그가 위태로워 보였다. 그는 술자리에서 시종일관 시무룩하게 앉아서 잘 마시지도 않던 술만 들입다 쏟아 넣더니 아니나 다를까, 사달을 내고 말았다.

술자리를 작파한 뒤, 각자 시중들던 여자들을 하나씩 끼고 같은 건물 위층에 있는 호텔로 옮겨 갔다. 그 후 30분쯤 지났을 때, 딥 스로트가 문제를 일으켰다.

방은 특급 호텔 수준으로 꾸며져 있어 넓고 아늑했으며 깔끔했다.

나는 지금까지 내 여자가 아닌 여자는 손대지 않았다. 접대
부들은 말할 필요도 없다. 여럿이 어울릴 때는 분위기에 찬물
을 끼얹지 않으려 술을 따르는 여자의 어깨에 팔을 두르거나
엉덩이를 툭툭 쳐 주지만 기분은 더러웠다.

나를 따라온 백치미의 호스티스는 시키지도 않았는데 옷을
훌러덩 벗더니 욕실로 들어갔다. 몸에 밴 습관을 탓하고 싶지
는 않았다. 그래야 돈을 챙기고 그 돈으로 다양한 욕망을 살
테니까. 그러거나 말거나 나는 실내 등을 모조리 다 켠 뒤 입
고 있던 재킷을 벗어 문양이 화려한 앤티크 소파에 던져 놓고
는 냉장고에서 탄산수를 꺼내 마셨다.

홀딱 벗고 나온 백치미는 환한 방 창가에 옷을 입은 채 앉
아 있는 나를 보고는 뻘쭘했는지 침대 위에 가지런히 놓인 두
벌의 가운 중 하나를 펼쳐서 몸에 둘렀다. 그러고는 탱탱하게
채워 넣은 젖가슴이 아슬아슬하게 보이도록 허리띠를 느슨하
게 매고 사뿐히 걸어와 내 앞에 앉았다.

"너, 그거 어디서 했냐?"

얼굴은 맹해 보였지만 눈치는 좀 있었던지 내 질문을 재깍
이해한 백치미는 가운의 앞섶을 활짝 열었다.

"어머, 이거 오리지널이에요."

영악한 년 같으니라고. 네가 아무리 여우같이 거짓말을 해

도 매의 눈엔 다 보인단다. 백치미는 오리지널이라며 억울한 표정까지 지어 보였다. 나는 큰 소리로 웃어 줬다.

"야, 딴 인간들은 속아 넘어갔는지 몰라도 나한테까지 그러면 못쓴다."

"어머, 만져 보세요. 진짠지 아닌지."

백치미는 가운을 활짝 벌려 보형물을 삽입해 D컵 사이즈로 빵빵하게 부풀린 유방 두 개를 쑥 내밀었다. 모양새가 영락없이 메이드 인 성형외과였다.

"실리콘을 넣기 전엔 적어도 B컵은 됐겠구나. A가 주제를 모르고 무리하게 넣으면 아무리 잘하는 데서 했다 해도 티가 나니까 말야."

"어머, 어떻게 아셨어요? 꼭 성형외과 의사 선생님 같으셔."

백치미는 눈을 흘겨 가며 낄낄거리고 웃었다.

"난 의젓이 싫어. 성형한 얼굴도 싫고."

"어머, 왜요? 예쁘잖아요."

"왜냐면 말야, 자기애가 없는 인간들, 열등감에 찌든 인간들이 태반이거든."

"어머, 그건 아니에요. 예뻐지고 싶은 건 자기애가 있어서 그런 거 아닌가요? 그리고 요즘 다들 성형하잖아요. 남자들도 많이 하던데요, 뭘. 웬만해서는 자연산 찾기 어려워요. 어디 얼굴뿐인가요? 몸매 자체를 아예 성형하잖아요. 키도 성형이 된다잖아요. 사장님처럼 잘생긴 사람들은 이해를 못 하겠지 만요."

늘 '어머'로 말을 시작하는 영악한 년은 말도 제법 많은 데다 자신의 성괴 같은 얼굴과 인공 유방을 합리화시키려 들었다.

"너 참 맹랑하구나. 탯줄 뗄 때의 얼굴을 그대로 달고 사는 사람도 많아."

"그야 돈이 없으니까 그렇겠죠. 돈 있어 봐요. 확 갈아엎을 걸요. 주기적으로 보톡스에 써마지 받는 사람이 얼마나 많은 데. 그나저나 사장님 우리 언제 해요? 제가 오늘 끝내주는 서 비스 해 드릴게요."

백치미가 이제는 분탕질을 하자고 덤볐다. 인공 유방을 내 미는 것도 모자라 주둥이까지 내밀었다.

"시끄러워. 가운 벗고 눕기나 해."

가소롭게도 백치미는 엄지와 중지를 말아 오케이 사인을 보 내며 윙크를 날렸다. 그러고는 발딱 일어나 걸쳤던 가운을 앉 았던 자리에 허물처럼 벗어 놓더니 킹사이즈 침대로 사뿐히 옮겨 가서 누웠다.

"내 쪽으로 발이 오게 몸을 돌려서 누워. 허리에 베개를 받 치고."

백치미는 영문을 모르겠다는 듯 누운 채 고개를 들고 나를 쳐다봤다.

"내가 시키는 대로 해."

그녀는 대꾸 없이 내가 시키는 대로 베개를 허리 아래에 깔고 발바닥이 나를 향하도록 몸을 돌려 누웠다.

"무릎 세워서 다리 벌려, 최대한 넓게."

잠시 머뭇거리는가 싶더니 백치미는 두 다리를 조금 벌렸다.

"내가 무릎 세워서 활짝 벌리라고 했을 텐데."

"어머, 왜 그러세요? 옷도 안 벗고 참 이상하시다."

상체를 일으켜 세운 백치미는 다소 불안해 보이는 미소를 지었다.

"내가 팁을 더 줄 테니까 잔말 말고 시키는 대로만 해."

"얼마?"

당돌한 년. 암, 돈 앞에서는 빨리 굴복할 줄을 알아야지. 나는 지갑에서 현금을 꺼냈다.

"노란 잎사귀 여섯 장."

백치미는 아이 좋아라, 얼굴에 희색을 띠고 다시 누워 무릎을 세운 뒤 양다리를 쫙 벌렸다.

"이젠 뭘 해요?"

"지금부터 넌 자위를 하는 거야. 그래서 날 흥분시켜 봐."

백치미는 움직일 생각을 안 했다. 나는 짜증이 났다. 영악하고 당돌하면서 말도 많던 년이 뒤늦게 말귀를 못 알아먹다니.

"자위를 하란 말이야. 네 애인 하나 상상하면서 실제처럼 느껴 보란 말이야. 질문 따위는 하지 말고. 빨리 시작해."

잠시 더 뜸을 들이는가 싶더니 백치미의 한 손이 벌어진 가랑이 사이로 스르르 들어갔다. 나머지 한 손은 반쪽짜리 풍선 같은 실리콘 유방 위에 올려놓았다. 그녀의 두 손놀림이 점차 빨라졌다. 손가락으로 음핵을 누르고 돌리다가 크고 작은 음순 사이의 골을 따라 한 바퀴 돌고 다시 음핵으로 돌아오는 짓을 반복했다. 여자의 다리 사이로 연한 적갈색 외음부가 활짝 열렸고 붉게 뚫린 질 입구가 나타났다. 내가 앉은 자리에서도 여자의 대음순이 서서히 부푸는 게 보였고 주변이 애액으로 흥건해지는 걸 느낄 수 있었다. 나는 일어나 백치미가 누워 있는 침대께로 가서 무덤덤하게 내려다봤다. 백치미가 눈을 감고 행위에 집중하려는 노력이 가상했다.

나를 흥분시켜 줄 수만 있다면 그까짓 노란 잎사귀 여섯 장이 아니라 열 장, 스무 장인들 대수겠냐. 내가 속으로 한 말을 듣기라도 한 듯 백치미는 몸을 비틀기 시작하면서 신음을 토해 냈다.

제법인걸. 백치미는 헉헉댔다가 끙끙거렸다가 다양한 소리를 뱉어 내더니 허리를 들썩이며 오르가슴으로 치닫고 있었다. 그것이 진짜든 뛰어난 연기력이든 상관없었다. 나에게 미세한 반응이 일어나기 시작했다. 나는 허리띠를 풀고 선 채로 바지와 팬티를 내렸다. 페니스 뿌리에서 뻐근하고도 묵직하게 일어나려는 전류를 감지했다. 그러나 그것이 전부였다. 나의 페니스는 힘을 얻지 못했다. 슬쩍 꿈틀대며 부푸는가 싶더니 에너지는 끝까지 차오르지 못하고 그대로 추락하려 했다.

안 돼, 제발, 한 번만!

"더 더 더 세게 하란 말이야. 더 강하게 하라고. 소리도 더 크게 지르라고!"

나는 거의 소리치다시피 백치미를 부추겼다. 그러고는 테이블 위에 뒀던 작은 음료수 빈 병을 가져와 백치미의 한껏 벌어진 붉은 음부에 쳐넣었다.

백치미가 숨이 넘어갈 듯한 신음을 뱉어 내고 몸부림칠 때, 밖에서 소란스러운 소리가 어지럽게 침입해 왔다. 무시하려 했지만 이미 감흥은 깨져 버렸고, 그 소리가 딥 스로트의 소리라는 걸 금방 알아차렸다.

나는 복도로 나갔다. 두 칸 건너 딥 스로트가 들었던 룸이 열려 있었다. 거의 나체나 다름없는 여자 하나가 복도에 엎어져 있었고, 그녀 곁에 서 있는 호텔 종업원은 안절부절못한 채 서성이고 있었다. 복도로 나오지는 않았지만 빼꼼히 열린 문틈으로 구경하는 눈들이 느껴졌다.

딥 스로트가 여자를 팼다. 그것도 복날 개 잡듯 두들겨 팼는지 그가 방으로 데려갔던 여자는 피 칠갑한 얼굴로 소리소리 질렀다. 게다가 불두덩만 살짝 가린 팬티까지 불그죽죽했다.

도대체 이 자식이 뭔 짓을 한 건가.

잠시 뒤, 호텔 지배인이 경찰 둘을 달고 나타났고, 바로 이어서 룸살롱 지배인도 올라왔다. 이쪽과 저쪽 방에서 나온 K와 J는 사태를 파악하고는 얼른 엘리베이터가 있는 곳으로 황급히 몸을 피해 갔다. 그 둘은 행여 불똥이 튈까 봐 겁부터 집어먹고 달아났다.

경찰서에 연행되어 간 딥 스로트는 고개를 들지 못했다. 피를 씻어 내고 옷을 챙겨 입은 호스티스는 연신 눈물 콧물을 훌쩍이며 손거울로 상처들을 들여다봤다. 성형으로 날렵하게 세운 콧대가 무너졌고 스탠드에 얻어맞아 찢어진 상처는 쉽게 아물 것 같지 않았다.

조서를 꾸미던 경찰은 손을 멈췄다. 룸살롱 지배인은 여자에게 고소보다는 합의로 끝내라고 달랬다. 우리 무리는 그의 큰손님이었기 때문이다. 나도 덩달아 그녀의 얼굴을 말끔히 되돌려 주겠다며 달랬다. 내가 성형 재수술과 위로금까지 합쳐 두둑한 합의금을 제시하자 그녀는 울음을 멈췄다.

경찰서를 나올 때까지 한결같이 묵묵부답이었던 딥 스로트는 나의 차 조수석에 탄 뒤에야 고백했다. 착시 때문이었다고, 자신이 품으려 했던 여자가 갑자기 아내로 보였다고 했다. 그래서 호스티스에게 주먹질을 하고 말았다고, 자기가 잠깐 미쳤었다고, 곤죽이 되도록 마신 술에 정신이 나갔었다고.

이혼의 원인을 제공했기로서니 그를 파멸로 떠민 아내가 너무도 원망스러웠는데 술이 떡이 된 상태에서 원망은 걷잡을 수 없는 증오와 분노로 폭발해 버렸다. 그러자 눈앞에 누워 얄밉게 웃고 있는 여자가 이혼한 아내로 둔갑해 있더란다. 아내에게 손찌검 한 번 해 본 적이 없지만, 그 순간 죽여 버리고 싶더란다. 그래서 저지른 우발적 폭행이었다는 것이다.

손으로 얼굴을 가린 채, 딥 스로트는 울었다.

나는 친구들을 믿지 않는다. 우정이란 개 새끼도 안 물고 갈 그럴듯해 보이는 포장지에 지나지 않는다. 우리는 속없는 화려한 상자를 공유하고 있을 뿐이다. 등을 돌리는 것도 한순간이다. 우리 멤버는 주로 교수와 의사를 비롯하여 법조계에 발을 들인 소위 '사' 자 직업군과 일찍 정치에 입문한 물 좋은 집안의 자식들이 주 멤버다. 우리는 재벌들이 싸질러 놓은 정자충들은 멀리한다. 그들과 엮이면 자칫 귀찮은 구설수에 오르내릴 수 있기 때문이다. 어쨌든 그들은 거만하고 버릇없는, 교활하면서도 머리가 둔한 덩치만 큰 장사치에 불과하다. 술 마시면 피차 개가 되는 건 차치하고라도 두뇌가 떨어지는 족속하고는 거리를 두자는 것이 우리 멤버들의 공통된 의견이다.

나는 멤버들 중에서 K와 딥 스로트를 그나마 신뢰하는 편이다. 둘의 공통점은 가난한 유년과 청소년기를 거쳤고 내가 보여 준 숱한 호의에 고마워할 줄 알았으며 적당히 비굴해질 줄도 알았다. 거기에다 근본 심성은 여리고 성실하기 때문이다.

K는 단 한 명의 애인도 거느린 적이 없었다. 먹고살기 바빠서가 아니라 그는 둘도 없는 애처가였다. 그의 아내는 K가 의대를 졸업하여 지금에 이르기까지 안팎으로 눈물겨운 내조를 했다. K는 그런 아내를 아직까지는 배신하지 않았다. 그렇다고 K가 애인을 두지 않았다 해서 밤업소의 여자들까지 멀리했다는 뜻은 아니다.

딥 스로트의 경우는 정반대다. 그 역시 K처럼 애인이라 할 만한 여자를 두지는 않았다. 다만, 지금까지의 섹스 상대는 그 자신도 다 기억해 낼 수 없을 정도로 많다. 오로지 섹스를 위한 섹스만 하는 케이스다. 연상 연하 가리지 않고 상대의 종류도 가지각색이었다.

그는 대학 신입생이었을 때, 열일곱 살이나 많은 유부녀에게 정조를 잃었다. 그 유부녀가 얼마나 집요하게 딥 스로트의 페니스에 매달렸던지 그는 자칫 학업을 때려치우고 색골에 빠져 제비의 길로 나갈 뻔했다. 친구들이 나서서 유부녀를 협박한 뒤에야 그 요부는 떨어져 나갔다. 유부녀를 떨쳐 낸 뒤에도 섹스의 맛을 떨쳐 낼 수 없었던 딥 스로트는 상대를 가리지 않고 눈짓이 통하면 몸짓까지 통하게 하는 재주를 터득했다. 그러고는 길게 뜸 들이지 않고 잠자리로 직행했다. 그에게 책임지라며 달라붙는 진드기가 없는 게 희한했다.

행운은 수없이 많은 배팅 뒤에 찾아왔다. 졸업 말년에 눈과 몸을 맞춘 세 살 연상의 여자가 그에게 행운을 가져다주었다. 온갖 정성을 다해 애무하고 삽입하고 엎치락뒤치락하며 하루에도 홍콩을 여러 번 다녀오게 해 준 결과, 여자는 딥 스로트의 페니스를 꽉 물어 버렸다. 그녀는 모 사학재단 이사장이 애지중지하던 막내딸이었다.

강의 시간을 채운 것보다 허름한 여관방에서 뒹군 시간이 더 많은 것 같았는데도 딥 스로트는 대학을 무사히 졸업했다. 졸업과 동시에 그 여자와 결혼했고, 그 여자 집안의 돈으로 영국 유학을 떠났다. 학위를 얻어 육 년 만에 돌아온 뒤, 수월하게 서울 한 대학에서 자리를 꿰찼다. 그 대학 재단 이사장이 그의 장인이었다. 게다가 두어 해 뒤에는 고정 자리를 맡게 되었으며 평론가로서도 차츰 위상을 쌓아 가니 그의 앞길은 탄탄하고 찬란해 보였다.

꿈과 환상이 무너지는 건 한순간이다. 꿈인지 현실인지 분간 못 하면 추락하는 것은 시간문제다. 딥 스로트가 마침내 한 여자에게 올인하여 순탄하게 잘 사나 싶었는데, 딸 하나를 낳은 뒤로 여자는 심각한 질 건조증으로 성욕을 완전히 잃고 말았다. 그러나 딥 스로트는 섹스의 재미를 포기할 수 없었다. 강하게 거부하는 아내에게 부부 관계를 구걸할 수도, 그렇다고 강제로 할 수도 없는 노릇. 그리하여 그는 다른 해결책을 찾았다. 한쪽의 일방적인 거절로 성불구자처럼 살 수는 없었다.

딥 스로트는 결혼 전의 방식을 소환하여 욕망을 해소했다. 오피스텔을 얻어 작업실로 사용하면서 여자들을 끌어들였다. 상대는 널렸고 종류는 다양했다. 같은 대학으로 강의하러 오는 시간 강사와 대학원생에다가 이런저런 핑계로 참석한 모임에서 만난 여자들, 개중에는 기자도 있었고 방송작가도 있었다. 와인 동호회에서 만난 중소기업 여사장에 심지어 결혼 날짜까지 잡아 둔 약혼녀도 있었다. 그녀는 결혼을 앞둔 불안감 때문이라는데, 그 불안감은 결혼할 남자가 달래 줘야 하는 게 아닌가 싶었지만, 스스로 알아서 팬티를 벗겠다는데 마다할 이유는 없었다. 엎치락뒤치락하고 보니 그 약혼녀의 섹스 테크닉이 어찌나 화려하고 유연한지 요가 선생 같더란다. 불안하다던 여자의 깊디깊은 속을 누가 알겠나.

딥 스로트가 가장 선호하는 상대는 유부녀였다. 그녀들은 밖에서 재미는 즐기되 제 가정을 지키려는 속성이 강해서 뒷마무리가 깔끔했다. 게다가 그녀들의 풍부한 성 경험도 한몫하여 찰진 재미가 쏠쏠했다 하니 복도 많은 녀석이었다.

그러다가 덜컥, 진드기가 붙어 버렸다. 그 진드기는 살인진드기에 버금갈 정도로 집요하게 달라붙었다. 어떤 살충제도

듣지 않았다. 지금까지 두어 차례 귀찮게 구는 케이스가 없지는 않았으나 그때마다 뒤탈 없이 해결되었기 때문에 방심한 것이 문제였다. 그 진드기는 대학병원에서 근무하는 간호사였고, 유부녀였다.

가정이고 직장이고 다 버릴 수 있으니 같이 살자며 하루가 멀다 하고 작업실 입구에 죽치고 앉아 있었다. 독하고 무서운 년이었다. 모든 것을 버릴 수 있는 사람이 세상에서 제일 무서운 법이다.

문제가 불거지자 딥 스로트는 그녀를 달랬다. 시간이 얼마가 걸리든 짜증이 나도 꾹 참아 가며 그녀를 더 잘 달랬어야 했다. 그러나 그는 그렇게 하는 대신 임대 기간이 넉 달이나 남았던 작업실을 내놓고 여름방학이 시작되자마자 연수 핑계를 대고 영국으로 떠났다. 그러고는 약 두 달 만에 그는 집으로 돌아왔다.

그사이 현관 도어록의 번호가 바뀌어 있었다. 그는 초인종을 열 번도 넘게 눌러 보았으나 냉정한 정적만 되돌아왔다. 그의 아내는 전화를 받지 않았고, 한참을 트렁크에 걸터앉아 8월 끝 무렵의 더위에 땀을 흘려 가며 기다렸다. 한 시간여 끝에 장보고 돌아온 연변 출신 가정부 덕분에 그는 겨우 집 안으로 들어갈 수 있었다. 들어간 집에는 그의 물건들이 하나도 보이지 않았다. 칫솔조차 찾을 수 없었다.

"그래서?"

나는 그의 이혼 사유가 궁금했다.

"그래서 물었지. 내 눈을 계속 피하면서 가정부가 그러더군. 교수님 쓰시던 거 전부 다 보냈다고."

"어디로?"

"우리 집으로."

"우리 집? 아니, 네가 사는 곳이 우리 집인데 뭔 소린지 모르겠군."

"참, 지금은 우리 집이 부모님 집이지. 글쎄, 거기로 다 보냈다는 거야."

"왜?"

가정부와 얘기해 봤자 소득이 없다 싶은 딥 스로트는 짜증이 나고 목도 타서 냉장고를 열었다. 찬 생수병을 꺼내 입을 대고 벌컥거리며 마시는 순간, 현관문이 열렸고 그의 아내가 돌아왔다.

그녀는 아파트가 통째로 날아갈 것 같은 굉음을 질렀고, 그 소리에 놀란 딥 스로트는 마시던 생수를 뿜어내며 생수병을 떨어뜨렸고, 떨어진 생수병은 바닥에 물을 흥건히 토해 내며 박살 났고, 흥건한 물은 바닥이 낮은 곳으로 흘러갔고, 거기에는 얼마 전까지 생수병이었던 커다란 유리 파편이 있었다. 딥 스로트는 몸을 돌려세우는 순간 날아든 핸드백에 얼굴을 정통으로 맞고 말았다.

뒷이야기는 안 들어도 될 뻔했다. 그와 잠시 몸을 섞으며 놀았던 간호사는 오뉴월에 품는 한보다 더 독한 원한을 품고 무서운 스토커로 변신해 버렸다. 그러고는 영국으로 달아난 딥 스로트를 뒤지고 다녔다. 호구조사를 마친 스토커는 딥 스로트의 아내에게 우편으로 USB 하나를 보냈다. 거기에는 스토커가 딥 스로트 모르게 촬영한 영상물이 들어 있었다. 웬만한 포르노 영화보다 더 포르노적이었다. 화질은 다소 떨어지는 편이었으나 여자와 남자가 누구인지는 알아볼 수 있을 정도였다. 좋아 죽겠다고 소리 지르는 여자의 목소리와 남자가 여자의 엉덩이를 찰싹 때리는 소리는 그나마 얌전한 축에 들었다. 오럴 섹스를 얼마나 야무지게 했는지 상대의 것을 핥아 대는 소리까지 아주 또렷하게 녹음되었다.

한국판 위험한 정사의 결과는 딥 스로트의 추락이었다.

스토커도 온전할 리 없었다. 그녀 또한 나락으로 떨어졌다. 딥 스로트의 아내는 흥신소에 의뢰하여 스토커의 신상을 가뿐하게 파헤쳤고, USB를 복사하여 그녀의 남편과 그녀가 근무하는 대학병원에 보냈다. 그녀는 대학병원에 스스로 사직서를 제출했고, 남편과는 이혼소송 중이었다.

딥 스로트가 자리를 비운 약 두 달 사이에 벌어진 초스피드 파국이었다.

친구 놈들은 그가 없는 자리에서 그의 불행을 안주 삼아 술을 마셨다. 원숭이도 나무에서 떨어진다고 혀를 찼다. 가운뎃다리를 함부로 굴리면 어떤 식으로 패가망신하는지 좋은 본보기가 된다며 서로 자중하라고 충고했다. 지랄맞은 새끼들.

나는 잘잘못을 떠나 이혼당하고 일자리마저 잃게 된 딥 스로트가 최악의 궁지로 내몰리는 것을 방관할 수 없었다. 보형물이 무너져 콧대가 주저앉은 호스티스에게 재수술을 해 주었고, 시간을 탕진한 대가로 날아간 팁까지 계산하여 위자료를 두둑이 안겨 주었다. 친구 하나 때문에 생판 낯선 인간에게 쏟아부은 출혈이 컸다.

입담 좋고 글재주가 있는 딥 스로트는 모든 것을 접고 소설가로 거듭나겠다고 맹세했다. 여자에게 데어 심한 화상을 입었더니 여자도 신물이 난다고 했다. 나는 앞으로 그를 도울 일이 없기를 바랐다. 단, 소설책이라도 나오면 사람을 풀어 서점에 깔린 그의 책을 깡그리 휩쓸어 오는 정도는 해 줄 수 있겠지.

"네 이놈, 지금 뭐 하는 짓이야!"

아직도 살얼음이 쨍 하고 갈라지는 것 같았던 아버지의 목소리가 잠 속으로 파고들 때가 있다. 나의 청소년기는 비참하게 시작했다.

고등학생인 형과 누나는 각자의 반에서 단연 1등을 놓친 적이 없었고, 전 학년 석차도 5등 뒤로 떨어진 적이 없었다. 나의 중학교 첫 학기 성적은 반에서 3등이었다. 내가 성적표를 내보였을 때, 아버지는 혀를 찼다.

중학교 2학년 여름방학이 막 시작되고 얼마 지나지 않은 일요일이었고, 책상 앞에 앉아 수학 문제를 풀던 중이었다. 일요일이었던 걸 지금까지 기억하는 이유는 나에게 일어난 일이 내 인생에서 가장 충격적이고 불미스러웠기 때문이다.

불현듯 첫 몽정을 하고 이해되지 못한 야릇한 쾌감에 당황스러웠던 며칠 전의 경험이 떠올랐다. 그러자 아랫도리에 희미한 감각이 고개를 쳐들었다. 그 어떤 물리적 자극이 없어도 저절로 일어나는 신체 변화가 신기했다. 나는 반바지를 벗고 팬티를 내린 뒤 거웃이 엉성하게 돋기 시작한 아랫배 밑에서 성충이 되기를 기다리는 번데기를 꺼냈다. 번데기에 차츰 힘이 고이기 시작했다.

대가리에 피도 안 마른 녀석들 몇몇이 모여 낄낄거리며 노가리를 까 대던, 허무맹랑한 음담패설을 생각하며 물건을 조몰락거렸다. 뻐근한 열기가 머리 꼭대기까지 뻗쳐 나가자 번데기가 점점 몸집을 키워 갔다. 송이버섯 대가리처럼 생긴 귀두 끝에 이슬 한 방울이 맺혔다. 내가 진짜 남자가 된 느낌에 감격스러웠다. 물건에 눈을 박고 집중하다 보니 방문이 열리는 것도 몰랐다.

"네 이놈, 지금 뭐 하는 짓이야!"

쩌렁쩌렁한 목소리에 화들짝 놀라 나는 고개를 들었고, 벌겋게 상기된 얼굴로 문지방에 서서 나를 노려보던 아버지와 눈이 마주쳤다. 세상에서 가장 추악한 범죄 현장을 들킨 죄인처럼 나는 떨었고, 아버지의 고함에 놀란 식구들이 모여들었다.

아버지의 뒤에 서 있던 형은 히죽거렸고, 누나는 작은 날벌레를 씹었을 때나 어울릴 법한 얼굴로 나를 일별하고는 등을 돌려 버렸다. 어머니는 황당함과 민망함을 반반씩 섞은 표정으로 안절부절못했다.

"하라는 공부는 안 하고 벌건 대낮에 집구석에서 하는 짓이라니…….”

아버지는 혀를 차고는 싸늘하게 돌아섰다. 나머지 식구들도 눈을 흘기거나 아버지의 분신답게 똑같이 혀를 차며 그들의 위치로 되돌아갔다.

네 평짜리 내 방이 황량한 사막 같았다. 그제야 나는 엉거주춤 서서 물건을 감싸고 있던 손을 풀었다. 등 뒤에서 선풍기가 돌아가고 있었지만 나는 막 수영장 밖으로 나온 사람처럼 식은땀으로 젖어 있었다. 성충이 되다 만 번데기는 다시 고치 속으로 숨어든 초라한 몰골의 애벌레가 되어 버렸다. 당시에는 이 사건이 내 평생 지울 수 없는 트라우마가 될 줄은 몰랐다.

이후 시도 때도 안 가리고 빼꼼히 얼굴을 들이대는 풋내 나는 성욕이 낯설었다. 그것은 의지와는 하등 상관이 없었다. 불행 중 다행이라 해야 할지, 그대로 불행이라 해야 할지는 모르겠다만 나는 어렵지 않게 고개 드는 성욕을 잠재울 수 있었다. 지난한 노력을 기울이지 않아도 문지방에 서 있던 아버지의 차가운 눈초리와 그의 쩅쩅한 목소리, 그를 둘러싼 식구들의 얼굴이 뒤통수를 후려갈겼다. 그러나 고통스러웠다. 잠재워도 다시 기어 나오는 녀석의 유혹은 만만찮았다.

한 학년 올라가니 키가 훌쩍 큰 만큼 고통도 함께 자랐다. 친구 녀석들은 모였다 하면 관심사가 크게 둘이었는데, 하나는 학생답게 공부였고 다른 하나는 남자답게 음경으로 쏠렸다. 공부도 못하는 꼴통 같은 새끼들은 화장실에서 오줌이나 갈길 것이지 다 자라지도 않은 번데기를 꺼내 도토리 키 재기를 하곤 했다. 교사들 몰래 나돌아 다니는 야한 일본 만화책이나 물 건너온 포르노 잡지를 서로 먼저 차지하려고 아귀다툼을 했다. 그런 책들은 순번과 상관없이 내 손에 착착 들어왔다.

공부도 적당히 잘하고 인물도 좋을 뿐만 아니라 집안도 빵빵하며 용돈도 넉넉한 나는 인기가 많았다. 초라한 녀석들의 우상이었다. 그 덕분에 만화책과 포르노 잡지의 주인들은 나와 얼굴만 마주쳐도 재깍 그것들을 내 앞에 대령했다.

만화 속에 등장하는 벗은 여자들은 하나같이 수박만 한 젖무덤을 가졌고 헤벌어진 입에서는 끈적한 액체가 흘렸다. 여자 앞에서 불쑥 꺼낸 남자의 성기는 모두가 야구방망이만큼 크고 굵고 단단했다. 나는 수박과 야구방망이를 보기만 해도 가슴이 콩닥거렸고, 아랫도리가 지릿했다. 그렇다고 발기가 되었던 건 아니다. 분명 느낌은 존재하였으나 부풀다 만 욕정은 참새 눈물만큼이나 될까 말까 한 쿠퍼액만 찔끔 싸질렀을 뿐이었다.

야한 볼거리들을 책상 밑에 숨겨서 넘기다가 선생에게 들켜도 가벼운 주의만 들을 뿐 혼난 적이 없었다. 내가 다닌 중학교 이사장이 나의 큰아버지였다. 만화책이나 잡지를 본 날은 학교나 학원 화장실에 숨어들어 자위를 했다. 그러나 페니스는 쉽게 달아오르지 않았다. 나는 서서히 절망해 갔다.

고등학교에 진학한 뒤로 고통은 잔인한 민낯을 드러냈다. 반 친구 중에는 벌써 여자 여럿과 자 봤다는 허풍쟁이를 비롯하여 여자의 샅을 샅샅이 탐구한 경력을 계급장이나 된 듯 뻐기는 꼴통 새끼도 나타났다. 여중생을 임신시켜 죽지 않을 만큼 얻어터진 걸 훈장으로 생각하는 등신 새끼도 등장했다. 저보다 스무 살이나 많은 이웃집 주말부부인 여편네와 씹을 했다고 떠벌리는 좆같은 새끼도 나타났다.

대학에 들어가니 더 가관이었다. 나의 고통은 민망했다. 나는 친구들에게 거짓말을 하기 시작했다.

"진짜 피곤하네. 밤새 얼마나 해 댔던지 말로만 듣던 쌍코피가 나더라."

이런 식으로 나는 그들과 어울렸다.

"몇 번 떡쳤냐?"

머저리가 이렇게 물으면.

"일곱 번!"

나는 이렇게 대답했고.

"야, 너 진짜 대단하다. 일곱 번 하는 데 몇 시간 걸렸냐?"

"피곤하게 뭘 자꾸 물어봐. 밤새웠다고 했잖아."

"아, 시바. 넌 좋겠다. 체력까지 받쳐 주고 말야. 신은 진짜 불공평해. 가질 거 다 가진 놈한테 몰빵해 주다니……."

질 낮은 그들은 나를 부러워했다.

젊은 날부터 치러야 하는 욕정과의 싸움에 나는 돌아서서 번번이 좌절했다. 그것은 서서히 나를 좀먹어 오는 임포텐츠의 고통이었다. 대학생 신분으로 고급 룸살롱에서 접대부를 몇 번 샀었지만 단 한 번도 삽입에 성공하지 못했다. 까닭에 여자들과 엉기는 대신 성욕 푸는 방법을 바꿔 나갔다. 나는 친구들의 술값과 정액 방출에 가장 큰 기부를 했으며 녀석들의 책값을 대납해 주는 등 물주 역할을 톡톡히 해 줬다. 친구 녀석들에게 나는 없어서는 안 될 존재이며 여전히 선망의 대상으로 남았다.

　말했듯이 나는 아내를 사랑한 적이 없다. 사랑과 좋아하는 감정은 별개다. 그래, 나는 아내를 좋아했다. 거기까지다. 아내를 만나 난생처음 설렘을 경험했지만, 그것은 어디까지나 감정의 밑바닥에서 이성을 향해 일어나는 자연스러운 현상이지 사랑이라고 말할 수는 없다. 아내는 착한 여자고 욕심이 없으며 조용했다. 인물이며 몸매도 중간 이상이고, 공부도 했으니 그 정도면 아내로서의 조건으로 충분했다. 말 많고 나대는 여자는 질색이었다.

　얼굴이 잘났거나 몸매가 잘빠졌거나 집안이 좋거나 학벌이 괜찮고 자랑할 만한 직업을 가졌거나, 그것들이 둘 또는 그 이상 결합되면 피곤해짐에도 불구하고 친구 녀석들은 자기들의 스펙에 어울리는 여자들을 골랐다. 그들은 얼굴이 잘났고 집안이 좋은 여자, 몸매가 잘빠졌고 학벌이 뛰어난 여자, 집안과 학벌을 내세울 수 있는 여자, 그럴듯한 직업과 얼굴이 받쳐 주는 여자를 만났다. 얼굴과 몸매는 성형과 노력으로 개조할 수 있기 때문에 집안과 학벌과 직업을 우선으로 치는 녀석이 있는가 하면, 드물게는 셋을 조합한 여자를 만나 부러움과 시샘을 받는 녀석도 있었다. 친구들은 우리 중에서 내가 제일 빼어난 여자를 만날 것이라고 장담했었다. 녀석들에게 아내 될 여자를 소개시켰을 때, 그들의 얼굴에 드러난 실망과 의외라는 표정을 숨기려고 노력하는 꼴이 가상했다.

나는 친가와 외가를 통틀어 가장 소박한 결혼식을 올렸다. 식구와 친지들은 가면을 쓰고 축하하는 척했지만, 남의 눈을 의식해서 마지못해 예식장에 왔을 뿐 탐탁지 않다는 표정을 애써 감추지는 않았다. 그러다가 이런저런 핑계를 대고 서둘러 일찍 자리를 떠났다. 아내 쪽 하객들은 하나같이 잔뜩 주눅이 들어 목을 감춘 자라처럼 꼼짝없이 자리를 지켰다.

신혼살림을 시작한 아파트에 구색을 맞추는 것은 내 몫이었다. 가구에서부터 전자제품과 식기에 이르기까지 산뜻하고 고급스러운 것들로 채워 넣었고, 아내가 나의 부모에게 건네는 예단을 대신한 현금 봉투를 채워 넣은 사람도 나였다. 아내는 내 앞에서 고개를 제대로 들지 못했다. 나는 결혼후에도 그녀가 그 각도를 유지하기를 원했고, 그녀는 그렇게 했다.

우리 부부는 하와이로 신혼여행을 갔다. 아내와 데이트를 하는 동안 그녀를 품고 싶다는 생각을 안 한 건 아니었다. 그녀가 지닌 페로몬은 나를 흥분시켰다. 그러나 솔직히 고백하자면, 나는 두려웠다. 혹시라도 내가 신혼 첫날밤에 남자 구실을 제대로 못 해 낼까 봐 두려웠다. 그 불안은 거의 공포 수준이었다. 나답지 않게 허니문 베이비를 만들겠다고 식구와 친구들에게 호언장담한 것은 어쩌면 비대해져 가는 두려움을 따돌리려는 행위였는지도 모르겠다.

신혼 첫날밤에 건 기대는 머릿속에서만 펼쳐지는 환상이 아니라 현실에서 실현될 환락이라고 나 자신에게 무수히 최면을 걸었다. 하나 그 기대는 오래 유지되지 않았다.

첫날밤, 발기된 페니스는 단단하지 못해 자꾸 꺼꾸러지려고 했다. 아내에게 키스를 하고 다소 빈약한 가슴이나마 정성스럽게 애무했다. 남자 경험이 없던 아내의 입술과 몸은 뻣뻣했지만 그 점이 나를 더 자극했다. 나는 그녀의 질 속으로 손가락을 깊숙이 넣어 주름진 속살을 애무했다. 내 손가락에도 아파하던 아내가 촉촉한 반응을 보이기 시작하자 나는 그녀만의 페로몬에 도취되어 전희를 양껏 누렸다. 그럼에도 나의 남성은 내가 원하는 만큼 단단해지지 못했다. 아내는 나의 시도에 지쳐 가고 있었다. 내색을 하지 않았지만 나는 알았다. 그녀의 피로와 실망을.

부끄러웠던지 자꾸 다리에 힘을 주고 오므리는 아내의 무릎을 잡고 한껏 벌려 놓자 그녀는 고개를 옆으로 돌렸다. 수줍게 웅크리고 있던 음지의 꽃잎이 활짝 열리자 그 속에 숨어 있던 좁고 어두운 문이 살짝 열렸다. 나는 문 입구에 코를 박고 숨을 깊이 들이마셨다. 아내가 사용한 샤워젤 냄새가 났다. 부드러운 아내의 속살을 혀끝으로 희롱하자 꽃잎이 움찔거렸다. 그러는 동안 페니스에는 다시 힘이 차오르기 시작했다. 나는 몸을 세워 아내의 비밀스러운 세계로 페니스를 구겨 넣듯이 밀어 넣었다. 완전하게 발기되지는 않았지만 그 상태로 충분히 섹스를 할 수 있을 것 같았다. 어쩌면 더 단단해져서 나를 휘어잡았던 트라우마가 모두 날아갈지도 몰랐다. 여자의 몸속으로 삽입하기는 처음이었다. 가슴에 차오르는 벅찬 감정이 눈으로 뜨듯하게 전달되는 듯했다. 하마터면 눈물을 흘릴 뻔했다. 아내의 깊고 어두운 세계는 따뜻했고 마치 그 속에 손이 있어 나를 조이듯 황홀하게 감싸 쥐었다. 그러나 그게 다였다.

내가 엉덩이에 힘을 주고 몸을 세게 밀착시키자 아내가 외마디 가느다란 신음을 뱉으며 몸을 옆으로 틀어 버렸다. 그 바람에 나의 페니스는 속절없이 삐져나오더니 언제 그랬냐는 듯 너무도 빨리 형태를 잃어버렸다. 이미 처량하게 움츠러든 물건을 보고 있자니 갑자기 머리끝까지 화가 뻗쳤다. 나는 아내의 따귀를 힘껏 후렸다.

나에게 신혼은 첫날로 끝이 나 버렸다. 나의 남성은 다시 고개를 들지 못했고, 나는 드러내지 못하는 절망을 깊숙이 가두었다. 지독한 형벌이었다.

나의 일상은 반듯한 틀 속에 감금된 무기수의 그것과 별반 차이가 없었다. 새벽에 일어나서 헬스클럽으로, 거기에서 병원으로, 일이 끝나면 집으로. 수술 예약이 없는 시간에는 답답한 병원을 나와 공원을 산책하거나, 서점에서 읽지도 않을 책을 뒤적이거나, 조용한 카페에서 차를 마시며 시간을 죽였다.

아내와 마주치는 시간은 현관에서 짧은 인사를 주고받을 때와 일주일에 두어 번 함께 하는 저녁 식사가 고작이었다. 그것도 묵언수행을 하는 절간의 비구와 비구니처럼 널찍한 테이블에 마주 앉아 서로의 음식이 목구멍으로 넘어가는 소리를 들으며 식어 가는 국을 떠먹었다. 그 시간들을 다 합쳐 본들 한 달에 몇 시간도 되지 않았다.

신혼여행에서 돌아온 뒤, 우리는 대외적으로는 사이좋은 부부였다. 집안의 대소사며 부부 동반 모임에서도 빈틈없는 완벽한 부부로 주변 사람들에게 각인시키는 데 성공했다.

아내는 문화센터를 전전하며 다양한 강좌를 듣고 취미를 바꿔 나갔다. 그녀는 내가 만들어 준 신용카드로 과하지 않게 소비생활을 길들여 갔다. 섹스리스에도 잘 적응한 것처럼 보였다. 반면 나의 삶은 갈수록 시시해져 갔다.

그렇다고 내가 부부 생활에 노력을 전혀 안 한 건 아니었다. 결혼 전에 발기부전 치료제로 유명한 약을 복용했다가 부작용으로 고생했던 적이 있었다. 그랬으나 아내를 위해, 그보다

더 솔직하게 말하면, 자식을 하나라도 갖기 위해 다시금 시도
했다. 그러나 예전에 나타났던 어지럼증과 일시적이긴 하지
만 급격한 시력 저하로 일상생활이 힘들었다.

나는 방법을 바꾸어 실패한 섹스를 원점으로 돌려 처음부
터 다시 시작하고자 부단히 힘을 쏟았다. 그래서 우리 부부를
위한 물건들을 사들이기 시작했다. 아내는 내가 건네주는 물
건들을 볼 때마다 진저리 쳤고, 그것들이 닿을 때마다 질색했
지만 나는 갈수록 흥미를 느꼈다. 심지어 잃어버린 욕정을 서
서히 회복해 가는 기쁨은 어디에도 견줄 수 없었다. 아내가 거
부할수록 더 그랬다. 쾌락의 종류가 다양하다는 것을 그녀가
인정하기를 바랐다. 늙수그레한 영감탱이들이 회춘했다고 좋
아하는 기분이 이러할까.

부부가 장기간 잠자리를 갖지 못하는 것은 남자 쪽에서 문
제를 제공한 경우가 훨씬 많다고 한다. 아내들의 탈선이 비일
비재한 마당에 순진한 내 아내가 다른 곳으로 눈을 돌리지 말
란 법도 없잖은가. 나는 내가 하는 놀이에 아내가 한껏 즐거
워하기를 바랐다.

속이 훤히 비치는 슬립에서 시작하여 전신 스타킹과 보디
스트랩이며 가터벨트와 한 세트인 스타킹을 주문했다. 스트
랩 브라에 어울리는 팬티는 밑트임으로 코디를 해서 짝을 맞
추는 것도 잊지 않았다. 내가 산 전신 스타킹 중에서 그물 밑

트임 스타킹이 가장 섹시했다. 나를 위해서는 남성용 앞트임 팬티를 샀다.

한동안 아내는 그것들을 몸에 걸치지 않겠다고 강하게 거부했다. 마치 징그러운 벌레를 보는 것처럼 인상을 구겼다. 그 꼴을 보고 있으니 울화가 치밀어 그만 또 아내를 때릴 뻔했다. 힘으로 할 일이 아니었기에 나는 감정을 꾹꾹 다져 가며 아내를 살살 달랬다. 삽입 과정이 생략된 섹스, 즉 전희만으로도 충분히 오르가슴에 당도할 수 있고, 부부가 함께 즐기는 재미난 놀이가 될 거라며 지루한 설명을 늘어놓았다. 마지못해 아내는 슬립을 선택했다. 그래, 그렇게 시작하는 거다, 나중에는 전신 그물 밑트임 스타킹을 입게 될 거다, 당신도 충분히 즐기게 될 거다, 나는 침대에 누운 아내의 귀에 소곤거리며 뜨거운 입김을 불어 넣었다.

슬립 위로 고스란히 비친 아내의 유두를 혀끝으로 애무해 주자 그녀가 서서히 달아오르는 것이 느껴졌다. 그때쯤 나의 중지는 아내의 클리토리스를 가지고 놀았다. 그녀는 아랫도리가 제법 촉촉해지자 몸을 살짝 비틀었다. 그것을 신호로 내 손가락은 과감해져서 아내의 깊은 곳을 파헤치고 들어갔다. 주름진 속살은 보드랍고 따뜻했다. 처음에는 손가락 하나로, 그러다가 두 개가 되어 빠르게 휘저어 주면 그녀의 체온이 올랐고 토막 난 신음을 뱉어 냈다. 나는 아내의 슬립을 찢어 젖가슴을 깨물었다.

　다음 놀이에서는 스트랩 브라의 끈을 잘랐고 가터벨트의 고리를 잘랐다. 두 달이 지나자 아내는 내가 원하는 대로 전신 그물 밑트임 스타킹을 입고 다리를 벌렸다. 아내도 얼마든지 야해질 수 있는 여자였다. 일반 스타킹에 비해 그물 스타킹은 훨씬 질겼지만 나는 그 스타킹도 찢었다. 아내의 신음 소리는 갈수록 옥타브를 높여 갔다. 나의 페니스가 미약하나마 서서히 되살아나고 있었다. 삽입할 수 있을 정도로 발기하지는 않았지만, 2세를 볼 수 있을 거라는 희망을 되찾기에는 충분했다.

　속옷으로 시작한 놀이에 아내가 적응할 때쯤 나는 딜도를 사들이기 시작했다. 아내를 위해 작고 앙증맞은 것부터 시작하여 차차 길고 굵은 것으로 옮겨 갔다. 나중에는 딜도 일체형 바이브레이터를 주문했다. 하나씩 사 모으는 재미가 쏠쏠했다.

　딜도를 들이밀자 아내는 속옷 때보다 더 강하게 거부했다. 나는 또 치미는 화를 참고 그녀를 달래며 전혀 필요도 없는 설명을 해 댔다. 잔뜩 찡그린 아내의 얼굴을 보고 있자니 냉정해진다는 것이 얼마나 큰 인내심을 요구하는지 알겠더라. 그때까지 용케 잘 참아 온 내가 대견할 정도였다. 마음 같아서는 작고 앙증맞은 것은 팽개치고 굵고 길고 우둘투둘한 것을 쑤셔 넣어 버리고 싶었다.

섹스에 따라붙는 행위는 사람들이 일상에서 맞닥뜨리는 부정적인 감정, 예를 들면 상실감이나 박탈감 또는 좌절감과 우울감을 치유하는 최고의 약이다, 또한 상호간의 친밀감을 높이는 즐거운 놀이다, 함께 공유하는 열정이며 강한 집중이다, 내가 이런 설명을 또 해야 하다니 한심했다. 아내는 수월한 것 같으면서도 고집 세고 까다로운 여자였다. 내가 그녀의 다리를 벌리게 하느라 진땀을 뺀 결과, 아내는 아까운 시간을 잡아먹고 난 뒤 마침내 굴복해 왔다.

나와 아내 사이에 문제가 생길 수 있다는 걸 왜 진작 예견하지 못했을까. 놀이의 결과로 아내는 섹스의 맛을 알게 되었고, 우리 사이에 무엇이 부족한지도 눈치챈 듯했다. 가능한 결과를 예측하지 못한 것은 분명 나의 실수였다.

우리 부부의 놀이가 일 년을 넘길 무렵 나는 놀이에 흥을 잃어 가고 있었고, 병원 이전 문제로 여러 가지 일을 처리하느라 여유가 없었다. 아내도 놀이에 싫증을 느낀 것 같았다. 잠시 공백을 두었다가 어느 정도 시간을 보낸 뒤 새로운 놀이로 갈아타면 될 거라 생각했다.

오랜만에 나는 아내 몰래 설치한 감시 카메라를 돌려 보다가 뜻밖의 장면을 목격했다. 침대 옆 대형 스탠드 조명의 비너스 조각 오른쪽 눈에 박아 둔 초소형 카메라가 혼자 침대에 누워 있는 아내를 비췄다. 날짜로 보니 내가 야간 수술을 마치고 친구들과 늦도록 한잔하던 날이었다.

아내는 내가 마련해 준 밑트임 팬티만 입은 채 자신의 빈약한 젖가슴을 주무르더니 다리를 벌리고 손으로 자위를 시작했다. 영상으로도 그녀가 차츰 달아오르는 것이 느껴졌다. 그동안 내가 시작한 놀이에 마지못해 따라온 거라고 생각했었다. 내가 건드리지 않아도 뿜어내는 성욕이라니, 꽤 흥미로운 발견이었다. 뒤를 이어 나는 내 눈을 의심했다. 언제 내 서재에서 가져왔는지 그녀는 제법 굵직한 딜도를 다리 사이에 집어넣었다. 그 물건은 그때까지 아내에게 사용하지 않았던 크기였고 남자의 실제 성기라고 믿어도 될 정도로 실물과 흡사한 것이었다. 게다가 아내의 자세는 내가 강요한 적이 없던 체위였다. 침대 위에 쪼그리고 앉아 딜도를 질 속에 넣고 한 손은 매트리스를 짚어 균형을 잡은 채 그녀가 위아래로 움직이기 시작했다. 그러다가 앞뒤 좌우로 엉덩이를 돌렸다. 이후 아내는 내가 한 번도 들어 보지 못했던 교성을 지르기 시작했다. 몰래 훔쳐보는 아내의 자위는 나를 자극시켰고 성욕을 불러일으켰다. 나의 페니스가 반응했다. 단단해지는가 싶더니 쿠퍼액이 나오고 꿈틀거렸다. 포르노를 봐도 별 감흥을 느끼지 못했던 내 몸이 아내가 몰래 하는 자위행위에 이렇게 반가운 반응을 하다니. 나는 환호성을 지르고 싶었다.

그날 나는 오랜만에 아내의 가운을 벗기고 그녀가 자위할 때 입었던 팬티를 찾아 입게 했다. 그러고는 내가 보는 앞에서 그녀가 카메라 속에서 했던 자세를 취하게 했다. 그때까지 아내가 보였던 반응 중에서 가장 강력한 저항이었다. 자기는 그런 이상한 짓은 절대 할 수 없다고 딱 잘라 거절했다.

그날 나는 충격을 받았다. 충격이라니……. 아버지가 던져 준 충격 이후로 나는 웬만한 일에 놀라지 않는다. 아내가 거절한 것은 그녀가 말한 이상한 짓만이 아니었다. 더 이상 놀이도 하지 않겠다고 했다. 얼마나 똑 부러지게 말하는지 딴 여자인 줄 알았다. 결혼 이후 단 한 번도 보지 못한 그녀의 결단력에 말을 잃었다. 가소로운 웃음도 나오지 않았다. 혼자서는 가능하고 내 앞에서는 이상한 짓이라 절대 못 하겠다니. 수치심인지 이중성인지 감이 잡히질 않았다. 내 아내가 낯설었다. 그 순간 생각 하나가 머리를 스쳐 갔다. 그녀에게 남자가 생겼다. 몰래 찍힌 영상 속에서 본 아내의 체위나 행동은 너무도 자연스러웠다.

섹스 맛을 알아 버린 여자, 남편에게 만족하지 못하는 여자가 선택할 만한 길은 뻔했다. 나는 아내의 휴대폰을 뺏어 확인했다. 통화 내역부터 시작하여 문화센터 수강생들이 공유한 단체 대화방이며 사진을 저장한 갤러리도 모두 뒤졌다. 몇몇 사진 속에서 화사하게 웃고 있는 아내를 찾아냈다. 지금까

지 아내의 얼굴에서 본 적이 없는 밝음이 있었다. 그녀 옆에
는 기타 강사가 또한 그런 표정을 짓고 있었다.

그날 이후 나는 아내를 떠났다. 떠났으되 그녀를 놓아줄 생
각은 일절 없었다. 아니, 죽는 날까지 그녀는 내 곁에서 그림
자처럼 살아야 했다. 내가 신데렐라를 만들어 줬건만 감히 먼
저 이혼을 요구하다니, 시건방진 년 같으니라고. 아내가 내 여
자가 될 수 없다면, 그 누구의 여자도 될 수 없다는 걸 그녀는
곧 알게 될 것이었다.

우리 부부는 각방을 썼고 집 안은 절간보다 더 조용했지만
부부가 같이 나서야 하는 일에는 변함없이 서로의 위치를 지
켰다. 나는 아내를 다시 길들이기 시작했다. 세월은 익숙함을
약속해 줬다. 그리고 그 약속을 지켰다.

내게 유일한 소일이라면, 가끔 이 인간 저 인간 돌아가며 만
나 밥을 먹고 룸살롱에서 은근히 올라오는 취기를 즐기는 것
이었다. 아내가 몰래 자위하던 동영상을 몇 번이고 돌려 보며
느꼈던 성욕을 해결할 방법을 찾았다. 술이 적당히 오르면 호
텔 룸으로 옮겨가 술시중 들던 접대부를 상대로 몸서리치는
천박한 갈증을 풀었다.

"지가 밑보지래. 아예 대놓고 그런 소리를 하더라고. 섹스
할 때마다 아무 느낌이 없어서 자기가 불감증이라 생각했는

데, 나중에 체위를 바꿔 후배위로 했더니 좋아서 미치겠더라는 거야."

강남 노른자위 땅에서 큰 화랑을 운영하는 L은 술자리에 낄 때마다 화가들과 어울렸던 일화를 늘어놓았다. 오늘은 제법 잘나가는 여류 화가와 걸쭉하게 한판 놀았던 이야기로 시작했다.

"그렇게 말하는 저의가 뭐래? 알아서 해 달라는 거야, 뭐야?"

"상판대기를 쳐다보면서 하고 싶은 마음은 없지만 그래도 뭐, 후배위라면 못 해 줄 것도 없지. 아니나 다를까, 좋아서 환장하더라고."

"여류 화가들 중에는 자기 작품 걸어 달라고 갤러리 관장에게 스스로 다리를 쩍쩍 벌려 준다는 얘길 들었는데, 정말인가 보네."

"가끔 그런 것들이 있긴 하지."

"그거 돈 안 들어서 좋겠네."

"돈이 문제가 아냐. 문제는 미투야. 지가 좋아서 시작해 놓고 나중에 수틀리면 미투라고 우기니까 사람 미치는 거지."

두 달 만에 만난 L은 역시나 농도 짙은 이야기로 술자리의 흥을 돋우었다. 여기에 뒤질세라 딥 스로트까지 가세하여 어울렸던 몇몇 문인들의 난잡한 성생활을 안주 대용으로 테이블에 깔았다. 술자리에는 그 어떤 산해진미보다 음담패설이 최고의 안주다. 한바탕 남녀상열지사로 입가심을 끝낸 뒤 이야기는 자연스럽게 정치 사회로 넘어갔다가 다시 걸쭉한 육담으로 돌아오기를 반복하며 시간을 탕진했다.

고급 일식집 룸에서 만난 친구들은 식사를 끝내면 룸살롱으로 옮겼고, 거기에서 술이 오르면 호텔 룸으로 기어들었다. 룸에서 시작하여 룸에서 끝나는 만남을 지겹지도 않게 반복했다.

L과 딥 스로트가 농염한 대화로 키득거리는 동안 나와 지방검찰청에 다니는 J는 미투 대화를 이어 나갔다.

"미투 이게 애매한 사람 잡는 거라고. 꼴페미들이 개지랄을 떨어 대니 정치하는 것들까지 지들 밥상인 줄 알고 숟가락 젓가락 얹어서 장단 맞추는 거고."

"언론도 똑같아. 지저분한 걸로 치면 지들이 더 하면서 공정하고 순결한 척하는 거지. 더러운 새끼들."

"워마든지 메갈인지 그년들이 하는 짓거리는 딱 하나야. 남성 극혐 외엔 없어. 남자에게 사랑받지 못한 년들이라고. 그것들이 여성의 권리를 챙기기 위해서 그 지랄을 하는 줄 아나 본데, 천만에. 시위한답시고 나와 있는 것들을 보면 봐 줄 인물이 거의 없더구먼. 밉상들이 못난 짓은 골라서 한다니까."

J가 제법 길게 사설을 늘어놓았다.

"진정한 페미니즘이 뭔지도 모르면서 너도 나도 미투라고 외치며 유행 따라가는 거지, 뭐. 씨족사회 이전으로 돌아가지 않는 이상 남자와 여자는 절대 동등해질 수가 없어. 일단 생물학적인 차이부터 인정해야 돼. 그런데 그걸 깡그리 무시하고 남녀가 동등해야 한다고만 외치지. 그것도 극단적인 증오심을 앞세워서 말야. 그것들이 짖어 대는 건 사회적 평등의 개념이 아냐. 다들 애꾸눈들이지. 극단은 진리의 전체를 보지 못하게 만들거든."

나도 간만에 길게 말을 뱉었다. L과 딥 스로트가 저들끼리의 진한 농담을 끝내고 우리 둘의 이야기에 귀를 기울이고 있었다.

"년들은 그렇다고 쳐, 년들 뒤꽁무니 핥아 대는 놈들은 도대체 뭐냐?"

L이 물었다.

"뭐긴 뭐냐, 절름발이지."

딥 스로트가 L의 질문을 가볍게 받아쳤다.

"절름발이?"

"세 번째 다리가 고장 난 놈."

L의 반복된 질문에 J가 끝내기 안타를 치자 셋은 큰 소리로 웃었고, 나는 기분이 더러웠다.

식사를 끝내고 자리를 옮기기 전에 나와 J는 화장실을 다녀왔다. 화장실 소변기 앞에 나란히 서서 서로의 물건을 힐끗거리는 짓도 신물이 날 만큼 했건만, 남자라는 동물의 말초신경은 뇌나 척수에서 나오는 것이 아니라 성기에서 나와 성기로 수렴되는 게 아닌지 의심스러울 정도다.

J는 방광 속 노폐물을 마지막 한 방울까지 비워 내며 몸을 부르르 떨었다. 그는 바지 지퍼를 올리면서 주위를 빠르게, 그리고 빈틈없이 훑어봤다. 한때는 곰살가운 구석이 있던 녀석이었는데, 어느새 미지근하나마 온기를 담았던 눈빛은 온데간데없고 싸늘하고 건조했으며 살벌하기까지 했다.

우리 둘밖에 없다는 걸 확인한 J는 양복 안주머니에서 작고 납작한 물건을 꺼냈다. USB였다. 그는 그것을 나에게 건네며 나지막하게 말했다.

"너한테만 주는 거다."

"오, 이게 저번에 말한 그거로군."

"절대로 흘러 나가는 일 없도록 해라."

"그런 건 염려 안 해도 돼."

나는 술이고 여자고 다 취소하고 당장 집으로 달려가서 컴퓨터 앞에 앉아 내 손에 든 작고 가벼운 물건 속에 감춰진 아방궁을 꺼내 보고 싶었다.

우리들은 단골 룸살롱으로 옮겨 변함없이 시시껄렁한 세상사를 테이블에 올려놓고 화려한 열대과일과 함께 씹었다. 그러다가 세간에 뜨거운 관심거리가 되어 떠들썩한 뉴스로 넘어갔다. 모 기업체 사장이 검찰청 간부들에게 향응과 성접대를 베풀어 준 일이 수면 위로 떠올랐던 것이다.

"이번에는 빠져나가기 어렵겠는걸."

L이 고개를 절레절레 흔들며 말했다.

"증거가 빼박이니 입 다물고 있는 게 능사는 아니지."

"두고 봐라. 이번에도 우리 쪽에는 옷 벗을 사람 없다. 그 사장 새끼 혼자 독박을 쓰게 되어 있어."

L과 딥 스로트가 주고받는 말에 J가 끼어들었다.

"증거가 있잖아, 증거가. 그것도 어디 한둘인가. 빠져나갈 구멍이 없겠던데, 뭐."

자신만만해하는 J의 말에 L이 통을 놓았다.

"그것들이 하는 자백이나 증언 따위는 안 통해. 증거란 얼마든지 변할 수 있는 거야."

그렇게 말해 놓고 J는 호탕하게 웃었고, 그 웃음이 도통 마음에 안 들었던지 딥 스로트가 비아냥대는 투로 대꾸했다.

"하긴 너네들끼리 하는 농담이 있다면서? 길거리에 걸어가는 세 사람 중 무작위로 아무나 하나를 찍어 주면 그 사람을 구속시킬 수 있다고 호언장담한다며?"

"구속 못 시키면 그건 검사가 아니지."

"없는 죄도 만든다 이거지, 뭐. 증거도 얼마든지 바꿔치기 할 수 있는 거고."

"그냥 깨갱거리며 나 죽었습니다, 하고 기어야지 덜 다쳐."

"야, 씨바. 좀 심하지 않냐? 전 세계에서 대한민국 검사들만큼 무소불위의 힘을 휘두르는 나라도 없을 거다."

"그래도 이번 건은 검사 하나가 불면 끝장 아니냐?"

딥 스로트와 L의 말에 J는 콧방귀를 뀌었다. 그러고는 그가 왜 콧방귀를 뀌었는지 침착하게 설명했다.

"그럴 일은 절대 없다. 구멍동서끼리는 배신할 수 없다는 게 이 바닥의 철칙이야. 검찰은 말이지, 경제 문화 섹스 공동체거든. 불거나 뒤통수치면 제 가족 몰살이란 거 모르는 놈 없다. 이건 우리 세계의 법칙이고, 그 법칙은 처음부터 지금까지 그리고 앞으로도 유효할 거다. 두고 보면 알아. 이 건으로 옷 벗을 인간 없고, 그 기업 대표도 집행유예다."

나는 이런 대화가 길어지는 것이 탐탁지 않았다. J가 몸담고 있는 검찰들의 세계가 화제에 오를 때마다 그의 뻔뻔스럽고 기고만장해지는 꼴이 보기 싫었다. 나는 J에게 한마디 던져 주고 싶었다.

야, 이 새끼야. 나는 너희들의 세계가 얼마나 추잡스럽게 타락했는지 다 안다. 정작 감방에 월세 내고 들어앉아야 할 인간들인 주제에 멀쩡한 사람 처넣고 너희들은 흠집 하나 없이 깨끗한 척한다는 거 다 안다. 뒷구멍으로 돈 챙기고 재산 불리는 거며, 호스티스들 홀딱 벗겨 놓고 계곡주를 마시질 않나, 귀두에 마요네즈며 고추장 발라 놓고 돌아가며 핥아먹게 하는 족속임을 다 안다고. 그것만이면 다행이다, 이 새끼들아. 어지간히 해라, 이 더러운 것들아. 네가 건네준 USB가 증거다.

내가 속에서 다져진 말을 뱉어 낼 필요도 없게끔 그 역할을 똑똑한 딥 스로트가 대신 해 줬다. 그는 오래전부터 J를 탐탁지 않게 여겼다. J는 학창 시절부터 성적이며 인기가 딥 스로트에 뒤졌을 뿐 아니라 여러 조건이 딥 스로트의 처가에 뒤떨어지는 여자를 만났다. 그런 J가 사법고시에 합격하고 검사가 된 뒤로 날이 갈수록 거들먹거리는 꼴이 심해지자 딥 스로트는 마땅찮게 생각하다가 이혼한 뒤로는 J와 합석하는 자리를 껄끄러워했고 드물게는 그 좋아하는 술자리도 마다했다.

"하긴 그럴 일은 없겠지. 오죽하면 너희들을 저승사자라고 하겠냐."

"너무 그렇게 매도하진 마. 우리도 사람이다. 다 먹고살자고 하는 짓이야. 저승사자는 따로 있지."

"그렇지, 그렇게 불리는 곳이 따로 있지. 검찰 내부에서도 특수통이라 불리는 부패범죄특별수사팀에 걸려서 살아날 사람 없잖아. 소위 노른자위라는 곳이잖아. 그들만의 굳건한 성을 유지하려면 철저하게 상하 복종 관계가 이루어져야 하고. 그러다 보니 전관예우는 너희들 생명줄 아니냐. 목숨보다 상위에 있는 거지. 그걸 아는 사람들이 나서서 검찰 개혁을 외치는 거고."

"검찰 개혁이 이루어질 것 같아? 일시적으로 그렇게 보이게는 할 수 있겠지만, 이곳은 아무도 건드리지 못하는 철옹성이야."

J와 딥 스로트의 대화를 가만히 듣고 있던 L이 끼어들었다.

"검찰 개혁? 아직은 멀고 먼 얘기다. 네가 말한 대로 아무도 못 건드리는 철옹성이 맞아. 무섭다, 무서워."

L의 말에 딥 스로트가 바로 받아쳤다.

"무섭지. 지들이 만든 법도 지들이 짓밟아 버리잖아."

"그건 또 무슨 소리야?"

"이천사년 노통 때 검찰청법을 개정했어. 거기 제육조에 명시된 바를 따르면, 검사의 직급을 검찰총장과 검사로 단순화시키겠다는 게 나와. 근데 이놈의 전관예우를 목숨보다 소중하게 여기는 사람들이라 고위직에 있던 나리들이 나중에 변호사 개업을 했을 때 예우가 형편없어질 것 같으니까 법을 만들어 놓고는 다시 구둣발로 깔아뭉갰지. 거기에 대들었다간 죽어. 노통이 검찰 개혁을 시도했지만 실패했지. 결국 죽었고. 오죽하면 법무부 장관이든 대통령이든 저승사자를 건드렸다가는 골로 보내 버린다고 하겠냐. 역대 어느 정권도 엄두를 못 냈지. 보수 정권들은 모두 역이용당했고. 그러니 부정부패의 온상이 검찰이라는 소리도 나오는 거야."

역시 딥 스로트는 아는 것도 많고, 말도 거침없어서 내 속이 후련했다.

"그건 내 소관이 아니니까 뭐라 못 하겠다. 나도 오래 이 짓할 생각 없어."

"승진이 어렵다 싶으면 빨리 옷 벗는 것도 나아. 옷 벗을 거면 변호사 개업하기 전에 민사 쪽 공부는 더 해라."

"그게 뭔 뜻이야?"

J의 눈썹이 날카롭게 올라갔고 목소리에는 가시가 돋쳤다.

"솔직히 까놓고 말해서 검사 출신 변호사들은 형사사건 말고는 별로 잘하는 게 없잖아. 민사라든가 기타 소송 사건을 맡을 실력은 안 되지 않나? 바보가 아닌 다음에야 복잡한 민사 사건을 검찰 출신 변호사에게 맡길 의뢰인이 얼마나 되겠어?"

딥 스로트는 J에게 강력한 펀치를 날렸다.

J는 치켜올린 눈썹을 제자리에 돌려놓으며 쓴 미소를 지었다.

"너, 우리들에 대해서 공부 많이 했구나."

분위기에 냉기류가 흐르는 것을 더는 두고 볼 수 없어 나는 딥 스로트에게 화제를 전환하라는 사인을 보냈다.

"자, 자! 이제 이 이야기는 그만하고 재밌는 얘기 좀 하자."

역시 눈치 빠른 딥 스로트가 마음에 든다. 그는 자신이 현재 집필하고 있다는 에로 소설로 우리를 끌고 갔다. 그러나 나는 흥이 나지 않았다. 얼른 집으로 돌아가서 서재로 몸을 숨기고 싶었다. 내 주머니 속에 들어 있는 작은 물건을 해부하고 싶어 몸이 근질근질했다.

나는 이것을 손에 넣기 위해 J에게 꽤 큰 돈을 건넸었다. 그가 아파트 평수를 넓히는 데 모자라는 액수는 결코 적지가 않았다. 겉으로는 채무 관계이나 속사정은 무상원조가 될 거라는 걸 나도 그도 알고 있었다.

그 여자, 희경과 윤을 만났던 이야기를 이어 가야겠다. 그녀는 내 가슴에 파인 상처처럼 다가왔다. 오래전에 아내가 지녔던 페로몬과는 또 다른 향기가 그녀를 휘감고 있었다. 그 향내에 흠뻑 취하고 싶었다. 새로운 것이 절실했던 때였다. 삶에 역동감을 불어넣어 줄 수 있을 거라는 기대가 컸다. 굳이 두 여자에게서 공통점을 찾자면 군말이 없고 깔끔하다는 것 정도일까.

주차장에서 접촉 사고가 난 그날부터 내 심경에 변화가 생겼다. 그 원인을 제공한 여자가 쉽게 잊히지는 않을 것 같았다. 그래서 그녀를 잡았다. 희경은 같은 오피스텔 7층에서 그림을 그린다고 했지만, 나는 그것이 거짓이라는 걸 그녀의 흔들리는 눈빛으로 알았다. 어쨌든 직업 따위가 중요한 건 아니니까.

오피스텔 로비 엘리베이터 앞에서 윤을 만났다. 그것을 인연이나 운명 따위에 갖다 붙일 수는 없겠지만, 분명 우연으로 시작된 끈적한 만남이긴 했다. 처음 윤을 보는 순간 나는 알았다. 그가 화가이며 7층에 살고 희경과 관계가 있는 사람이라는 것을. 타인을 돕는다는 건 번거로운 일을 자초하는 거라고 생각해 왔다. 그럼에도 나는 순발력을 발휘해 그가 놓친 캔버스 두루마리를 잡았고 먼저 윤에게 손을 내밀었다.

"제법 무겁군요. 몇 층이세요? 내가 손을 좀 보태 드리고 싶은데, 괜찮겠죠?"

나는 온화한 미소를 띠고 최대한 부드럽게 말했다.

"아니…… 괜찮습니다."

윤은 눈에 경계심을 담은 채 내 도움을 밀어내려 했다.

"내가 이걸 가지고 도망가진 않을 테니 염려 마세요. 나도 여기 입주잡니다."

나는 묵직한 두루마리 하나를 껴안고 그의 작업실까지 옮겨 줬다. 그가 현관 도어록 번호를 누를 때 내 머리는 자동적으로 네 개의 숫자를 암기했다.

작업실에 들어가자마자 한쪽 벽에 시선이 꽂혔다. 에메랄드빛 바다 같은 혹은 청명한 깊은 가을 하늘 같은 파란색이 펼쳐져 있었다. 그의 그림들도 크게 다르지 않았다. 온통 파란색투성이였다. 화가의 작업실답게 작은 주방을 제외하면 살림의 분위기는 찾을 수 없었다. 유화물감 냄새가 역겨웠다.

"여기가 숙소이자 아틀리에인 셈이군요."

나는 실내를 대충 휘둘러보며 그에게 그림들을 보게 해 달라고 정중하게 부탁했다.

"그림들이 다 마음에 들어요. 특히 색이 마음에 드네요. 내가 블루를 제일 좋아하거든요."

윤은 내 말에 고개만 주억거렸다.

"누드화가 전문인가요?"

"아뇨, 그렇진 않지만……."

"혼자 작업하는 겁니까? 아니면 누구랑 같이?"

"혼자 합니다."

그의 짤막한 대답을 들으며 나는 이런 사람과 대화를 나누면 얼마나 답답할지를 생각했다.

"구름이 여자로 변하는 건가? 아니면 여자가 구름이 되어가는 건가? 뭐 어쨌든, 그림들이 정말 좋군요."

"감사합니다."

"실례가 안 된다면, 그림 속의 여자가 누구인지 물어봐도 될까요? 혹시…… 애인인가요?"

"어…… 아뇨. 전문 모델입니다."

예상대로 그림 속의 여자는 희경이었다. 비록 하얀 구름으로 표현되었어도 그녀의 윤곽을 알아볼 수 있었다. 나는 윤에게 성급한 제안을 했다.

"여기 이 그림들 몇 점을 사고 싶은데, 파시겠습니까?"

나의 제안에 그가 눈을 크게 떴다.

"글쎄요……. 전시회를 위한 것들이라 아직은…….'"

나는 전시회가 끝난 뒤에 그의 그림들을 가져가겠다는 언약과 함께 명함을 건네고 작업실을 나오면서 희경을 떠올렸다. 그녀는 화가도 화가 지망생도 아닌 누드모델이었다. 발칙한 년 같으니라고. 누드모델일 거라고는 예상하지 못했지만, 그녀가 직업을 속인다는 느낌은 처음부터 있었다. 역시 나의 직감은 빗나가지 않았다. 그 정도의 거짓말은 애교로 봐주기로 했다. 무료함을 날려 줄 흥미로운 일이 생길 텐데 미리 초를 치는 일은 만들지 말아야 했다.

윤에게 그림 몇 점을 사겠다고 한 약속은 즉흥적이긴 했지만 반드시 그런 것만도 아니었다. 나에게 그림을 보는 안목이 없다 해도 그의 그림들을 보는 순간 강렬한 인상을 받은 건 사실이다. 나는 블루 계열의 색을 가장 좋아한다. 그가 선택한 블루와 하얀 구름들이 무척 선명하고 정갈했다. 늦더위로 지칠 즈음 시원한 바람 한 줄기가 가슴을 지나가는 느낌이었다.

블루는 내 마음을 차분하게 만들어 주는 색이다. 병원의 벽지에서 집 주방을 장식한 그릇까지 모두 블루 계열이었다. 윤의 작업실은 파란 방이었다. 그에게 꽤 관심을 쏟을 것 같은 예감이 들었다. 무엇보다 화가와 누드모델의 관계가 궁금했다.

내 아내가 그렇듯, 희경도 눈에 띄지 않는 평범한 얼굴이었으나 하나씩 뜯어보면 그다지 탓할 만한 것이 없었다. 성형으로 손을 조금만 보면 미녀로 탈바꿈할 수 있는 틀을 지니고 있었다.

아내와 정반대로 그녀는 자신감이 넘치는 여자였다. 그 자신감은 직업이 만들어 준 껍질인지도 몰랐다. 걸음걸이며 자세, 그리고 얼굴 표정이 그랬다. 어디에 근거를 둔 자신감인지는 모르겠다만 그 이면에 감춘 콤플렉스가 숨긴다고 안 보이는 건 아니었다. 출신지, 교육, 가정환경, 경제력, 거기에 직업까지 더해 그녀를 떳떳하게 해 줄 만한 건 없었다. 직업이 누드모델이라는 걸 내가 알고 있다는 내색은 하지 않았지만, 내가 안다고 해도 크게 달라질 것은 없어 보였다. 희경을 두어 번 만난 뒤 느낀 점은 그녀가 나에게 호감 이상으로 빠져들었다는 것이었다. 쉬운 여자는 쉽게 넘어오는 법. 어쨌든 그녀는 내가 선택한 특별한 여자였고, 계속 특별해야 했다. 내가 그녀를 놓아줄 때까지.

그녀를 오래 잡고 있을 생각은 없었다. 나는 아내를 버리지 않을 것이니까. 내 주변 사람들은 아내가 잉태하지 못하는 자궁을 가졌고, 나는 그런 아내를 내치지 않고 오히려 더욱 살뜰하게 챙기는 괜찮은 남자로 통한다. 내가 그 어떤 내색을 하지 않았음에도 알아서들 그렇게 생각하는데 구태여 생각을 바로잡아 줄 필요는 없지 않겠나.

희경을 만난 뒤부터 나는 무료함을 덜어냈다. 탄력이 생긴 일상이 즐거웠다. 나는 희경에게 그녀가 한 번도 갖지 못했던 것들을 안겨 줄 생각이었다. 그녀의 검소함이 마음에 들었다. 단, 서두르지 않기로 했다. 오래도록 즐겨야 하니까.

그녀를 만나는 시간 외에도 윤을 관리해야 하는 일까지 더해졌다. 예술가와 모델의 숱한 염문설을 모르는 사람이 있을까. 나는 윤과 희경의 관계가 단순히 화가와 모델인지, 그 선을 넘어 욕정을 나누는 사이인지 궁금했다. 내가 희경을 알기 전이었다면 상관할 바가 아니지만, 그녀를 선택한 이후로는 어떤 스킨십도 용납할 수 없었다. 윤에게 넌지시 떠봤을 때 그는 애매모호한 미소로 답을 대신했다. 나는 미소 짓던 그의 주둥이를 갈겨 주고 싶었다.

종종 윤의 작업실로 올라가서 그림을 확인했다. 희경의 육체가 점점 화폭에 풀어졌다. 나는 그녀의 몸을 보고 싶었다. 윤의 캔버스 앞에서가 아니라 내 앞에서 그림처럼 누워 있게 하고 싶었다. 그렇다고 아내에게 하던 놀이를 희경과 같이 하고 싶은 생각은 없었다. 접대부들에게 웃돈을 주면서 강요하던 자위도 시킬 생각이 없었다.

나는 그녀가 노는 물에서는 만날 수 없는 남자였다. 그녀가 갖지 못한 조건들을 골고루 다 가진 남자, 감히 오를 수 없는 나무 같은 남자였다. 마지막까지 그런 남자여야 했다. 희경은 내가 주는 특별한 관심에 감사하는 여자가 될 것이었다. 그녀는 내게 몸을 열고 싶어 안달 난 여자가 될 것이었다. 나는 앞으로 펼쳐질 재미난 일들을 즐기면 되었다.

생각보다 그런 날이 일찍 찾아왔다. 희경은 자기가 사는 곳으로 나를 이끌었다. 여자 혼자 사는 공간을 보기는 처음이었다. 아내는 결혼 전까지 친구네에 방을 얻어 살고 있었다. 아내 친구나 그 가족들과의 번거롭고 어색한 대면을 피하고 싶었기 때문에 내가 장만한 아파트로 아내를 데려오기까지 그녀의 방을 본 적이 없었다.

희경이 세 든 집은 작지만 구질구질한 가구가 눈에 띄지 않아 마음에 들었다. 식탁 의자에 앉아 그녀가 내온 커피를 마시며 그녀가 갈아입은 얇은 상의 밖으로 선명하게 드러난 유두 자국을 일부러 슬쩍슬쩍 훔쳐봤다. 나는 그런 행위가 물오른 여자를 자극한다는 걸 알았다.

그런데 예상하지 못한 일이 일어났다. 희경이 식탁을 돌아와 내 허벅지 위에 올라탔다. 짧은 반바지가 가로막고 있어도 그녀의 아랫도리가 뜨겁다는 걸 느꼈다. 그녀는 입으나 마나 한 상의를 훌러덩 벗고는 내 머리를 감쌌다. 그녀의 유방에서 저녁에 마신 부르고뉴산 와인 냄새가 났다. 상처 나지 않을 만큼만 그녀의 젖꼭지를 깨물었다. 그녀가 신음을 뱉어 낼 때까지. 거기에서 멈추고 일어나려 했는데 의외로 희경의 행동이 내 생각을 앞질러 버렸다. 감히 허락도 없이 내 물건에 손대려고 하다니.

나는 생각지도 못했던 그녀의 행동에 당황하고 화가 나서 자리에서 벌떡 일어났다. 그 바람에 의자가 뒤로 나자빠졌다. 의자를 세우고 바닥에 떨어진 재킷을 주워 몸에 걸치면서 필요도 없는 말을, 그러나 의미를 담아 반복했다.

"미안해요. 지금은, 지금은 내가 마음의 준비가 안 된 것 같아요."

눈이 동그래진 희경은 엷게 미소를 지으며 어깨를 으쓱 올렸다. 그녀는 내가 한 말의 요점을 파악했을 거다. 지금은 아니지만 나중을 위해 안달하고 조바심 내며 기다리라는 뜻을. 나는 새로운 놀이로 그녀에게 극락의 세계를 열어 줄 것이며 한껏 즐기도록 해 줄 계획이었다. 아직 그 놀이를 연구 중인데 그녀가 벌써 발정 난 암캐처럼 달려들면 곤란했다.

집으로 돌아온 나는 재킷을 벗어 옷걸이에 걸기 전 늘 하던 대로 주머니에 든 것들을 꺼냈다. 안주머니에서 휴대폰을 꺼내고 겉주머니에서 돈지갑과 명함 지갑을 꺼내 책상 위에 올렸다. 뭔가가 허전했다. 작고 납작하지만 용량이 큰 USB가 보이질 않았다. 다음 날 희경에게 전화했더니 그녀는 못 봤다고 했다. 왠지 나는 그 말이 믿기지 않았다. 나는 내 물건을 흘리고 다닌 적이 없었다. 희경이 내 허벅지 위에 앉아 페니스를 잡으려 했을 때 나는 반사적으로 자리에서 벌떡 일어났었다. 그 바람에 의자가 뒤로 넘어졌고, 거기에 걸쳐 둔 재킷이 바닥에 널브러질 때 떨어진 것이 분명했다. 그녀에게 다시 한번 잘 찾아보라고 신신당부했다. 마음 같아서는 당장 그녀의 집으로 달려가서 내가 직접 샅샅이 뒤지고 싶었지만, 만에 하나 내가 다른 곳에서 빠트렸을 희박한 가능성도 열어 두기로 했다.

거기에는 희경이 결코 봐서는 안 될 것들이 저장되어 있었다. 희경만이 아니라 세상 그 누구도 봐서는 안 될 것들이었다. 나는 어떻게 해서든 어떤 대가를 치르는 한이 있어도 그것을 꼭 찾아야만 했다. 내가 저지른 어이없는 실수에 화가 났지만 그녀를 다그칠 수는 없었다. 뭔가 예감이 좋지 않았다.

결국 나와 희경 그리고 윤과 그의 약혼녀 은채, 이렇게 넷이 이상하게 얽히고 꼬인 관계가 막장 드라마로 끝맺을 것 같았던 예감이 적중했다.

윤에게는 은채라는 약혼녀가 있었다. 진짜 약혼을 한 사이인지는 알 수 없으나 그 둘의 관계가 매끄럽지 못하다는 걸 한 눈에 알아봤다. 윤의 약혼녀는 곱상하게 생긴 외모와 달리 당돌했다. 그녀와 그림을 흥정하던 날이 기억난다.

내가 무명 화가나 다름없는 윤의 그림을 사 주겠다고, 그것도 하나가 아니라 여러 점을 구매해 주겠다고 했을 때, 감사의 마음보다 마치 선심을 쓰는 듯한 은채의 말투며 표정이 어찌나 얄밉던지, 없던 일로 하자는 말이 목구멍까지 넘어오는 걸 참았다. 아직도 그때의 그 얼굴이 역겹게 기억난다.

나는 그림을 볼 줄 모른다. 윤의 그림이 어느 수준인지 알 턱이 없다. 다만 그가 캔버스에 옮겨 놓은 다양한 색깔의 블루가 좋았을 뿐이고, 무엇보다 거기에 그려지는 희경을 감상하는 재미가 톡톡했다. 내가 선택한, 내 여자가 되어 가고 있는 희경의 벗은 몸을 다른 사람에게 넘길 수는 없지 않겠나. 희미한 실루엣이라면 모를까 모델의 얼굴이 뚜렷하게 나와 있는 누드화를 그 누구에게도 양보할 생각은 없었다. 그런 까닭으로 나는 윤에게 바짝 접근했고, 그가 언제라도 내 방문을 달가워하게 만들어야 했다. 그 방법은 그림을 선점해서 제법 넉넉한 계약금을 안겨 주는 거였다.

나는 돈의 소중함을 아는 사람이라 함부로 쓰지 않는다. 사람 사이에는 보이지 않는 저울이 놓여 있다. 저울을 재는 것은 사람이 아니라 돈이다. 돈이 돈을 저울질하는 거다. 그것을 조종할 줄 아는 자에게 저울은 기울고 돈은 복종한다. 돈이 복종하는 자에게 사람들도 덩달아 고개를 숙이게 되어 있다. 내가 흥청망청 쓰는 것처럼 비칠지도 모르지만 내가 쓰는 돈은 어디까지나 용의주도한 계획 아래 지불되며 미래를 위한 투자일 뿐이다.

선점한 그림들과 앞으로 그려낼 그림까지 염두에 두고 내가 적지 않은 계약금을 건넸을 때에도 마치 제 그림인 양 거만을 떨던 윤의 약혼녀였다. 윤과 희경이 아니었다면, 은채라는 여자만 본다면 준 돈을 되돌려 받고 싶을 정도로 얄미웠다. 나는 새침데기를 아주 싫어한다.

그런 여자가 윤의 작업실 밖에서 서성거리는 걸 목격했다. 나는 엘리베이터에서 내려 복도를 따라 걷다가 코너를 돌던 몸을 얼른 되돌렸다. 그녀와 마주치고 싶은 마음이 전혀 없었다. 다시 돌아가려다가 코너에 몸을 숨긴 채 그녀를 훔쳐봤다. 내가 흥정을 한답시고 몇 번 봐 왔던 때와는 너무도 다른 얼굴이었다. 종잡을 수 없는 얼굴 표정 중에서 고통의 그림자가 제일 두드러졌다. 순간 내 머리에 떠오른 생각은 그녀가 질투로 극심한 통증을 느낀다는 거였다. 작업실에 있을 윤과 희경은 일을 끝마칠 시간이었다.

내가 거기에 간 이유는 희경을 만나기 위해서였다. 희경의 집에서 있었던 작은 사건 이후 일주일이 지나서야 그녀를 만났고, 그녀의 얼굴에 깊은 수심이 깃들어 있었다. 집안에 골치 아픈 사고가 생기는 바람에 정신적으로 여유가 없다고만 할 뿐, 그녀는 상세한 이야기를 회피했다. 그러고는 내가 그녀의 집에서 흘렸음 직한 USB를 거듭 못 찾았다고 했다. 왠지 그녀가 나를 피한다는 느낌이 들었다. 그래서는 안 될 일이었다. 게임이 막 물오르기 시작했는데, 여기서 이대로 끝이 나게 할 수는 없었다. 시작을 내가 했으니 끝도 내가 내야 한다. 희경을 만나야 했다. 그래서 윤의 작업실 근처에서 우연을 가장하고 그녀를 만나려 했다. 그랬다가 은채라는 여자에게 가로막히고 말았다. 여러 가지로 마음에 안 드는 여자였다.

며칠 뒤 나는 윤에게 전화를 걸었다. 그는 개인전에 전시할 작업을 다 마쳤다고 했다.

"축하합니다. 내가 내일 작업실로 올라가도 될까요? 작품들을 다시 보고 싶어서요. 그동안 못 본 그림도 있을 테니 그것도 마음에 들면 미리 찜을 해 두고 싶군요."

—아, 죄송합니다. 내일은 제가 종일 밖에 있습니다.

"그럼 내가 퇴근 후에 올라가면 될까요?"

—그게 좀……. 제가 늦게 돌아올 것 같아서…….

"그렇군요. 오늘은 내가 바쁘고, 그럼 모레는 어떨까요?"

—음…… 그날도 좀…….

"그럼 언제가 좋을까요?"

― 유화가 좀 말라야 해서…….

"그럼 언제든지 연락 주십시오."

윤은 네, 라는 짤막한 대답만 했다. 그는 대화의 기본을 갖추지 못한 꽤나 답답한 남자였다. 이럴 때 보면 그의 약혼녀가 대단하다는 생각이 들었다.

"근데 말이죠, 혹시 내일이 무슨 날인가요?"

잠시 뜸을 들이던 윤이 말했다.

― 갤러리에서 할 일이 좀 많습니다. 그리고…… 은채, 아니 약혼녀와 밖에서 밥을 먹기로 해서…….

"아하, 오랜만에 데이트를 즐기시는구나. 그럼 좋은 시간 보내십시오. 연락 기다리고 있겠습니다."

다음 날 나는 윤의 작업실로 올라갔다. 그가 연락해 오기를 기다리느니 작업실에서 희경이 그려진 그림들을 미리 감상하기로 했다. 그녀의 얼굴과 나체가 선명하게 그려진 그림들 중 하나라도 남의 손에 넘어가게 할 수는 없었다. 먼저 침이라도 발라 둘 필요가 있었다. 단지 그것만이 이유는 아니었다. 나는 윤이 선택한 블루가 하나같이 마음에 들었고, 그림이 아름답다는 걸 처음 느꼈다. 주인의 방해를 받지 않고 나 홀로 실컷 감상하고 싶었다.

빈집일 것이 뻔하지만, 예의상 초인종을 눌렀다. 반응이 없었다. 내 머릿속에 입력시켰던 네 자리의 숫자를 꺼내 눌렀다.

세상에는 알다가도 모를 일이 헤프게 일어날 수 있고, 상식 밖의 일이 무시로 벌어질 수 있다. 내가 마주친 일도 일어날 확률이 매우 낮은 우연이었다. 빈 작업실이라 생각했는데 거기에 희경이 있었다. 다른 사람도 아닌 희경이라니, 나는 세상과 시간을 저주했다. 억지로 짜 맞추려고 해도 어려운 일이 바로 나에게 일어났다. 기함할 노릇이었다.

우리 두 사람의 눈이 마주치는 순간 그녀는 소파 위로 무너져 내렸다. 그녀의 손에 들려 있던 큰 커터 칼이 바닥에 떨어졌다. 도대체 칼로 무슨 짓을 하려 했는지 궁금했으나 물어볼 수는 없었다. 그녀 가까이에 있던 캔버스 한중간에 칼집이 나 있었다. 눈이 시리게 파란 하늘은 작은 상처를 입고 있었다. 꿈에서조차 일어나지 않을 일이 현실에서 그것도 내 앞에서 일어난 상황을 수습해 보려고 머리를 굴렸지만, 내 머릿속은 텅 비어 있었다.

나와 희경 사이에 물리적 거리는 4미터가 채 안 되었다. 그러나 우리 둘 사이에 레테의 강이 가로놓인 것 같았다. 질감이 무척 깔끄럽고 거칠며 때에 찌든 수의를 입으면 이런 느낌일까 싶었다. 어쨌든 나는 이 더러운 상황을 수습하긴 해야 했다. 옴나위없이 소파에 그대로 앉아서 나를 뾰족하게 쳐다보는 희경도 상황이 크게 다르지 않아 보였다. 각자의 머릿속을 정리하느라 침묵의 시간이 제법 길어졌다.

희경이 주인 없는 작업실에 혼자, 그것도 큰 커터 칼을 가진 채 와 있다는 건 좋은 목적이 아님은 분명했다. 나는 평정심을 잃지 않으려 미소를 지었다. 그러고는 대수로운 일이 아닌 것처럼 부드럽게 말했다.

"보아하니 우리 둘 다 불청객인 것 같습니다."

어느새 희경의 얼굴은 경악에서 분노로 바뀌어 있었다. 그녀는 소파에서 일어났다. 그러고는 대꾸 대신 핸드백 속에서 휴대폰을 꺼내 손등의 힘줄이 불거질 정도로 전원 차단 버튼을 힘껏 눌렀다. 그녀는 휴대폰을 다시 원래 자리에 넣고 내쪽으로 천천히, 아주 천천히 다가왔다.

"오랜만이네요. 우리가 만난 지 대충 열흘이 좀 지난 것 같은데…… 근데 이거, 장소가 마음에 안 드는군요."

내가 최대한 온화하게 말했다.

이번에도 희경은 아무런 대꾸가 없었고, 내 앞에 멈춰 서더니 핸드백을 뒤져 뭔가를 꺼내 나에게 내밀었다.

"엄청나게 재밌었어요. 구경, 잘했어요."

그 말을 할 때 희경의 얼굴은 경악도 분노도 다 사라지고 승리의 여신이나 지을 법한 미소를 지었다. 나는 그녀가 내민 손을 내려다봤다. 거기에 내가 잃어버렸던 USB가 있었다.

내 머릿속이 하얘졌다. 억지로 지었던 미소가 한순간 굳어 버렸다. 이를 악물었지만 몸속 깊은 곳에서 시작된 떨림이 멈추지 않았다. 그것은 분노였다.

나는 희경이 세게 닫고 나간 현관문만 노려봤다. 발칙한 년 같으니라고. 감히 나를 속이다니. 가서 그녀의 머리채를 잡고 패대기쳤어야 했을까. 이가 부러지도록 있는 힘껏 뺨을 갈겼어야 했을까.

USB에 저장된 내용은 목에 칼이 들어와도 외부로 새어 나가서는 안 될 것들이었다. J가 나에게 몰래 건넨 물건 속에는 지도층 인사들이 비밀 요정에서 접대녀들과 난잡하게 놀던 행위가 녹화되어 있었다. 거기에는 이름이 알려진 여배우도 있었다. 게다가 몰래카메라로 찍은 것이라 적나라한 변태 행위가 고스란히 담겨 있어 웬만한 포르노 영상물보다 수위가 높았다.

그것만 있었더라면 조금은 나았을까. 나는 그 USB의 남아 있던 공간에 나와 아내가 예전에 놀이를 하던 당시, 아내 몰래 만든 영상 기록을 편집하여 몇 개 옮겨 놓았었다. 그 속에는 아내에게 입힌 전신 그물 스타킹을 찢어 가며 애무했던, 아내에게 숨넘어가는 교성을 지르라고 주문을 넣던 내 목소리가 또렷하게 저장되어 있었다. 아내 혼자 딜도로 자위를 하던 것까지 들어 있었다.

그것을 희경이 본 거다.

그녀를 직접 응징하는 대신 나는 몸을 돌려 이젤 위에서 말라 가고 있는 희경을 노려봤다. 가리가리 찢어발기고 싶었다. 내가 아는 온갖 저주를 퍼부었다. 나는 그녀가 앉았던 소파 앞에 떨어진 커터 칼을 집어 들었다.

세상에는 네 종류의 인간이 있다.

정직한 인간, 정직하지 않은 인간, 그 둘 다에 속하는 인간, 그리고 그 둘 어디에도 속하지 않는 인간. 나는 어디에 해당할까.

두 남자

주오는 7층으로 올라가서 한 치의 망설임 없이 윤의 작업실 초인종을 눌렀다. 조용했다. 잠시 기다리다 돌아갈까 하던 차에 문이 열렸다. 거기에 초췌한 윤이 서 있었다. 주오에게 짧았던 이 년의 시간이 윤에게는 길었던가. 두 사람 사이를 가로막은 낯섦이 어디에서 온 것일까. 주오는 호수를 잘못 알고 초인종을 누른 게 아닌지 잠시 의심했다.

원래 큰 키에 희멀겋고 호리호리한 체격이었던 윤은 골격에 누르스름한 종이를 붙인 사람 모형 같았다. 오랜만의 해후였으나 두 사람은 가벼운 인사도 악수도 하다못해 억지 미소도 없이 테이블을 사이에 두고 앉았다. 윤이 내놓은 커피는 맛이 없었다.

주오는 작정하고 올라왔건만 입이 떨어지지 않았다. 도대체 그는 왜 여기까지 와서 이런 어색한 분위기로 마음을 짓누르고 있는지 막 후회하기 시작했다. 열 평 정도 되는 실내가 한없이 넓게 느껴졌다. 윤의 공간에는 테이블과 소파가 유일한 가구였고 빈 이젤 두 개가 창가에 덩그러니 세워져 있었다. 예전에는 한쪽 벽면을 가득 채웠던 파란색이 어느새 하얗게 칠해져 있었다. 그 풍경이 적막했다. 그가 이 년 동안 무엇을 했건 왜 사라졌건 왜 돌아왔건 주오가 알아야 할 이유는 없었다. 궁금하다고 해서 다 이유가 되는 건 아니다. 세상에 흔해빠진 그냥이 이유가 될 때도 있는 거다. 그렇지만 그건 너무 무성의하다고 주오는 생각했다.

"내 생일이었지요. 그날 은채에게서 안경 하나를 선물받았습니다. 아 참, 은채를 아시겠지요? 약혼녀라고 자신을 소개했던……. 은채가 선물한 안경은 내가 볼 수 없었던 색을 보게 해 주는 특수한 안경이었습니다. 그 안경을 낀 순간 내가 받은 충격을 말로 표현하기는 어렵군요. 아, 이런. 내가 말을 안 했네요. 나는 적색과 녹색을 볼 수 없는 색맹입니다. 그 장애를 감추려고 하늘과 구름만 그렸던 겁니다. 어떤 면에서는 내가 색에 집착을 했던 거죠. 그 안경의 도움을 받아 색을 볼 수 있게 된 뒤로 모든 것이 바뀌었지요."

시간이 윤에게 어떤 장난을 친 것일까. 미국에서 독심술이라도 배우고 온 걸까. 묻지도 않았는데, 마치 그가 주오의 마음속을 들여다보는 것 같았다. 답답했던 윤 대신 주오 앞에는 청산유수로 말을 쏟아 내는 남자가 앉아 있었다.

"여기 작업실로 돌아와 내 그림들을 보니 미칠 것 같았습니다. 모든 것이 가짜였어요. 다 엉터리였던 겁니다. 그래요, 나는 엉터리였습니다. 흉내만 냈을 뿐 진짜 그림을 그린 적이 없다는 걸 알았지요. 부끄러워 견딜 수가 없었습니다."

윤의 말을 듣고 있자니 주오의 머릿속에 서서히 가닥이 잡혀 갔고, 그는 에두를 것 없이 단도직입적으로 물었다.

"그래서…… 그림을 모두 다 훼손했던 겁니까?"

윤은 잠시 뜸을 들이더니 맛없는 커피를 한 모금 마신 뒤 말을 이어 나갔다. 텅 빈 이젤에 시선을 고정한 채.

"내가 그랬습니다. 모든 일은 처음이 힘들지 그다음은 아무 것도 아니더군요. 아마도 누군가가 내가 하는 짓을 봤다면 분명히 실성한 사람이라 생각했을 겁니다. 그림들을 찢을 때 내 기분이 딱 그랬으니까요. 이성은 사라지고 행위만 남더군요. 더 이상 이곳에 있을 수가 없었어요. 그래서 전국을 무작정 떠돌았습니다. 그러고는 미국으로 갔죠. 거기엔 나를 이 세계로 이끌어 준 민 화백이라는 스승이 있습니다. 그분이 아틀리에로 사용하는 창고 구석에서 숙식은 해결할 수 있었고요. 나는 처음부터 다시 시작했습니다. 오로지 그림만 그렸지요. 마침내 나는 나만의 그림을 발견하게 되었습니다. 다행히 가져간 돈이 다 떨어질 무렵에 민 화백이 제 그림을 가지고 나갔습니다. 그림이 팔리더군요. 하지만 그곳에 더는 있을 수가 없었지요. 나는 불법체류자였으니까요. 어차피 더 있을 생각도 없었고요. 이곳, 비주류가 발 디디기 어려운 대한민국 땅에서 도전해 보고 싶었습니다."

"한 가지 물어보고 싶군요."

주오는 윤뿐만 아니라 그와 관계된 사람들, 즉 은채와 희경과는 더 이상 엮이고 싶은 마음이 없었다. 그럼에도 윤에게 흥미를 느꼈다. 그의 오피스텔 초인종을 누를 때까지만 해도 그림을 누가 훼손했는지, 그것만 확인하고 싶었다. 그와 마주 앉을 때까지도 괜히 왔다고 후회했었다. 그러다가 윤의 이야기를 들으면서 호기심이 점점 부풀어 올랐다.

윤은 물어보라는 응답도, 묻고 싶은 게 뭐냐는 질문도 하지 않았다. 그는 주오가 앞에 앉아 있다는 걸 잊은 건 아닐까. 그의 시선을 이젤에서 거둘 생각이 전혀 없어 보였다. 아니면 주오의 말은 건성으로 듣고 이젤 위에 얼마만 한 크기의 캔버스를 올릴 것이며 무엇을 그릴 것인가를 생각하는 걸까. 어쨌든 거기에 오래 앉아 있을 생각이 없던 주오는 윤의 반응을 기다리지 않고 질문을 던졌다.

"당신만의 그림을 발견했다고 했는데, 그게 뭐죠?"

"나는 똑같은 밑그림을 두 장 그립니다. 하나는 은채가 선물한 안경을 쓰고 색을 입힙니다. 그런 뒤 안경을 벗고 그립니다. 사람들은 두 그림을 다르게 보지요. 하지만 나에겐 하나입니다. 사실과 진실을 그리는 셈이지요."

"어느 것이 진실인가요? 전자 아니면 후자?"

"붉은색을 설명할 수 있겠습니까? 하나의 붉은 사물을 보고 사람마다 똑같이 본다고 확신할 수 있습니까? 색과 빛은 인간을 속이지요. 우리가 알고 느끼는 것은 무의식적으로 학습되어 온 보편적 정의를 반복하는 것에 지나지 않습니다. 정의를 내린 자가 철학자이건 신학자이건 또는 과학자이건 그건 중요하지 않아요. 사람들은 태어나서 살아가는 동안 반복된 학습으로 익숙해진 것을 의심 없이 믿는 거지요. 그렇게 생각지 않나요? 붉은색은 정열을 상징하고 파란색은 차가운 이성을 상징한다거나 우울의 대명사처럼 말하지요. 하얀색은 순결과 연결을 짓고 핑크는 왜 사랑을 떠올리는 거죠? 보편적인 정의를 떠나 개개인이 순수하게 느끼는 감각이 있을 텐데도 사람들은 생각을 멈춰 버렸죠. 우리의 뇌는 이미 고정관념으로 굳어져 꿈쩍도 하지 않습니다. 무엇이 진실이고 어느 것이 사실인지는 각자의 선택이라고 생각해요. 어쩌면 세상에는 사실도 없고 진실도 없을지 모릅니다. 그건 굉장히 개인적인 것이니까요. 인간은 감정을 속이긴 쉽지만 감각을 속이긴 어렵지요."

주오는 윤의 긴 독백을 듣고 그가 옳을지도 모른다는 생각을 했다. 두 남자 사이에 침묵이 흘렀다. 더 들을 이야기가 없을 것 같아 주오가 자리에서 일어나려는데 윤이 아직 끝나지 않은 독백을 잇기 시작했다.

 "색으로써 인간의 심리를 연구하는 심리학자들이 있더군요. 웃기는 일 아닙니까? 색과 심리를 연관 짓다니⋯⋯. 색맹을 전혀 고려하지 않은 엉터리라고 생각하지 않습니까? 다수가 선택한 것이 마치 정답이라도 되는 양 통계를 만들어 보편화시키다니, 그건 모순이며 말장난일 뿐입니다. 어디까지나 그들의 이론은 조건과 전제로 뽑아낸 통계에 지나지 않습니다. 그건 진실도 사실도 아닙니다. 정신분열증 환자 대부분이 흰색을 선호하고, 노란색은 심리적으로나 정신적으로 불안정한 사람들이 좋아한다고 하더군요. 검은색은 신비적인 인상이나 고귀함을 내보이고 싶어 하는 사람들이 선택한다는 걸 어디선가 읽었지요. 레드를 좋아하는 사람들의 성격은 대체적으로 활동적이며 사교적이고, 체력이 좋으며 야심적이라고 하더군요. 이 얼마나 웃기는 소립니까. 빨간색을 볼 수 없어서 그 색을 좋아할 수 없는 사람은 어쩌죠? 파란색은 눈에 보이기 때문에 어쩔 수 없이 그 색을 좋아하게 된 사람은요? 황당무계한 꿈을 꾸지만 실행하지는 않는다는군요. 저는 절대 황당무계한 꿈을 꾼 적이 없어요. 파란색이 그렇다는군요. 그 색을 좋아하는 사람의 성격이 그렇다는 겁니다. 자기변호가 뛰어나며 인맥 형성을 잘하고 경영 능력도 좋다고 합니다. 나는 나를 변호하기보다 침묵을 선택했고, 사교성이 없어서 인맥을 쌓은 것도 없습니다. 경영 쪽도 거의 최저 점수를 받을 겁니다. 색으로 심리학을 말한다는 건 말짱 엉터리지요. 예전에 원장님이 블루를 좋아한다고 했던 기억이 납니다. 맞죠?"

윤은 주오에게 처음으로 '원장님'이라는 호칭을 붙였다. 이 년 전에는 호칭을 생략하고 본론만 겨우 띄엄띄엄 말하던 그였다. 그리고 그는 이 자리에서 처음으로 주오에게 질문을 던졌다. 질문이라기보다는 확인하는 거였고, 윤의 독백에 귀를 기울이던 주오는 잠에서 깨어난 사람처럼 잠시 어리둥절했다.

"아, 네. 그랬죠. 지금도 좋아하는 색이고요."

"그렇다면 파란색과 원장님의 성격이 들어맞습니까?"

"글쎄요, 나는 대충 내 성격과 맞는다는 생각을 했습니다."

"그러면 나처럼 색맹이기 때문에 붉은색도 녹색도 볼 수 없어 어쩔 수 없이 파란색을 좋아하게 된 사람은 어떨까요? 내가 생각했던 것보다 색맹이 의외로 많더군요. 그 사람들 성격도 대충 맞을까요? 선택의 폭이 너무도 좁은데 말입니다. 그 점에 대해서는 어떻게 생각하십니까?"

윤의 목소리에 까칠함이 묻어 있었다.

"글쎄요……. 색채 심리학자들이 펴낸 이론이란 가설에 불과할지도 모르죠. 내 경우는 우연히 그 가설의 일부분이 맞아 떨어진 것일 수도 있고요. 나라마다 문화나 환경의 차이로 색에 대한 해석과 의미가 다르기도 하지요. 그러니 색을 지각하는 데에 차이가 있을 겁니다. 어찌 보면 심리학이란 상당히 주관적이라는 생각이 드네요. 게다가 색맹인 사람들은 좀 억울할 것 같군요."

주오는 색에 대해 깊이 생각했던 적이 없었다. 색맹에 대해서는 관심조차 없었다. 그러니 윤의 질문에 만족할 만한 대답이 준비되어 있을 리 만무했다. 그는 슬슬 돌아가야겠다는 생각을 하면서 대화를 다른 방향으로 돌렸다.

"다시 개인전을 할 겁니까?"

"네, 그래야지요. 제가 할 줄 아는 게 이것밖에 없으니까요."

마치 주오가 그 질문을 할 거라는 걸 미리 알고 있었던 사람처럼 윤의 대답은 빨랐다. 그러고는 덧붙였다.

"참, 죄송합니다만, 이 년 전에 주셨던 계약금은 제가 돈을 벌어서 갚겠습니다. 꼭 갚도록 하겠습니다."

주오는 싱겁게 웃은 뒤 말했다.

"그러면 나야 고맙죠. 하지만 돈은 너무 신경 쓰지 마세요. 다음에 개인전을 하게 되면 미리 알려 주세요. 그림 중에 내가 가장 마음에 드는 걸로 주면 됩니다. 김 화백의 새로운 그림이 무척 궁금하군요."

이번에는 윤이 대답 대신 싱거운 웃음을 지었다.

"자, 이제 일어나야겠습니다. 마지막 수술이 남아 있거든요."

주오는 윤의 작업실을 나오며 그와 나눈 긴 대화를 총정리해서 짧게 요약했다.

그래, 다 지난 일이다. 윤의 말대로 고유한 색은 없다. 색은 빛의 농간이 만든 착시일 뿐이다. 인생이라는 것도 어쩌면 끊임없는 착각인지 모른다. 그러니 덧없다고 하는 거 아니겠는가. 인간은 신의 농간에 놀아나고 있는 건지도 모른다.

그래, 그러라지 뭐.

작가 구소은은 이 소설에서 적록색맹의 화가를 불러내었다.

그리고 날카로운 질문을 던진다.

무엇이 정상이고 무엇이 비정상인가.

작중인물들의 사랑은 쓸쓸하고 차갑고 가볍고 잔인하다.

작가는 빛의 격렬한 삼원색으로 그들을 조명한다.

사실과 진실, 오해와 착각 속에 사랑은 불통이 되고 마침내 무채색이 된다.

누가 색맹이고 누가 비색맹이란 말인가.

상처받은 영혼은 생물학적 장애보다 더 치명적인 파국을 불러온다.

이 소설은 사랑의 본질과 인간의 근원을 생각하게 한다.

이야기를 몰고 가는 작가의 대담함에 팔에 소름이 돋는다.

치열한 심리묘사가 프랑스의 마르그리트 뒤라스(Marguerite Duras)를 연상하게 한다.

한국 문단에 작가 구소은이 있다.

- 김미옥(칼럼니스트)

『검은 모래』로 제1회 제주4·3평화문학상을 수상한 구소은 작가의 세 번째 장편소설이다. 당시 심사위원들로부터 한국 디아스포라 소설의 새로운 방향과 가능성을 제시한 역작으로 호평을 받았는데, 이번 신작은 그와는 전혀 다른 변신의 세계를 보여 준다.

이 소설은 아직 열리지 않은 '판도라의 상자'와 같다. 그 상자 안에는 사실과 진실이라는 두 개의 함정이 있다. 책을 열면 빠진다.

— 이산하(시인)

알베르 카뮈가 말했다. "삶은 끝낼 수 없지만, 문학은 끝내 주는(achieved) 것이다." 불타는 사랑을 이룰 수 없다고 해서 젊은 베르테르처럼 죽음을 선택한다면, 나이 들어서도 살아 있을 사람은 거의 없을 것이다. 하지만 우리가 죽음을 선택하지 않았다 하더라도, 그 사랑의 실패가 죽음을 선택할 정도로 고통스러울 수 있음을 충분히 공감할 수 있다. 좋은 작품이란 이처럼 그 이야기의 상황 속으로 우리를 이끌어 간다.

『파란 방』은 네 명의 사랑 이야기이자, 각 인물들의 인생 고백이다. 그 넷은 '윤'이라는 화가를 가운데 두고 연결되어 있는데, 그렇다고 아주 긴밀하지는 않다. 윤의 연인이었던 은채가 가장 깊숙이 들어와 있지만, 그 역시 '성(性)'의 차원에서 꽤나 독립적이다. 사랑과 질투, 유혹과 원망, 소유와 지배 등등 남녀와 인간들 사이의 현란한 감정이 캔버스에 칠해지지만 그림은 완성되지 않는다. 마치 모자이크의 타일 곳곳이 떨어져 나갔거나 애초에 비어 있어 쓸쓸하고 차가우며, 가벼운 듯하면서도 잔인한 감정의 추리가 남는다. 나는 그래서 이 작품이 사랑 이야기라기보다는 성(性)의 불구함과 관계의 어려움, 결국 사랑의 불완전함을 보여 주는 아픈 그림이라고 생각한다. 그 파란 방을 열고 들어가 보시길!

— 박철화(문학평론가)

파란 방

2021년 3월 24일 1판 1쇄 발행

지 은 이 | 구소은

발 행 인 | 유재옥
본 부 장 | 조병권
담당편집 | 성명신
디 자 인 | 김보라 서정원
라 이 츠 | 김슬비 한주원
디 지 털 | 박상섭 이성호 최서윤
마 케 팅 | 한민지 이주희 박소연
물   류 | 허석용 백철기
제   작 | 코리아피앤피
표지디자인 | 이지선
본문디자인 | 최은선
외주교정 | 김인옥

펴 낸 곳 | ㈜소미미디어
출판등록 | 제2015-000008호
주   소 | 서울시 마포구 토정로 222번지, 403호(신수동, 한국출판콘텐츠센터)
전   화 | 편집부 (070)4268-9215
              마케팅 (070)4165-6888 Fax (02)322-7665

ISBN 979-11-6611-645-2 (03810)

ⓒ 구소은, 2021